上海文学的都市性

1990-2015

靳路遥 著

上海文艺出版社

序

郜元宝

今年四月中旬,靳路遥将这部书稿的校样快递过来时,我想大概两三天内便能写好早就答应她的一篇短序,因这毕竟是她在博士论文基础上修订而成,许多内容我们曾经讨论过无数次,又照例经过博士论文开题、预答辩和最终答辩的各个环节,作为指导教师我应该很熟悉,说两句应景的话并非什么难事。

岂料新冠疫情总不能平息,工作生活的节奏一片混乱,精力和心境也很难好起来,所以转眼三个月过去了,原以为应该一挥而就的序文竟只字未写。倘再拖延,将影响出版,因此现在不得不摒绝一切杂务,打叠精神,赶紧来做这篇序。

"上海文学"是个老话题。从上海开埠所催生的近代(晚清民初)吴语文学,到二十年代末新文化中心南移直至"孤岛"和抗战胜利之初所呈现的内容庞杂的现代海派文学,一直为海内外学界普遍关注,研究成果真可谓汗牛充栋。近年来发掘"十七年"及其以后的文学遗产俨然成为一种新的学术潮流，对五十、六十、七十年代上海作家队伍、文学制度和"重要"作品的研究也逐渐展开。八十年代上海文学的第二次振兴既被纳入"新时期文学"整体框架，自然也积累了若干共识与定论，甚至打破"当代不宜写史"的戒条而被写入多种"中国当代文学史"。

上述一百多年"上海文学"在专家学者们看来可能还问题多多，并未尘埃落定，但一般读者尽可以把它想象成已经完成的历史，只是后人立场观点不同，才横看成岭侧成峰罢了。比较起来，靳路遥这部书稿所处理的近三十年"上海文学"就充满太多变数。三十年体量不算小，"中国现代文学"也就三十年。但此三十年和彼三十年不可同日而语。首先因历史阶段不同，所产生的文学品质自然迥异。其次因现代文学三十年已经完成（"未完成的现代"乃是着眼更长时段历史的理论构设），而从1990年代至今三十年的上海文学则实在是未完成的。对进行时、未完成的当下上海文学，如何超越印象式批评和描述（这方面论著很多），作出具有一定历史意识和学术深度的研究，是靳路遥这部《上海文学的都市性（1990—2015）》面临的最大挑战。

她是否成功应对了挑战？这项研究的完成度究竟有多高？我作为指导老师不宜下判断。这里仅就该书的若干特点谈一些读后感，或许可供读者参考。

首先我觉得本书最值得肯定之处正是作者抓住了作为研究

对象的近三十年"上海文学都市性"之进行时、未完成与不确定性,"自其变者而观之",抛开种种貌似权威的定论,完全凭自己的眼光和体会来重绘文学都市性的时空版图与人物谱系。在她笔下,"上海""文学""都市"三个关键词都有文学界和学术界大致可以沟通的某些共识,但又都存在需要重新加以归类和界定的模糊性。研究对象的这个特点既是挑战,又是检验研究者历史眼光的极好机遇。

抗战胜利后回到上海的诗人批评家胡风曾感叹"上海是个海"。钱锺书在一篇英文随笔中强调难以(几乎不可)定义"上海人"。胡风文学批评多么凌厉精悍,钱锺书知人论世多么冷静泼辣,但就连他们面对上海和"上海人"也深感理论和语言的无力。关于上海和上海人,千言万语似乎只能模糊地包含在张爱玲那句"究竟是上海人"的说了等于没说的感慨之中。其实这并不奇怪,近代以来的上海是中国现代性追求最集中最典型之所在。讲清楚上海就等于讲清楚中国。作为上海都市镜像的上海文学之复杂性一点也不亚于上海都市本身,上海是说不尽的,关于上海文学的研究也很难定于一尊。我自己来上海将近四十年,也算是上海文学界之一员,甚至也冒冒失失写了一点关于上海文学的文章,但我绝不敢系统谈论上海与上海文学,绝不敢斗胆去清理这一堆乱麻式的文化与文学现象。

但靳路遥没有知难而退。从2012年开始在职攻读复旦中文系中国现当代文学专业博士学位,到2018年毕业,这六年她心无旁骛，紧紧抓住1990年代以来上海文学都市性这个题目不放松，经过反复的自我肯定与自我否定，终于形成她自己关于上海和上海文学的核心理解。她在"引言"中根据法国学者米歇尔·劳滕贝格以及美国学者理查德·利罕的理论进一步引申说，"城市并不存在高度同一性和同质化的所谓唯有城市才有的独特生活方式，而是由诸多不同时间维度的文化形态和与之对应的诸多不同物理和文化空间聚合而成的一个巨大的综合体。城市时间和空间的丰富差异面，不仅使得抽象的、同质化的城市概念变得更加具体和可以触摸，也使得文学'都市性'的话题在理论上变得更加容易把握。"换言之，不能将城市和城市文学的复杂性（主要表现为"都市性"）压缩为几个抽象的同质化概念。追求这样的概念必然碰壁。只能从各个不同角度出发进行全方位透视，具体到本书，就是努力了解近三十年上海文学所呈现的"都市性"的不同面相，即以文学方式所营造的不同时空版图以及活跃于其中的不同人物群像。这是本书的总纲。

但是，从哪个入口进入上海文学多元时空版图及其人物群像所构成的庞然大物才更加合适呢？我觉得路遥最成功的一点就是找到了一个合适（也可说是最佳）入口，那就是她没有忘记现在谈论近三十年上海文学时很容易被忽略的俞天白、殷慧芬、李肇正这三位传统现实主义作家。路遥将他们三位界定为上海作家从"重大题材"角度对1990年代"急剧变化的都市风景线"所作的"最初的文学介入"。路遥很认真地读解他们的作品，阐释他们的文学策略，既指出这种最初的介入使许多地方流于俗套，也带着十分欣赏的态度肯定了他们所取得的成就。

这一节并非可有可无。应对时代的变迁是一切文学题中的应有之义。传统现实主义文学的某些观念和手法固然先天不足，但其突入现实、力求把握时代脉搏的创作方向仍值得肯定。近三十年上海文学都市性的其他面相似乎都扬弃了"最初的文学介入"，但内在联系依然有迹可寻。其实并非表面上求新求变以及各种标签式"都市性"构成近三十年上海文学内在发展的一根红线，而恰恰是上述三位作家所代表的关心现实的自觉意识才真正赋予了近三十年上海文学最可贵的品质。

本书开篇抓住这点，就好像一部《红楼梦》偏偏从千里之外芥豆之微的刘姥姥说起。作者用不多的篇幅交待过俞天白、殷慧芬、李肇正三位所代表的传统现实主义对1990年代上海城市发展所作的"最初的文学介入"之后，再来讲述王安忆、程乃珊、陈丹燕、虹影、小白等作家不同阶段的"'殖民'怀旧风"，金宇澄、程小莹、夏商、路内等作家对六七十年代都市社会主义的另一种"怀旧"，王安忆、王小鹰等超越"怀旧"更遥远的"寻根"，叶辛、王安忆、竹林、陈村、王智量、杨剑龙等"归来者"的知青叙事，孙甘露、张旻、西飏等六十年代出生作家作品中"身份模糊的都市漫游者"，毕飞宇、李春平、蒋丽萍、滕肖澜、甫跃辉等笔下闯入上海的"异乡人"以及他（她）们眼中的上海，包括王安忆笔下的"弄堂儿女"，李肇正笔下的石库门小人物，唐颖、王安忆、徐慧照、潘向黎、卫慧、安妮宝贝笔下象征女性精神得以自主的"公寓、咖啡馆和酒吧"，部分作协和学院作家如赵长天、孙颙、格非、葛红兵、张生、谈瀛洲、王宏图、廖梅笔下"苦恼"和"忧郁"的知识分子，韩寒、郭敬明、张怡微、周嘉宁、苏德等"80后"作家的"集体想象"，甚至上海作家眼里的外国人……就都各从其类，各安其位，有条不紊，井然有序，以多元面相共同构成了上海文学相互联系的不同时空版图。

所以第一章看似为文学史补课的不太起眼的开篇就具有一种给全书调音定调的意味。但即使偏于史的描述、史的交待的这第一章，靳路遥也力求把握被归入同一类的三位作家创作上的个性与分野，尤其对已故作家李肇正的论述不仅是靳路遥本书的一块重要基石，也是她对上海乃至中国当代文学研究所作出的一个独特发现。宏观把握与微观细察相结合，是本书一以贯之的特点。有赖于这个特点，靳路遥对近三十年上海文学的描述才没有被批评界和文学界变幻莫测的调色板所迷惑，对众多上海作家的身份、取材、问题意识、风格手法直至最终的文学成就都有她自己的评判。唯其如此，她才真正超越了对近三十年上海文学的印象式批评，而上升到文学史高度的理性把握。

长时段、过去式的文学史可以"重写"，当下某个文学时段也可以"重绘"。无论"重写"还是"重绘"，最终能否避免主观任意而尽可能接近历史真相，关键还是如何结合对文学史的宏观把握和对具体作家作品的微观细察。

本书的宏观把握不限于上述开篇第一章的调音定调，还包括"引言"关于"上海文学"和"都市性"的理论界定，"绪论"对"90年代初上海城市发展的重新规划"之社会学和历史学的回顾，以及"附录"所梳理的批评界从1980年代就开始的对文学如何写出"上海特色"的探索，以及后来关于"都市化""城市化"超出文学研究之外的各种文化研究。但这些宏观把握都只是外在于主体论述的方法论意义上的"脚手架"，作者真正具有历史意识的宏观把握最终落实到了对每一种文学类型、每一位作家的每一部作品、每一处具体文学描写的精细剖析。

这才是本书最值得读者仔细品味的部分，但也是我作为序言作者最不应该预先广告的内容。

文学研究不能没有理论素养，不能没有方法论引领，但所谓理论和方法如果不结合具体创作实践，没有全面精细的文本解读和感悟，终究是空中楼阁。我这个老生常谈其实也是许多同行的共识，但并非每一个学生都能虚心接受，也并非每一个学生都能将这个不是理论的理论、不是方法的方法真正落实到实际研究中去。靳路遥起初也不相信我的唠叨，但她的好处是不管怎样先把作品看起来再说。在看作品的过程中不断印证自己的理论预设或他人的先行研究，自然就能收获到文学欣赏与文学研究的双重乐趣。本书涉及的许多作家比如王安忆、陈丹燕、殷慧芬、孙甘露、张旻、西飏、夏商、葛红兵、张生、谈瀛洲、王宏图、廖梅、卫慧、郭敬明等的部分作品，过去我也偶有论述，但这次再看靳路遥的定稿，感觉她比我当初读得更细，想得更深了。至于前面提到的李肇正，我还是在靳路遥的启发下才作了系统阅读。

靳路遥博士毕业已经两年。她利用这两年时间不断修改打磨博士论文，终于有今天这样的成就，我很为她感到高兴，同时也如释重负——有了这本书，至少我本人不会对近三十年的上海文学再说三道四了。真要再说些什么，那就必须以靳路遥这本书为起点，重新出发。

2020 年 7 月 17 日

目录

001_ **引言**
001_ 一、"上海文学"与"都市性"
009_ 二、一个界定和一个说明

011_ **绪论**
011_ 第一节　90年代初上海城市发展的重新规划
017_ 第二节　重绘上海文学的时空版图

上编　上海文学都市性的时空转换

025_ 〔第一章〕急剧变化的都市风景线和最初的文学介入
025_ 第一节　传统现实主义对"重大题材"的展开
030_ 第二节　塑造"当代英雄"

037_ 〔第二章〕殖民"怀旧"风率先吹来
041_ 第一节　程乃珊的"蓝屋"
047_ 第二节　王安忆和陈丹燕的弄堂"传奇"
063_ 第三节　租界"传奇"

069_ 〔第三章〕另一种"怀旧"：都市社会主义记忆后来居上
070_ 第一节　"物"的《繁花》
075_ 第二节　程小莹和路内的"工厂"叙事

088_ 第三节 《东岸纪事》：浦东故事的新突破

099_ 〔第四章〕两个遥远的视角："寻根"与"他者"
100_ 第一节 王安忆的《天香》
105_ 第二节 王小鹰的《长街行》
110_ 第三节 以"他者"为镜像

125_ 〔第五章〕国际大都市的更多侧面
125_ 第一节 "归来者"的知青叙事
134_ 第二节 "80后"作家的集体想象
143_ 第三节 "公寓"、"咖啡馆"和"酒吧"
155_ 第四节 李肇正的底层市民空间
163_ 第五节 "异化"的情爱世界与家庭关系

下编　都市时空转换与上海文学的人物谱系

183_ 〔第一章〕王安忆小说中的上海人物形象
184_ 第一节 王安忆小说的上海人物谱系
193_ 第二节 "弄堂女儿"
200_ 第三节 《月色撩人》的别样人生

206_ 〔第二章〕李肇正作品记录小人物的"灵魂的深"
211_ 第一节 对《阿Q正传》的模仿——《石库门之恋》

216_ 第二节 不虚美、不隐恶——对小人物的尊重

222_ 第三节 并非苦难叙事

229_ 〔第三章〕与现实博弈的知识分子形象

232_ 第一节 "苦恼"与"苦难"中的知识分子

239_ 第二节 "忧郁"的知识分子

246_ 第三节 从"堂·吉诃德"到"多余人"

257_ 〔第四章〕"异乡人"群像

257_ 第一节 追梦的"女孩们"

260_ 第二节 底层"异乡人"群体

271_ 第三节 沪上学子

278_ 第四节 在上海的外国人

287_ 〔第五章〕身份模糊的都市漫游者

288_ 第一节 西飏作品中"偶合"的人们

297_ 第二节 孙甘露的"信使"、"访问者"和丁丽英的"慵懒的人"

306_ **余论**

315_ **附录** 关于上海文学相关研究的分类

331_ **参考文献**

引言

（一）"上海文学"与"都市性"

"都市性"被用来描述一种文学现象，从来都是争议不断的。一种声音认为它是指区别于乡村的那种城市所特有的生活环境与生活方式，比如高密度的人口、快节奏的生活以及社会分工的细化等①，另外一种声音却认为这种定义忽略了"都市性"的精神内涵②。法国学者米歇尔·劳滕贝格在梳理了20世纪70年代以来各家对"都市性"的定义后，不满足于以往那种强调社会、政治、经济中心的大一统的"都市性"，他指出，很多城市"多为不同领土和生活方式的交织，市民互动不是在城市空间

---

① 参见米歇尔·劳滕贝格《作为城市遗产的都市性》中对20世纪70年代学者关于"都市性"的描述。米歇尔·劳滕贝格著，马胜利译：《作为城市遗产的都市性》，《第欧根尼》，2017年第6期，80页。
② "20世纪90年代初，城市研究和记忆与遗产研究中同时出现了转向。根据地理学家阿什·阿明和城市设计家斯蒂芬·格雷厄姆的说法（1997），这个时期的主要问题是坚持多样性的概念。他们发现，西方国家出现都市时尚后，城市研究开始蓬勃发展。作家、社会学家、地理学家、哲学家都开始重新观察城市，并将重点放在其特殊性方面。"同上，85页。

和社会框架中进行，而主要在老乡或同社群中进行，这样有利于与故乡保持联系（帕里，2012）。无论在欧洲还是在世界其他地方，城市的概念似乎正在被难以定义的都市化空间所淡化。城市之间出现了越来越多的建筑密集区，令人难以确定其城市功能。那里的生活与市民居住的大量小镇没有多大区别"①。因此，他认为"都市性"不仅代表了"城市是一种特殊制度，与农村截然不同"②的"城市的遗产和记忆表象"③，而且"涉及生活的实践和方式"④。质言之，"都市性"所指涉的城市并不存在高度同一性和同质化的所谓唯有城市才有的独特生活方式，而是由诸多不同时间维度的文化形态和与之对应的诸多不同物理和文化空间聚合而成的一个巨大的综合体。城市时间和空间的丰富差异面，不仅使得抽象的、同质化的城市概念变得更加具体和可以触摸，也使得文学"都市性"的话题在理论上变得更加容易把握。

越来越多的学者倾向于对"都市性"的上述第二种理解。理查德·利罕的名著《文学中的城市》也同样立足于"都市性"的人文精神展开对各个时期文学中的城市的解读。他认为，"城市是都市生活加之于文学形式和文学形式加之于都市生

---

① 参见米歇尔·劳滕贝格《作为城市遗产的都市性》中对20世纪70年代学者关于"都市性"的描述。米歇尔·劳滕贝格著，马胜利译：《作为城市遗产的都市性》，《第欧根尼》，2017年第6期，81页。
② 同上：80页。
③ 同上：82页。
④ 同上：82页。

活的持续不断的双重建构"[1]。

反观"都市"一词的不同英文索解也许有助于我们更好地理解上述分歧。在英语中,"都市"一词分别对应三个含义不尽相同的单词：URBAN、METROPOLITAN、COSMOPOLITAN。根据牛津词典[2]的释义，URBAN指"城市的；都市的；城镇的"，强调的是有别于乡村小农经济的那种工业化大生产的生活和生产方式，也就是上述米歇尔·劳滕贝格认为局限于政治经济过于狭隘的第一种理解。METROPOLITAN指"大城市的；大都会的"，它比URBAN的含义更为深入和广泛，不仅指在经济和社会生产方式上与农业社会的不同，也强调都市是新思想和人文精神的再生之地。"是新艺术产生的环境，知识界活动的中心，以及艺术、学术和思想的活动场所"[3]，是"现代艺术和现代创作的深刻基础"[4]。COSMOPOLITAN则指"世界性的；全球各国的"，更强调都市的全球化特征。由此可见，"都市"本身就是一个包含了多个含义层面的词汇，围绕它所作的各种"都市性"阐释，则必然是众说纷纭的。

也有一些学者立足于一个国家整体的文学发展脉络，对孤立把

---

[1] 理查德·利罕：《文学中的城市：知识与文化的历史》，上海：上海人民出版社，2009，3页。
[2] （英）霍因比：《牛津高阶英汉双解词典（第七版）》，北京：商务印书馆，牛津大学出版社，2009。
[3] 马尔科姆·布雷德伯里：《现代主义的城市》，胡家峦译，上海：上海外语教育出版社，1992，76页。
[4] 同上。

握文学的都市性概念提出了质疑。陈思和主编香港、台湾、上海"三城记"小说系列上海卷的第三辑时对于这种归类就很不认同："所谓'都市文学'的说法，本来就是现代都市建设尚不发达的舆论产物"①，"我觉得中国经济发展与都市经济的繁荣都不能也不应该简单化地比附文学的发展轨迹，更不能预设一个'都市文学'的模式，轻易地宣布下一轮的文学主流就非他莫属了。"② 这与其说是质疑"都市文学"的说法，不如说是反对将城市的都市化进程简单地与"都市文学"画等号、忽略双方本身的多样性、复杂性与不对等性，认为只有对一个城市同时存在的不同文学时空进行具体分析，才能更切实地把握文学的都市性特征。

然而有意思的是，就在大家对文学的"都市性"和"都市文学"的概念莫衷一是的时候，却对上海文学的都市性达成了相当程度的共识。当一些其他城市的都市题材作品为是否表达了都市的真实面相而受到质疑时③，各种类型的上海文学却在

---

① 陈思和：《关于"都市文学"的议论兼谈"三城记"之上海小说卷序》，《都市文学》，杨剑龙，上海：上海人民出版社，2014，114页。
② 同上，115页。
③ 张鸿声总结赵稀方《小说香港》的观点，说作者认为存在着英国人的殖民叙述、大陆的国族叙述以及香港人的香港叙述三种香港小说的文本。"在英国人的殖民叙述中，香港充当了西方人'东方主义'的一个想象范本，以此印证欧洲白人的'启蒙'事业；而大陆的国族叙事则以中原心态的中心/边缘构架出发，进行'母亲！我要回来'式的香港想象。两者都忽略了香港在文化意义上的主体性。直至70年代，一种源于大陆价值观却又与之不同的香港意识开始出现，才逐渐产生了文学中香港的香港叙述。"张鸿声：《"文学中的城市"与"城市想象"研究》，《文学评论》，2007年第1期，119页。此外，陈平原在谈到北京时也提出必须把"记忆"与"想象"带进来，才能真正进入这座城市。陈平原：《北京记忆与记忆北京》，《北京社会科学》，2005年第2期，5页。

"都市性"概念的统辖下获得了合理的解释。上海文学好像天生为都市而生：文本展示的文明发达、光怪陆离的声色是它国际化的一面；纷繁缭绕的烟火气是它"日常"性的一面；乡土书写是它"侨寓文学"的一面；与其他城市的参照是它"现代性"中"他者"的一面……回顾中国现、当代文学史，这些同样的文学元素若出现在其他城市的文学文本中，定会被"新文学"、乡土文学、"左翼"文学、"解放区文学"、社会主义文学、"新写实主义"、"新历史主义"、"现代性"等等概念拆解。然而正因为与上海的相遇，以上这些面相竟都神奇地被阐释为"都市文学"的正宗，于是，长久以来，上海文学的都市性成为了一个极其广博、丰富、意味深长却也十分模糊的概念。

一直以来，学者对上海文学最为出彩的研究集中在从近代到 20 世纪 40 年代这一时期，但其中很多研究并非出于地域文学的视角，而是立足于其文学史意义的生发。这当中，除了"新感觉派"的作品带有浓烈的地域特征之外，其他无论是近代的《海上花列传》、才子佳人主题的"狭邪小说"，还是现代时期鲁迅的杂文、茅盾的《子夜》、丁玲、张天翼、蒋光慈以及张爱玲的作品等，大都在"国家""启蒙""革命"的话语系统下一再被阐释其独特的文学史价值，其地域性特征始终有意无意地被研究者忽略。

90 年代以后，随着社会学、媒体出版学、经济学、文化研究等交叉学科的介入，尤其是"革命""启蒙"意识形态话语的淡化和市民性书写的兴起，大家在研究近、现代上海文学作品时才越来越将之与这片土地联系在一起，于是上海文学的都市性得到了前所未有的彰显。而那些现代文学中的名篇名著，则被后来者以"革命小说""狭邪小说""市民小说""都市化写作""财经小说""女性写作"等视角进行再次阐释和发明，将之描述为上海文学多元"都市性"的题中应有之义，并延续至今[①]。

这种对上海文学都市性的解读方式含混笼统却影响至深，它一方面准确地抓住了上海文学传统的主流，但另一方面，也使90年代以来在新时代语境中生发的社会新气象和充满活力的文化与思潮，遗憾地淹没在那些过于"夺目"的主流叙述和过于牢固的话语系统背后。一个明显的证据就是，90年代以来，"市场经济意识形态""市民写作"和"怀旧"这些显性的话语和思潮成为阐释上海文学的权威话语，自然而然，"怀旧"和"日常"书写就成为阐释上海文学都市性最为炫目的两支[②]。从这两个角度展开的研究可谓汗牛充栋异常丰富[③]，但若回到"都

[①] 吴福辉对现代时期的上海文学进行了多个面相的考察，展现出那一时期上海文学都市性的纷繁复杂。吴福辉：《多棱镜下有关现代上海的想象》，《都市文学》，杨剑龙，上海：上海人民出版社，2014，17页。
[②] 已有不少学者提出应将1949—1976年社会主义改造时期的文本纳入上海文学传统的范畴并做了相关研究，因此，90年代以来，社会主义改造时期的上海也逐渐成为上海文学都市性的一个面相。
[③] "由80年代末开启的关于旧上海的怀旧，至90年代已经成为一种世界性文化景观，并伴随着港、台、大陆三地的热播影视作品，以及各种关于旧上海的书籍、画册、影视等，渐至峰巅。"张鸿声：《"文学中的城市"与"城市想象"研究》，《文学评论》，2007年第1期，119页。

市"一词的英文解释所指向的不同含义,我们就会发现"怀旧"也好,"日常"也好,至多只是展现了90年代以来上海文学都市性的某些侧面①。正如有些研究者评价日益泛滥的"怀旧"作品时所言,这些"仅仅是真实与想象中的上海的一部分,倘若以偏概全,不及其余,上海文学可能或应该描写的上海将永远只是一种被大大压缩了的奇特景观"②。

因此,本书希望循着URBAN、METROPOLITAN、COSMOPOLITAN所指向的三个不同的"都市"含义,分析90年代以来的上海文学在这个城市破茧成蝶般的转型与发展中,究竟生发了哪些不同于其他历史时期、不同于其他城市文学的时空景观与精神特质。

笔者认为,90年代以来上海文学图谱中那些光辉夺目的"怀旧"作品、"日常"书写与相形之下不为人所知的许许多多的"非典型"的上海书写,共同构成了上海文学"都市性"复杂而深刻的精神内涵。因此,回到作品本身,通过各种类型的文本细读描绘出上海文学"都市性"的精神全貌,正是本书的用力所在。

---

① "在对30、40年代上海与90年代对上海以及其文化的研究当中,某些研究者倒是犯了一个与其研究对象(即这两个时代的文学文本)同样的错误。文学创作者基于中国全球化的想象构筑了文学中的上海,而研究者同样也如此。"张鸿声:《"文学中的城市"与"城市想象"研究》,《文学评论》,2007年第1期,120页。
② 郜元宝:《空间·时代·主体·语言——论〈东岸纪事〉对上海文学的改写》,《当代作家评论》,2013年第4期,47页。

书中选取"时空转换"和"人物谱系"作为两个切入的视角。

以"时空转换"为切入口，原因在于上海在一个多世纪的发展过程中，持续不断的中西文化交融、碰撞以及多次的社会转型，不仅造就了独特的城市景观，更改写了城市的精神和市民素质，形成了独树一帜的"空间"形态和文化"传统"（时间）。考察文学作品中变换的"时空"元素，既方便进入作家心中那个变动不居的自然主义的上海图景，也有助于我们领悟作家对都市生活和文化的各种更具文学意味的表达。这是深入90年代以来上海文学都市性丰富内涵的一个门径。

切入的第二个视角是90年代以来上海文学中的"人物谱系"，这既包括文学作品中的人物形象也包括塑造人物形象的作家本人。在这部分，既有对王安忆、李肇正等作家作品的个案研究，也有对知识分子、异乡人等人物群像的研究；既有对大家所熟知的"怀旧""日常"书写的再发明，也有对西飏、张旻等非主流的上海书写的深入阐释。然而无论何种方式，目的都是为了借此抵达人心深处，照见这个时代人的灵魂。在对这些作家作品进行文本分析时，笔者既希望通过人物形象体现时代感，也希望透过人物形象见出作家彼时的文化心态。在这两种心灵的交相辉映中，描绘出90年代以来上海文学的心灵史。而这应该是对上海文学都市性最为切实的阐释。

（二）一个界定和一个说明

1. 关于对90年代以来上海文学的界定。郜元宝在程乃珊去世的当年写作《近二十年上海文学：七路沪军成一股》①，对一枝独秀的上海文学"怀旧"风进行批评，同时通过梳理90年代以来七种身份不同的作家写作，重绘了上海文学的版图。他从作家身份的角度对上海文学进行分类，认为无论作家是否生长于上海，只要作品与上海发生了某种联系，或是具有某些上海元素，都可被视为"上海文学"。按照这样的分类法，除了本土的"沪生作家"以外，"来沪作家""留沪作家""去沪作家"的作品也不应被忽视。这种从作家身份和作家队伍的角度界定上海文学的做法，使众说纷纭的"上海文学"的内涵和外延有了一个比较清晰、合理的解释。

本书对文本的选择正是基于上述通过作家身份对"上海文学"的划分和界定进行的，因此，出现在笔者讨论视野的文本，除了很多来自沪生作家，还包括汪曾祺、毕飞宇、虹影、李春平、卫慧、葛红兵、张生等非沪生作家的作品。讨论作品的时间跨度以1990年到2015年为主，兼及其余。

2. 关于选取文本的说明。借用《海上文学百家文库》主编

---

① 郜元宝：《近二十年上海文学：七路沪军成一股》，《人民日报》，2013-4-23（23）。

徐俊西的话："主要不以作者的出生地域为界，而是视其是否通过这样或那样的方式参与了上海文学视野的共建共荣，并获得重要的文学成就为取舍"[①]。本书选取作品的标准亦然。但凡通过这样那样的方式参与了对上海文学"都市性"的建设，并取得了重要的文学成就的代表性作品，都在笔者的考察范围之内。至于怎样才算表现了上海的"都市性"？应该是指那些不仅皮相地展示都市的繁华或者衰败景观，"更重要的是刻画出都市独特的生活方式渗透在人际关系与人的深层心理所形成的张力，以及都市人在商品世界的巨大迫力下所面临的精神性生存的困惑与突围"[②]的作品。因此，着重讨论的既有明确指示上海地理坐标的王安忆、程乃珊、殷慧芬、陈丹燕、唐颖、金宇澄、夏商、卫慧、甫跃辉等人的作品，也包括孙甘露、张旻、西飏、格非、张怡微、路内等不具有或不明确具有上海地域特征，但从中能见出上海与人的精神联系的作品；既有为人所熟知的作家作品，也有李肇正、李春平、张生、谈瀛洲、王宏图、廖梅等个性鲜明、功底扎实，较少进入固化的"当代文学"版图而还有待进一步了解的作家作品。

---

① 上海作家协会：《上海文学百家文库》"前言"，上海：上海文艺出版社，2016。
② 方克强：《李其刚：都市性的探索》，《当代作家评论》，1998 年第 3 期，105 页。

绪论

〔第一节〕90年代初上海城市发展的重新规划

从1843年英国人抢占外滩，在上海强行割出一块"租界"，上海的空间无论是从地理上、还是文化上来讲都不再是铁板一块了。在租界模式的强力推动下，上海高速畸形地发展，从一个名不见经传的小县城一跃而成为中国第一个近代化的大都市。这种发展经验极大地突破了当时传统中国文化所能理解的范畴。那由"租界"开启的上海"西化"历史以及堪称万国建筑博物馆的外滩，不仅是对上海空间翻天覆地的改造，更是对上海城市精神和市民素质的改写。在之后漫长的20世纪里，无论是30年代的多国"租界"，还是40年代的"孤岛"，抑或是解放后共产党对城市文化领导权的争夺与改造，上海的城市上空始终弥漫着中西文化的冲突和交锋，并随着双方力量的消长而占据形态不同的空间板块，最终形成了上海独有的空间拼盘样式。上海就此成为了中国城市发展史上一个空前绝后、不可复制的孤例。另一方面，短短一百多年的断代史和由此绵延至今的殖民化景观，也形成了它独树一帜的"传统"。这使它有别于那些有着悠久历史和相对纯粹的文化特征的城市，而成为一个夹杂着各方文化交融与冲突的混合体。

上海的"空间"形态和"传统"给后人带来了评说的成见。人们习惯以 1949 年为界，将殖民地和"孤岛"时期的上海与社会主义改造时期的上海相对照，随着时间的推移，前者身上的殖民印记成为另类现代性的象征，其熠熠生辉的殖民遗迹，往往使已然融入"社会主义"话语的后者黯然失色。在这样的思维背景下，人们对 1949 年到 80 年代上海的发展是失望的，而到了 80 年代末、90 年代初，这种失望的情绪在达到高潮的同时终于出现了转机。

从 80 年代末的统计数据来看，"七五"（1986—1990）期间上海经济"持续滑坡"①、"地方财政困难加剧"②，再加上其他沿海城市强劲发展势头的挑战③，使整个上海充满着焦虑、质疑、反思和疗救的声音。80 年代末，上海政界和学界掀起了共同为上海把脉的高潮。1986 年出台了《上海市城市总体规划方案》，这是经国家批复的第一个上海的城市发展规划，从批复中可见，当时国家已将上海置于国际发展的大环境中进行定位，

---

① 上海统计局：《上海统计年鉴》（1991），上海：上海统计出版社，1992，6 页。
② 同上。
③ 同上。

确定为"我国最重要的工业基地之一，也是我国最大的港口和重要的经济、科技、贸易、信息和文化中心，同时，还应当把上海建设成为太平洋西岸最大的经济和贸易中心之一。上海市城市总体规划和各项事业的发展，都必须从这一点出发"①。同样在这一年，召开了"上海文化发展战略讨论会"。这个会议较为集中地对上海文化发展战略设想进行讨论，被誉为"超出了地区性文化发展战略研讨的意义"②，是"继'实践是检验真理标准'问题讨论后的又一次思想解放"。③"是建设有中国特色的社会主义现代化城市在精神文明方面的第一个蓝图。"④

更具代表性的是1988年5月《上海文学》刊发的"中国潮"报告文学征文《病"老大"——关于上海的讨论》。这是针对国务院"上海市城市总体规划方案"的批复展开的讨论。"前篇：上海膨胀病的诊断书"认为，尽管租界时期上海的繁荣是"畸形"的，但它与西方社会和文化的接轨则是值得肯定的，它是"一个阴阳两面的城市"，既先进发达、充满机会，又五毒俱全、充满屈辱，"但它的心脏和世界的经济脉搏一起跳动。世界经济繁荣与萧条的潮涨潮落，都会使上海

---

① 《国务院关于上海市城市总体规划的批复（国函〔1986〕145号）》，中华人民共和国中央人民政府网。
② 黄安国、魏承思、吴修艺、朱红：《宽松气氛下的"文化热"——上海文化发展研讨会述评》，《社会科学》，1986年第6期，8页。
③ 同上，8页。
④ 同上，9页。

也随着波动。"①

与此相对照,在描述社会主义改造时期的上海时,文章的语气却变得痛心疾首。"中国只需要上海当一个安分守业的大儿子,只需要它是一个养家活口的好儿子,只需要它守着家门口,不需要它出去闯天下,只需要它出力干活,不需要它消费花钱。在这种'需要'与'不需要'的思想支配下,上海成了我国最大的工业基地,但把它原有的世界金融中心的优势丧失了。这是一种自我毁灭。"②在"后篇""朦胧希望中的上海"中,作者不厌其烦地将上海与香港、新加坡、台湾、日本等城市一一对比,接着对"浦东开发"的前景进行美好地展望,目的则是希望将来的浦东变成"上海的曼哈顿区"③。其中提到对陆家嘴"金融、贸易、银财、黄金市场、股票、信息、会议中心……"④等的规划与设想,其实就是在重绘租界时期上海的金融版图。这篇报告文学堪称当时对上海发难的代表声音,它在遥望30年代老上海风华绝代的同时,深深为现在这个共和国的长子扼腕叹息。

1988年,上海作家俞天白的小说《大上海沉没》在《当代》第五、第六期发表后引起强烈反响,北京和上海各界纷纷

---

① "中国潮"报告文学征文:《病"老大——关于上海的讨论"》,《上海文学》,1988年第5期,16页。
② 同上,17页。
③ 同上,21页。
④ 同上,21页。

召开作品研讨会①。然而一个有趣的现象是，会上专家对这部"文学作品"的兴趣却不在其文学价值，而在其社会意义，也就是它所揭示的社会现象——上海人落后的文化心态这一点，引起了与会者讨论的兴趣。在1989年1月21日上海社科院文学所和《文学报》联合举办的研讨会中，参与者既有文学评论界的人，也有"社会科学界、金融界的著名人士"②，大家将这部作品视为一份上海文化痼疾的诊断书，而对作品本身文学性的缺失则保留了极大的宽容。时任上海作协书记处书记的赵长天说："这部作品将'改革使上海从上到下都像乱了套的形势和现状端给了读者，引导人们去思考许多问题。所以它不仅有文学价值，而且，社会学价值更会超过文学价值'。"③

之后的1992年1月，《解放日报》组织开展关于"九十年代上海人"的讨论，希望各方献言献策，提高上海人的整体素质。同年，俞天白出版纪实文学《上海：性格即命运》，对1987年上海陆家嘴踩踏事件有感而发："大上海早已成为穷家的长子。漫长的四分之一世纪，以自己无私的奉献，抚养弟弟妹妹。其数字是巨大的。每年六分之一的财政负担；150亿利润，上缴中央105亿，就剩下40多亿。这些年由于物价上涨，

---

① 江河：《文化小说与现实生活相沟通的巨制——首都文学界举行〈大上海沉没得失研讨会〉》，《当代》，1989年第4期。
② 雨露：《大上海沉没引起强烈反响——上海举行"关注大上海兴衰，表现上海人心态"的作品研讨会》，《当代》，1989年第2期。
③ 同上。

光给市民补贴就达30多亿，使提供财政的单位丧失了自我更新的能力。于是，'上海综合征'这个特殊名词和现象出现了……"①他系统梳理了上海的发展历史，考镜源流，从根本上追溯上海人性格的形成原因。以上种种都说明，80年代末90年代初，上海的城市上空弥漫着普遍的焦虑情绪。

打翻身仗始于浦东开发的契机。90年代以后，商品大潮摧毁了旧有价值体系和理想主义愿景，80年代的社会理想、政治激情和乌托邦情怀消失殆尽，人心四顾彷徨。面对这种状况，中央制定出独特而有效的"不争论"的政治策略，及时收拢了大家对市场经济和改革开放的争论和非议，扼住启蒙话语表达的喉咙。同时，国家全面铺开第二轮改革开放，用市场经济带来的前所未有的开放和初步的繁荣给全体社会成员描画出一个美好的前景，这使得上海走到了改革开放的前沿。尤其当1992年浦东开发进入"全面启动"②阶段后，这个城市成为了举全国之力打造的改革开放的排头兵，各大报纸和统计数据开始出现关于上海的振奋人心的数字。可以说，90年代以后市场经济的各种大事件都与上海有关。浦东大开发、GDP连续多年的高速增长、各种中心地位的确立、各种腾飞的标志，遥遥领先的经济数据和不断涌现的城市地标……这让全国人民都相信上海已经成为中国首屈一指的发达城市。上海最先以腾飞的实际行

---

① 俞天白：《上海：性格即命运》，上海：上海文艺出版社，1992，28页。
② 上海市统计局：《上海统计年鉴（1993）》，上海：上海统计出版社，1994，7页。

动证明了市场经济的正确性。从共和国走过来的大上海终于脱胎换骨。

（第二节）重绘上海文学的时空版图

90年代上海文学兴奋地参与了上海城市大转型的文化重塑，并逐渐因此从"新时期文学"全国大一统的格局中分离出来，一步步彰显上海城市文化独特的时间性与空间性的特质。

然而对于90年代以来的上海文学来说，它和上海的都市性的重新拥抱，并非一蹴而就，乃是经历了一个异常曲折迂回的过程。这不仅因为上海文学本身的历史惯性有以致之，也是上海都市化进程的复杂性给予上海文学的影响。

90年代初，上海文学并非一声令下，全体拥抱加速度展开的都市化进程。最初的跟进与介入，如俞天白、殷慧芬、李春平等人的创作，乃是在高度的社会责任心和社会主义文学惯性的驱使下，努力捕捉都市变革中那些浮在表面的重大事件，如城市特大建设工程，汽车城、上海证券市场的建设和发展等等。这样的跟进和介入所依赖的文学资源相当薄弱，基本仍然是传统社会主义文学叙事所习惯的那种单纯反映论的模式，往往围绕上层政策、社会舆论和"重大题材"展开，难以发现和落实到体现城市灵魂的城市居民生活本身的细部。经过"新时期文学"的洗礼，这种模式（多半是报告文学或写实虚构难以区分的长篇纪实文学）已经显得相当陈旧，在全国的文学界自然无法产生什么实质性的影响。

或许是对这种赶任务式的简单反映论的不满，90年代中期上海文学对都市化进程的回应渐渐出现了一些新的气象。其中，真正引起世人瞩目的，并非一哄而上却无法见出上海特性的都市新写实和新市民小说，尽管这两股文学新潮的代表作，池莉的《烦恼人生》和张欣的《掘金时代》都在上海发表，尽管唐颖等作家介入这股小说新潮也不可谓不力，但与北京、南京、武汉、广州、深圳等地的同类写作相比，仍然明显逊色许多。

在这种尴尬的文学情势下，程乃珊、王安忆对旧租界时期上海都市的"怀旧"书写异军突起，她们回避上海城市重新定位初期作家在当下写实这条道路上跋涉的艰难，另辟蹊径，将她们所理解的上海"应有"的都市气派，巧妙地也是无可奈何地嫁接到三四十年代上海"曾有"的辉煌——当然是极其复杂多样、蕴含了丰富历史记忆的所谓昔日的辉煌。

质言之，这一时期的上海都市文学既然不能跟中国其他地区的都市新写实文学一争高下，那就只能炫耀其他城市所没有的往日的都市辉煌。当然，程乃珊、王安忆等率先吹来的租界上海的怀旧之风，也不仅仅是怀旧，其中也包含了对当下暧昧不明的新上海文化的潜在对话。这场旷日持久的潜在对话，与其说是怀旧，不如说是作家们对于90年代上海城市发展顶层设计中文化发展规划缺位的质疑。当下的上海城市日新月异,天翻地覆,但城市文化的发展却并无明确目标,后者明显是缺位和滞后的。文学如果不想简单地"拥抱"当下烟尘斗乱的城市改建,文学如果想更深地逼近都市人的灵魂,它当然只能转过头去,寻觅这个城市曾经热烈绽放过的灵魂的花朵,因此在其他城市作家正醉心于当下的城市生活新内容的同时,上海的一些优秀作家却掉过头去怀旧,这除了无奈,也不失为一种进取的策略。

不过,"怀旧"与当下毕竟隔了一层,何况"怀旧"毕竟是当下尴尬所催逼,它不可能走得太远。有趣的是,这时候上海文学的改弦易辙,除了直面当下,与其他城市的作家的都市写作真正一决高下之外,又悄悄展开了另一种"怀旧",这就是金宇澄《繁花》对70至80年代特殊的"上海人"的特殊生活记忆的修复,以及程小莹、路内对70至90年代工厂生活的回忆——王安忆对"文革轶事"的追怀也属于这个系列。

就是说,当卫慧、棉棉、葛红兵等"新上海人"不甘心唐颖等上海作家在当下都市新写实潮流中落后于外地都市作家的这一尴尬局面,纷纷记录他们作为新一代上海移民在这个迅速崛起的东方魔都的各种新奇的经历,甚至闹得风生水起、颇有声势之际,真正熟悉上海的本地作家还是沿着程乃珊、王安忆的租界上海的"怀旧"路线,继续往下走,只不过将怀旧的重心从30至40年代下移到60至90年代,由此填补了原来的租界怀旧和正在如火如荼展开的新上海人的欲望叙事和上海叙事所忽略的60至90年代上海城市生活的丰富时空场景与旧人旧事——这其实也是《长恨歌》后半部所开启而未能深描细写的内容。

在上述上海文学都市化版图急速重绘的过程中，一开始也是基于怀旧但又深深切入当下的夏商的《东岸纪事》真可谓一个创举，把历来上海都市叙事一律忽略而又恰恰是上海当下城市发展龙头的浦东，它的今夕巨变，收入眼帘。夏商和金宇澄在当下写实与另一种怀旧这两方面同时作业，似乎有望真正打通上海都市文化以往彼此隔膜的诸多时空板块。

但与此同时，上海文学也许是惯性使然，怀旧与当下写实仍然难以真正合拢，而另一股"寻根"的写作比当年的怀旧走得更远，而直面当下的写实也并非一帆风顺。随着卫慧棉棉葛红兵丁丽英等最初的尖叫和喧嚣沉寂下来之后，人们发现，上海都市时空仍然像黑夜里的大海，你知道它辽阔壮观，但这些都隐藏在暗中，只有个别岛屿和行进中的巨轮，偶尔发出零星而微弱的光亮。

质言之，上海都市时空在当下上海文学的呈现，只能采取碎片化和模糊化的方式。于是就有李肇正的底层市民空间的艰难呈现；有叶辛、王安忆、杨剑龙等"归来者"的知青叙事；有周嘉宁、张怡微、王宏图等畸形家庭伦理剧（这些以往有赵长天等作家用现实主义的方式描写过）；有谈瀛洲、廖梅等的高校教师情感生活和职业危机；有西飏、张旻、张生等描写的都市边缘人和游荡者；有甫跃辉等对新上海人欲望和创伤虚实的赓续；也有从众多"他者"眼光对匆匆一瞥和满腹狐疑的打量。

相对于最初的简单反映论式的跟进和介入，相对于集体性的各种"怀旧"和"寻根"，真正的上海都市当下生活时空的绘制，只能依靠上述这些在夜晚的黑魆魆的海面继续航行的文学的孤舟。从他们当中，或许可能出现真正从城市心脏的深处发出的最真实最热切的呐喊或叹息……

上编

上海文学都市性的时空转换

〔第一章〕
急剧变化的都市风景线和最初的文学介入

〔第一节〕传统现实主义对"重大题材"的展开

在 90 年代初的上海文学中,首先登场的"时空"主题是急剧变化的上海都市风景线。结合 90 年代初上海的社会发展状况,虽然"急剧变化"这一充满动感的描述表现了这个城市甩掉落后现状、奔向国际化大都市的迫切心态和蓬勃动力,看似具有 COSMOPOLITAN 所指涉的"世界性"特征,但实际上它并未通过"解放与异化、接触与陌生、激励与标准化的复杂过程"①,达到物质与精神的双重进化,从而走向"现代化"都市的必经之路。这里的"急剧变化"更多呈现的是城市经济腾飞、物质富足的景观,因此,在"急剧变化的上海都市风景线"中所展现的上海文学的都市性,无疑是归入"URBAN"所指涉的仅区别于小农经济时代的、工业化的生产方式。

---

① 雷蒙德·威廉斯:《大都市概念与现代主义的出现》,《现代主义的政治》,北京:商务印书馆,2002,203 页。

上海作家俞天白、殷慧芬、李肇正以及外地来沪作家李春平等笔下都诞生了对于焕然一新的城市气象的自然主义描述。他们的作品角度不同，形态各异，但"破坏"与"建设"，是共同的主题。

上海要展现新时代的风貌，首先就要毫不犹豫地打破陈旧的印记。《大上海漂浮》的开篇就是："大上海真像海，每时每刻都会使生活在这里的人感到潮涨潮落，并且不由自主地被涌动。瞧，这一会是去旧换新之潮。到处在开挖，时时建新楼。"①《大都会》描写了外来建筑民工对重振上海雄风时发出的感慨："大上海，也真的袒开了胸脯，为他们这一行提供了发财的机会，不断冒出那么多建筑装潢生活要他们去做！大小马路上，时时都在扩门换记，破墙挂牌，天天都有大公司大酒家大商场的招牌出新，一半弄堂在破旧立新，上海的四肢伸拳踢腿也在往外扩展，昨天的菜地一夜间变成了居民新村、生活校区……"②

许多人从破旧立新、急剧变化中的城市空间中看到了机会。《大上海漂浮》中，善于投机取巧的底层市民汤廉生神秘地对街坊常妞悌道出新时代的致富秘笈："在上海，一下子拔起一幢新建筑的地方，不管是水陆码头，还是啥体育宫、文化馆、大商场……只要嘭一声膨胀出来的地方，给你钻的空子总是最

---

① 俞天白：《大上海漂浮》，上海：上海文艺出版社，1994，1页。
② 俞天白：《大都会》，北京：人民文学出版社，1997，30页。

多的。越是落后的地方，空挡子越多……"①而对于外乡人李春平来说，大上海拔地而起的高架桥、地铁、隧道等一系列市政建设工程，让来自西部的他领略到了"'人民'这个本来空洞的概念会突然变得伟大起来"②。

与空间上"重振上海雄风"的气氛相匹配的，是文学作品对蓬勃发展的工业和金融业的大书特书。从80年代到90年代，俞天白写了包括《大上海沉没》(1987—1988)、《大上海漂浮》(1992—1993)、《金环套》(1996)、《大都会》(1997)等"大上海人"系列作品，大都是以金融行业为突破口，表现上海的经济体制改革。嘉定作家殷慧芬的《汽车城》(1999年出版)，则以上海嘉定汽车城为原型，写上海经济腾飞时期汽车工业在阵痛中的转型。安徽"知青"回沪的李肇正在长篇小说《躁动的城市》(1999)中，记录了亏损的电视机厂绝处逢生的故事。

在这些书写中，新旧时代理念夹缝中艰难成长的某个企业成为它们共同的主角。《大上海漂浮》的时代背景是90年代初，讲述留美归国的金融界青年才俊沈笑澜怀着一腔报国的热情和"主宰中国华尔街的勃勃雄心"③创办的环球证券公司。该公司的创办初衷是为了加快企业股份制的进程，聚拢社会闲

---

① 前揭俞天白：《大上海漂浮》，58页。
② 李春平：《上海是个滩》，上海：上海文艺出版社，1996，18页。
③ 前揭《大上海漂浮》，112页。

散资金，然而这一符合国际潮流的做法却触动了当时国内既得利益阶层的"蛋糕"，作品由此展开了"环球"多舛的命运。先是以联合信贷银行为代表的传统金融行业巨头发难，他们对"环球"的到来恨之入骨，于是通过撕毁合同、威胁客户、威逼利诱沈笑澜的上级等方式不择手段地对其打击。与此同时，普通客户群体也表达了对这一新兴事物的不信任，认为其路子"野"，不如传统正规的银行可靠。作品中唯一支持"环球"落地、敢率先与"环球"开展合作的惠洛百货公司总经理焦鸿业则在"联合"与"全球"的竞争中进退维谷、被逼入绝境，他的家庭也因为观念的冲突成为了不同成员间博弈的战场。沈笑澜的公司在复杂的社会环境中艰难前行。

另一部代表作品是殷慧芬的长篇小说《汽车城》。它以80年代末的上海汽车工业为背景，围绕中德合资俊友汽车公司的"国产化"进程，反映上海转型时期汽车工业领域所面临的理念冲突和挑战。俊友汽车公司"飞云"牌轿车在国产化的过程中，因为德方技术和管理理念的引进，引起各方错综复杂的矛盾。"有中方与德方的矛盾，有厂方与上级乃至中央领导部门的矛盾，有合营企业与其他企业的矛盾，有主厂与配件厂的矛盾，有领导与群众的矛盾，有这部分人与那部分人的矛盾"[1]，其中，最大的矛盾来自传统与现代理念的交锋。合资的"飞

---

[1] 江曾培：《汽车城》"序"，上海：上海文艺出版社，1999，4页。

云",常常被那些有国货情结的老工人视为卖国车。当俊友公司老总潘树德和第一任总裁郭大林坚持德方的高标准时,常常受到来自工人和中方其他管理人员对其"民族气节"的质疑,而当逐渐壮大的俊友公司准备兼并上海老字号的浦江汽车厂时,更是引起一场激烈的冲突。潘树德的父亲、浦江汽车厂的老工人潘荣根带头誓死抵制。在这样的舆论环境下,公司第一任总裁郭大林虽然有胆有识,却因为不善于周旋、应对各方的夹板气而终于难以承受沉重的心理压力倒在了谈判桌上。

这类作品大都以表现转型期起步于新旧观念冲突之间的企业为切入口,展现各种势力的激烈交锋和企业在其中的艰难跋涉。在明显的褒贬价值判断中,作家往往寄托了强烈的使命感,为来之不易的新时代摇旗呐喊。殷慧芬说:"在写作《汽车城》的时候,我是把它作为一座城市来描绘的。"① 俞天白曾自述写作"大上海"系列的原因,是因为在这之前目睹了深圳的开放气象,同上海"精明而不高明"的文化形成了鲜明对比,"当时上海的气氛:压抑、沉闷。身处这种背景,我强烈地感受到要发出自己的呐喊"②。"在文学日渐走回到文学轨道上来的今天,我们面临着一个无法回避的困惑:在为人的生命本

---

① 殷慧芬:《在一个明朗安静的下午——关于〈汽车城〉》,《上海第五届 1988—1999 "长中篇小说优秀作品大奖获奖作品集"》,上海:上海文艺出版社,2001,320 页。
② 博客中国:《大都市的性格与灵魂——城市作家俞天白访谈录》,文心社网站,2012 - 4 - 11。

体价值而呼吁的时候，如何同时实践一个作家的社会责任。"①

〔第二节〕塑造"当代英雄"

作家普遍的使命感化身为这类作品当中一个个力挽狂澜的"当代英雄"。"大上海找到自己的本位，是需要偿付一定的代价的，而这种代价，往往通过具体的人的命运体现出来。"②《金环套》中的林洁、《大上海漂浮》中的沈笑澜、《大都会》中的褚婉敏、《躁动的城市》中的周志仁、《汽车城》中的潘树德、《痛》中的邱大风等等都是这类"当代英雄"的代表。作家写出了他们与旧有观念浴血奋斗的心灵史。

"当代英雄"身上常常凝聚着儒雅的气质与睿智的思想。"1991年国际海事技术学术会议在上海举行。来自几十个国家和地区著名港口的学者、专家、企业家济济一堂，佩戴译意风注视着讲台上的讲演者。那是一位精壮的汉子，透露出50多岁男人特有的魅力，雄辩的讲演内容和语调，都使人相信出自他坚定的信念和对未来的热情向往。他是上海港务局局长屠德铭。"③ 纪实作品《上海：性格即命运》中的屠德铭就是现实

---

① 俞天白：《想起了罗曼·罗兰》，《文艺报》，1987-2-14。
② 俞天白：《上海和上海作家的本位——关于〈大上海漂浮〉》，《书城》，1995年第3期，7页。
③ 俞天白：《上海：性格即命运》，上海：上海文艺出版社，1992，74页。

版"当代英雄"的形象。

同时,这一类人物也往往具有坚毅的性格,能够承受巨大的压力,其超越常人的人格力量最终能够绝处逢生让他们成为时代的弄潮儿。《汽车城》中的潘树德"风度翩翩、衣着十分西化"①,比起书生气十足的郭大林来说,他坚毅而睿智,更善于抵抗压力。他没有像郭大林那样被来自中德双方的压力压垮,而是凭借智慧巧妙地在各种势力间周旋并化解矛盾。例如在处理中德劳资纠纷时,面对德方经验丰富的老卡尔的挑战,他沉着地与对方打心理战,最终为工人取得了加薪的权利。最后,当老卡尔看到这个后辈坚毅沉着的微笑,"就明白了,从此以后他在上海俊友的权威将受到挑战和分割"②。《大上海漂浮》中的沈笑澜放弃了美国优厚的待遇回到中国。他毫不利己,秉持国际先进的理念,怀着搞活上海金融市场、塑造"公平"金融环境的抱负,在以联合信贷银行行长金成石为代表的传统金融业的步步紧逼中,想尽一切办法实现自己的理想。《躁动的城市》中的周志仁原本是濒临倒闭的电视机厂总装车间的党支书,他温文尔雅,始终朝着自己的学术理想迈进。然而当面对工厂倒闭的危机时,他放弃了到研究所工作的机会,临危受命,用个人财产买断工厂的国家股,通过积极引进人才,重组公司结构,最终使工厂重新壮大起来。

---

① 前揭《汽车城》,5页。
② 前揭《汽车城》,259—260页。

此外,"当代英雄"中也不乏女性的身影。《汽车城》中双海变速器厂厂长杭天飞、业务骨干欣华;《金环套》中不惜与"家长"做派的公爹反目而促成证券公司对企业兼并的林洁;《大都会》中运筹帷幄,使自己一个外来户带领公司在上海站稳脚跟并发展壮大的褚婉敏;《躁动的城市》中从工人走向领导层的季小凤……这些女性在上海转型期风口浪尖中搏击的风姿,也格外动人,可以说是前三十年社会主义女性解放主题在当代的另一种延续和伸展。

应该说,作品对"当代英雄"性格的表现是较为全面的,在展现他们的胆魄、见识、能力和成功的同时,也往往不讳其性格中的"坚硬"、"冷酷"以及其私生活黯淡的一面。在潘树德事业成功的背后,是他对爱情的不忠。年轻时,为了取得促进事业发展关键人物的帮助,他背叛了初恋情人菊妹,甘心投入一桩无爱的婚姻,导致了夫妻长期的猜疑和分居,并直接影响到其子女的命运。由于观念不和,他与儿子几乎反目;由于对女儿欣明身世的怀疑,间接导致了欣明的自杀。为了保住"俊友"公司的霸主地位,他甚至不择手段地将张南方的国产私营汽车厂赶尽杀绝。而另一位"当代英雄"沈笑澜面对传统金融业的咄咄逼人之势也不惜让自己充当"魔鬼"。他拼命拉拢国内外各种力量与对手抗衡,甚至打入对手内部伺机报复。用他的话说,只要能渡过难关,就算被人当做魔鬼打入十八层地狱也死而无憾。李肇正塑造的周志仁虽然最终带领电视机厂走出了困境，但并未获得妻子的理解而导致婚姻破裂，他本人也从一个温文尔雅的谦谦君子变成了粗暴的独裁者。

这些"当代英雄"是那个特殊历史时空的产物。作家们写他们的目的，是为了将改革的艰巨和复杂投射到这些人物身上。这些人在改革大潮中所面临的困难，表面看是人与人、集团与集团之间权利的争斗，实际指向的却是旧有观念与现代思想的冲突。俞天白曾对他笔下的"当代英雄"这样解读："他们困苦艰难之所在，在于既要冲破传统的、阻碍生产力发展的种种规章制度、思想观念，一时间却又无法取得现成的新法规、新制度让他们遵守、教他们获得保护，使一场场冲突，呈现出没有规则可循、却时有裁判出现的无序状态，教他们头上笼起一片对自身命运不可把握的阴云。"[①]"这是悲壮的罪犯！可以说在主客观上，他们是行为都符合历史发展愿望的罪犯。"[②]

强烈的使命感使作家们欣然投身于对上海转型期的热情表达，然而，过于明确的目的又削弱了这类作品的文学性，文本因此呈现出高度的纪实性特征。比如俞天白《大上海漂浮》等虚构作品中的"当代英雄"人物形象与其《上海：性格与命运》这部纪实作品中记录的时代弄潮儿形象如出一辙。另外，他向上海文坛贡献的多部长、中、短篇小说和分量很重的纪实文学之所以引起强烈反响，与其说在于文学成就，还不如说是

---

① 俞天白：《我寻求过，我将无悔》，《文学评论》，1994年第3期，101页。
② 同上。

参政意义①。他的作品纪实性与文学性很难做到相得益彰。

《汽车城》也同样难以在报告文学与小说题材之间进行明确的界定。作品"引子"部分开篇就是一则新闻,通过一个记者客观冷静的口吻讲述俊友汽车公司怎样如泥足巨人般在上海举步维艰,接着,还是通过这位记者引出了主要人物的出场,可惜既没有文学作品所必要的环境描写也没有人物性格的刻画,只有对中国轿车行业发展利弊的报告文学式分析。当终于进入正文,可以将对人物的内心和性格的深度透析渗透在事件的发展起伏中时,又被不时插入的关于汽车行业教科书式的分析打断。

显然,作者在写作筹备期做了大量的工作,对汽车行业也进行了深入细致的了解,因此在介绍上海汽车工业发展历史、汽车国产化的过程、中外合资中所面临的内外矛盾时,显得非常内行和熟悉。但作者却未能将过剩的知识储备化入小说中,只是不厌其烦地通过全知视角和大篇幅的人物对话对其直接呈现。作品中关于汽车行业发展的对话常常占去很多的篇幅,而这些除了让读者了解相关背景知识外,对于表现人物性格没有任何帮助。相反,那些本应大书特书的人物性格又流于概念的解读,不够丰满。例如作品对于"失败的英雄"郭大林矛盾中的心理挣扎、书生气质与领导身份的无法调和等等都没有充分

---

① 前揭《上海和上海作家的本位——关于〈大上海漂浮〉》的研讨会。

地展开，他的失败被草草交待，成为衬托潘树德成功的反面教材。再如对潘树德初恋情人菊妹的心理刻画。当她再次出现在潘树德的生活中、与失散多年的女儿相遇，作品对她那种相见却不能相认的煎熬心理呈现的力度远远不够。而本应在作品中浓墨重彩加以描写的潘树德的两个女儿欣华和欣明的形象也较为单薄，尤其欣明的死是多种矛盾冲突的结果，也被简化为衬托潘树德的事业成就所必须付出的代价，而忽略了欣明作为一个悲剧人物自身的命运轨迹。类似的还有女强人杭天飞等等。作品中有两条线索，一条是对汽车行业背景知识的介绍，一条是人物性格的发展，这两条线索常常被生硬地拉扯拼接在一起，但通过前者那种客观冷静的报告文学式的语言，读者很难进入文本深处。

同样，李肇正在《躁动的城市》中借助周志仁的沉思说出了许多关于时代的思考，但因为这种思考未能做到通过人物形象自然而然地流露，从而显得游离于文本的情节之外，这使作品割裂拖沓，失去了应有的打动人心的力量，与作者后来紧贴都市小人物命运而创作的一系列成功的中短篇小说相比，其丰满与深刻的程度都远远不及。

有论者认为，这些作家与其笔下的人物一样，"不是消极的旁观者，而是积极参与者和弄潮儿"[①]。然而，也许正是这种

---

① 戴翊：《上海文学创作与城市精神》，东方网-东方评论，2007-12-28。

"弄潮儿"的心态，使其笔下的人物缺少有血有肉的鲜活感和应有的人性深度。这些"当代英雄"的命运浮沉，更多地被归因为时代外力的推动作用，而缺少对独具个性的文化心理和人性见微知著的体察，因此不同的文本之间，"当代英雄"的人生轨迹和性格发展几乎千篇一律，无论主要人物还是次要人物，性格都未得到充分的舒展。

〔第二章〕
殖民"怀旧"风率先吹来

马尔科姆·蔡斯（Malconlm Chase）和克里斯托弗·萧（Christopher Shaw）在《怀旧的不同层面》中提出构成"怀旧"的三个先决条件的第二条是"怀旧要求某种现在是有缺陷的感觉"[①]。正是这种来源于对现实社会不可名状的缺陷感和不满足感，从心理层面解释了80年代末、90年代初上海滩上率先吹来的一股"怀旧"思潮。

当时，所谓评价一个城市先进和发达的标准都是以西方为参照系的。在大家积极地为上海的发展出谋划策、寻找灵丹妙药的过程中，有人惊喜地发现上海不仅曾经有过最接近西方的发达程度，还有最接近西方的城市气味，那殖民时代遗留下来的万国建筑、花园洋房和梧桐小径就是明证。至于隐藏在这些殖民遗址背后的民族屈辱，在半个多世纪后人们的心里早就遗忘得无影无踪。顺理成章，人们很快为90年代上海日益繁荣的

[①] 转引自包亚明：《上海酒吧——空间、消费与想象》，南京：江苏人民出版社，2001，137页。

景象找到了渊源，那就是三四十年代的老上海光景的赓续。顺着这样的思路，在对上海历史的"寻根"中，人们的记忆被选择性地删除，这当中既没有蛮荒时代的小渔村，也没有1949年后社会主义改造的大上海。上海的90年代直接与其三四十年代衔接在了一起。

杜维明曾对这种"怀旧"心理进行分析，他认为从上海的历史长河来看，"1949年到1992年这段时间上海的价值是以全国的总体利益为目标，通过一种工具理性和社会工程而规定的"①，"这种定位并不能够契合当地的政府所谓官和人民的自我形象和自我理解"②。人们急迫地需要走出"大上海沉没"的阴影，重建城市精神，于是在1992年邓小平浦东开发的政令下达之后，上海官方和民间开始了一场"自动自觉地发展它的身份认同的努力"③。

这一努力的过程以及在其中催生出的强劲而持久的"怀旧"思潮，是对90年代上海面临城市发展和扩张契机的特殊回应，并通过对上海独有的、具有阶级性的时空描述表现出来。

"宁要浦西一张床，不要浦东一间房"体现了上海独有的上只角与下只角的对立景象。解放初期，当中国共产党对上海的空

---

① 杜维明在"上海开埠160周年国际学术研讨会"闭幕式上的演讲：《"上海价值论"大扫上海文化不自信》，《社会科学报》，2004-2-1（4）。
② 同上。
③ 同上。

间进行大规模社会主义改造的时候，原来的中心城区却作为文化、经济中心被完好地保存了下来。主要的金融机构、文化机构和商业街都集中在黄浦区、静安区、卢湾区、徐汇区等原租界地区，新政权的干部则在原租界的遗址中工作或生活。他们与旧有上海的上流阶层，共同构成这些地区的主要人群。这些人群与下只角阶层的冲突一直延续至今。王安忆《忧伤的年代》中通过两个不同空间中的电影院表达了这种无法弥合的裂缝："这个电影院的名字叫'国泰'，在我们所居住的街道的西边。在东边也有一个电影院，叫做'淮海电影院'。这两个电影院虽然只相距两条横马路，情形却大不相同，它们各自代表了两种不同阶层的市民生活。"① 主人公固执地选择"国泰"电影院，是一种对身份的坚守。到了滕肖澜的《上海底片》《美丽的日子》《大城小恋》以及王小鹰的《点绛唇》等作品中，讲述的故事已经时至2010年之后了，但两只角之间的裂缝丝毫没有弥合的迹象。《大城小恋》中的男女主人公苏以真和刘言最终还是因为身份、地位以及横亘在老城区与青浦之间那道无形的鸿沟而分手。

在官方和民间、政府和媒体合力助推的"怀旧"思潮下，那些租界时期的遗迹如洋房、跑马场、舞厅、咖啡厅等被从历史中召回，芸芸众生的弄堂也被赋予了传奇的色彩，使得对上海城市身份的建构和认同目标明确且触手可及。正如王晓明在

---

① 王安忆：《忧伤的年代》，北京：新世界出版社，2002，1页。

评论王安忆作品时说:"倘说今日的'市场经济改革'正需要一处地方来酵发人对于'现代化'的崇拜,酿制能安抚人心的意识形态,那上海无疑是最恰当的地方了。"①

当上海最先以实际行动证明了市场经济的正确性时,上海文学也通过"怀旧"写作积极参与了对其形象的塑造。在素素的《前世今生》(1998),程乃珊的"蓝屋"书写和"上海"系列(《上海探戈》《上海FASHION》《上海LADY》等),李欧梵的《上海摩登》(1999),陈丹燕的"上海三部曲"(《上海的风花雪月》《上海的金枝玉叶》《上海的红颜遗事》)以及王安忆、王小鹰等的小说中,跑马场、歌舞厅、咖啡馆、洋房、弄堂在新时代中再次焕发出迷人的魅力。

在这种"怀旧"策略的巨大光环下,那些在解放初被社会主义争夺和改造了的空间如工人新村走向没落,洋房和弄堂则逐渐成为90年代上海城市精神的灵魂。其中,"洋房"以其携带的富裕精致的物质元素和绵长的历史渊源,为上海的自我身份认同树立了其他城市难以企及的高度;"弄堂"则因为"传奇"的注入而为家长里短增添了诗意。

在这种情况下,三种类型的"怀旧"叙事应运而生:一是以素素的《前世今生》和程乃珊的《蓝屋》叙事为代表;二是以王安忆《长恨歌》和陈丹燕"上海三部曲"的"传奇"弄堂

---

① 王晓明:《从"淮海路"到"梅家桥"——从王安忆小说创作的转变谈起》,《文学评论》,2002年第5期,10页。

叙事为代表；三是以小白《租界》和虹影《上海王》的租界传奇叙事为代表。"洋房"、"弄堂"和"租界"，分别从三个空间维度将缥缈的"怀旧"情结落到实处，为人们提供了类型不同却又殊途同归的心灵归宿。

〔第一节〕程乃珊的"蓝屋"

对洋房的书写以程乃珊的"蓝屋"意象为代表。

《蓝屋》（1984）、《女儿经》（1988）、《金融家》（作于80年代末，1993年出版）等是程乃珊80年代的作品，但它们与90年之后的一系列作品《上海探戈》《上海LADY》《上海FASHION》一脉相承，都是对"蓝屋"风致的一再表现。因此，我将她前期的虚构性作品也纳入讨论范围之内。

在程乃珊的这类作品中，作品常常出现以"蓝屋"和"穷街"为代表的两种空间的对照。"蓝屋"是解放前上海滩屈指可数的富豪名人宅第的缩影，它的主人非富即贵，代表上海的上流社会阶层。"穷街"[①]则是上海底层市民的居所。在文本的显性层面上，作家对前者所代表阶层的骄奢、懒惰持批判态度，然而，这种来自道德层面的批判却不能给人留下太多印象[②]，相

[①] 程乃珊：《穷街》，《女儿经》，上海：上海文艺出版社，2014。
[②] "在表现传辉最终抵制住蓝屋生活的诱惑上却显得软弱无力。"邹平：《两个金苹果："跳出来"和"走进去"——〈蓝屋〉、〈流逝〉比较谈》，《文学评论》，1984年第6期，113页。

反，还是作者对"蓝屋"生活相当"贴肉"的描述令人难忘[①]。最终，前者的理性判断在后者强大的艺术感染下显得苍白无力，于是程乃珊的作品中常常出现一种"隐形的矛盾"。

比如中篇小说《蓝屋》的主旨是通过顾鸿基、顾鸿飞两兄弟的不同人生选择，对毅然走出"蓝屋"、在"穷街"中开拓一片新天地的顾鸿飞进行褒扬，但这种基于价值观层面的表现因为缺乏艺术层面上对人物心理和命运深度剖析的支撑而显得单薄。这部作品之所以被后来者津津乐道并在上海文学史上占有一席之地，与这种正面的价值褒扬并无关系，反而在于主旨之外"宕开的一笔"——对有着精致蓝色瓷片外观和考究的内部装饰和陈设的"蓝屋"气象充满"视觉感"地、"大观园式"地描绘[②]。这"宕开的一笔"使得"蓝屋"最终定格为上海某类空间形态的意象代表，而程乃珊本人也被誉为"上海某一方面的代表"[③]。

有意思的是，80年代已有学者对《蓝屋》中这种因刻板的道德判断和动人的"宕开的一笔"的错位造就的"隐形的矛

[①] 陈子善对程乃珊的评价：《程乃珊的"上海传奇"：她写得老上海是贴肉的》，《羊城晚报》，2013-4-25。
[②] 邹平写到："这是一种近于刘姥姥进大观园式的描写方法，它使作家能够充分地发挥自己的艺术特长，从而显示出她的独特的艺术个性。"前揭《两个金苹果："跳出来"和"走出去"——〈蓝屋〉、〈流逝〉比较谈》，112页。"程乃珊又十分娴熟地描写了锦江俱乐部里的令人眼花缭乱的夜生活以及蓝屋里依然保留着的那种'公馆'式的排场和讲究。笔之所及，无论'保龄球'、'沙弗兰'，还是'正宗舞步'、'柠檬攀'，都渗透着一种艺术的魅力，有一种强烈的视觉感。"同上，113页。
[③] 陈子善对程乃珊的评价：《程乃珊的"上海传奇"：她写得老上海是贴肉的》，《羊城晚报》，2013-4-25。

盾"有所察觉和批评①,但这一发现却在90年代被绝大多数论者忽视。曾被胡河清讥为怀着"上海前中产阶级阶层的虚荣扭曲心理"②对贵族生活"俗"气地渲染的"蓝屋"生活,却在90年代被当作"海派文学的延续和拓展"③,正是因为程乃珊的"蓝屋"意象在恰当的时机充当了人们对上海自我身份建构的精神寄托。因此,尽管作品中显性道德观念的力量被"宕开的一笔"消解,然而文本中这种"隐形的矛盾"还是被有意无意地忽略。

"隐形的矛盾"同样存在于《金融家》和《女儿经》中。有论者评论《金融家》时说:"程乃珊一涉及到儿女情长,便能妙笔生花,洋洋洒洒,而在事关银行的生存与命运的章回,便多是概略性的介绍,而缺乏人物的剑拔弩张的心理活动,从总体来看,这部小说还不如现在的职场小说那样能够写出微妙的纵横捭阖的起伏流程,它的标题实际上换成《金融家的儿女

---

① 学者邹平认为:"程乃珊虽然找到了艺术描写的最佳角度来发挥个人的独特风格,以至《蓝屋》在描写这一特殊阶层的人物环境和人物心理方面达到了令人瞩目的成就,但在表现传辉最终抵制住蓝屋生活的诱惑上却显得软弱无力。"他通过对"白虹"这一女性角色的分析,认为"一旦作家把白虹这样一个虽然带有强烈的作家审美意识,但其精神生活又不那么充沛实在的幻想型女性,拿来和小说中表现得如此活灵活现的'上流'阶层的物质生活相抗衡,就必然会使人感到苍白无力。不难看出,这种艺术上的欠缺是和作家在描写她所熟识的人物和生活时一意驱笔驰骋而不能有所节制有关,特别是和作家本人还不善于从她所熟悉的生活圈子里'跳出来',从而对她所讴歌的正面形象和正面力量理解得更深刻有关。"前揭《两个金苹果:"跳出来"和"走进去"——〈蓝屋〉、〈流逝〉比较谈》,113页。
② 胡河清:《程乃珊的"俗"》,《文学自由谈》,1988年第6期,67页。
③ 陈子善:《程乃珊去世 海上萨克斯绝响》,《时代周报》,2013-5-9。

们》来得更为切题。"①

的确如此。作家以自己祖父的人生经历为原型,写中国银行行长祝景臣的命运沉浮,意在展现中国银行在抗战年代的艰辛成长。这样的题材,很容易让人联想到茅盾的《子夜》,然而后者却能在"吴公馆"上演人性大戏的同时,让那条表现民族资本发展的主线仍然清晰。而《金融家》希望借人物命运展现中行大历史的线索却模糊而支离破碎,在家族恩怨与大历史交错的生拉硬扯中,其"丰富性与曲折性与中行的宏大的历史相比,显得太为局促与简单"②。

但是,《金融家》围绕中华银行行长祝景臣家的子女隽敏、隽颖、隽人及其周边人物蔡立仁、范仰之、席芷霜所展现的笔力却醒目而精彩。开篇第一节是对"沪上第一流的教会女中——育秀女塾园"女学生们的介绍,那些聪明的、优雅的、傲娇的、自卑的个性活灵活现,跃然纸上。这一节堪称全篇的文眼,之后人物的命运起伏都与之有关。作品中最出彩的部分是对出入于"蓝屋"的女性心理的精细刻画。小家碧玉席芷霜看不起男友祝隽人所代表的"蓝屋"阶层,但是当她某天通宵排队买平价米、被贫穷"仅仅是不在意地轻轻触了一下"③后,

---

① 葛维屏:《纪念程乃珊:小说〈金融家〉评点》,葛维屏博客,2013-6-4,http://blog.sina.com.cn/s/blog_4b5cd7030101cund.html。
② 同上。
③ 程乃珊:《金融家》,上海:东方出版中心,2008,324页。

就吓得赶紧从那清高远大的理想抱负中缩回头来,匆匆嫁给祝隽人,断然做起了曾令她不齿的"女结婚员"。祝家大小姐隽敏,这位曾勇敢地冲出"蓝屋",与丈夫在重庆开启新生活的女性当再次回到上海、感受到那熟悉的上层生活气息时,立刻背叛了当初的自己,开始用"怨艾"的目光打量起自己的丈夫。在她眼里,这个当初令自己飞蛾扑火般追求的"男神"已光环退却,她终于认清,"男人的真正魅力,还是在于他的能力,他所处的优雅环境中某些无法形容的反衬:如一尘不染的单人写字间,漂亮的秘书小姐……""而抽去这一切,一个男人再潇洒帅气,也会失却光彩的。"①

《女儿经》中"宕开的一笔"同样入木三分。作品通过讲述沈家姆妈、女儿蓓沁和蓓琼三个女人的不同婚姻观,对上海小市民不顾亲情、道德而一心攀附"蓝屋"阶层的丑态进行批判。然而,作品中"宕开的一笔"却暴露出作者相反的内心倾向——潜意识中"一个劲儿地为前教会学校毕业生沈家姆妈的'不幸'(三个女儿未能嫁给老外!)陪眼泪"②。作品中有这样一个细节,沈家姆妈为了在同学会中为女儿拉关系,攀上一门好亲事而刻意地打扮了一番。当两个女儿看到打扮精致的沈家姆妈发出惊叹时,她却"脸上泛起一层苦笑;她姣好的身材,天生瘦削的二十二号半的脚码,高尚的审美观,似乎就是为着

---

① 前揭程乃珊《金融家》,367 页。
② 前揭胡河清《程乃珊的"俗"》,67 页。

当一名夫人而生的,岂料最终,却成为一个扎着围裙的'沈家姆妈'!她也弄不清为何要如此慎重对待这次'同学会',是为了向旧日宣布'我田映薇并没有被厄运压垮',还是为着向金昆锦之类的阔太太挑战:'我虽则没发财,不过,活得好好的!'"① 如非感同身受,作家很难如此细致入微地进行心理刻画。

与之相对,那些程乃珊似乎"用力"塑造的正面人物形象却缺少感染力。隽颖(《金融家》)、蓓琼(《女儿经》)都是作者赞扬的那类背叛"蓝屋"、自力更生的女性,但她们往往被刻画得呆头呆脑,与迷恋"蓝屋"的大小姐们相比实在缺少灵性。这是因为程乃珊并不熟悉和了解她们,不擅长跳出她所熟悉的生活圈子描写这类"陌生人"。出身"蓝屋"的她缺少洞悉这些人物心理的经验,因此只好用少量的笔墨对之进行概念化的勾勒,然后赋予一种理所当然的道德光环。

程乃珊曾说:"上海整座城市就是一个大的蓝屋,我把上海这座城市浓缩在蓝屋里,折射出上海三十年代到现今的一段历史。"② 因为历史笔力的欠缺,她的大历史书写计划终于没能实现③,但文本中"隐形的矛盾",则使她的作品在众多的"怀

---

① 程乃珊:《女儿经》,上海:上海文艺出版社,2014,44页。
② 姜小玲、韩璟:《程乃珊重"造"〈蓝屋〉》,《解放日报》,2005-5-12。
③ 《金融家》是其展现家族历史三部曲中的第一部,但是从80年代末直至其去世的二十多年,后两部始终没有问世。

旧"书写中独具特色，也成为她区别于陈丹燕等"怀旧"作家的重要标志。要知道，后者的"上海三部曲"更是丝毫不借助任何道德判断而直白地对"蓝屋"情调表达了无限向往。

〔第二节〕王安忆和陈丹燕的弄堂"传奇"

1. 王安忆的弄堂书写

比之洋房的高高在上，弄堂则显得更为家常和亲切。弄堂既是各类乌合之众栖身的家，又能接纳郭婉莹（《上海的金枝玉叶》）这样家道中落的千金，既可以是王琦瑶（《长恨歌》）等弄堂女儿们梦碎折返的家园，也是富萍（《富萍》）等外乡人在这城市的落脚点。弄堂之所以成为文化坐标而凸显于90年代以来的上海文学中，是因为这个从近代蜿蜒至今的空间，通过"日常"与"传奇"的结合，催生出了一种全新的文化精神内涵。

这首先要归功于王安忆。王安忆对弄堂的关注由来已久，在其早期作品《窗外架起脚手架》《逐鹿中街》《鸠雀一战》《一千零一弄》《流逝》《好婆与李同志》等系列作品中，她以弄堂生活为焦点忠实地记录下了上海市民生活复杂深刻的面相，但是从《长恨歌》起，她笔下的弄堂生活开始脱离朴实的民风，成为展现女性风情的道具。

1995年，《长恨歌》的横空出世让人眼前一亮，大家认为王安忆"别出心裁地"画出了上海的"肖像"①。的确,它获得众多青睐并夺得第五届"茅盾文学奖"的原因,正是"王安忆的上海故事中有着她个人的独特'哲学'"和"难以被其他上海故事淹没的内容特质"②,那就是用"传奇"来照亮平凡弄堂生活的本领。

《长恨歌》用通感的修辞手法将弄堂、闺阁和主人公王琦瑶合而为一,使弄堂成为一个充满逦迤风姿的女性气息的空间,使从中走出的平凡女性个个光彩照人。她笔下的弄堂非常性感:"弄堂里横七竖八晾衣竹竿上的衣物,带有点私情的味道;花盆里栽的凤仙花,宝石花和青葱青蒜,也是私情的性质;屋顶上空着的鸽笼,是一颗空着的心;碎了和乱了的瓦片,也是心和身子的象征。"③她写闺阁:"绣花绷上的针脚,书页上的字,都是细细密密,一行复一行,写的都是心事。心事也是无声无息的心事,被月光浸透了的,格外的醒目,又格外的含蓄,不知从何说起的样子。"④在这种气氛中生活的"王琦瑶"们:"无一不是感伤主义的,也是潮流化的感伤主义,手法都是学来的。落叶在书本里藏着,死蝴蝶是收在胭脂盒,她们自己把自己引下泪来,那眼泪也是顺大流的。那感伤

---

① 南帆:《城市的肖像——读王安忆的〈长恨歌〉》,《小说评论》,1998年第2期,67页。
② 吴俊:《瓶颈中的王安忆——关于〈长恨歌〉及其后的几部长篇小说》,《当代作家评论》,2002年第5期,53页。
③ 王安忆:《长恨歌》,北京:作家出版社,1999,6页。
④ 同上,13页。

主义是先做后来，手到心才到，不能说它全是假，只是先后的顺序是倒错的，是做出来的真东西。"①

作品的主人公——生长于弄堂、又归根于弄堂的王琦瑶，拼其一生努力追寻的都是那短短几年弄堂之外的"传奇"生活——参选"上海小姐"和入住爱丽丝公寓。正是这点可怜的、破碎的残梦照亮了王琦瑶后半生的弄堂生活。在弄堂外的"传奇"中折翼而返的王琦瑶开始了平安里的生活。每日下午四点，她都备上精致可口的下午茶，与二三好友小聚，在五六十年代风雨飘摇的中国社会中营造一个世外桃源。作品写到王琦瑶每每回忆"上海小姐"的选美往事时，都如梦如幻："上海真是不能想，想起就是心痛。那里的日日夜夜，都是情义无限。……上海真是不可思议，它的辉煌教人一生难忘，什么都过去了，化泥化灰，化成爬墙虎，那辉煌的光却在照耀。这照耀辐射广大，穿透一切。从来没有它，倒也无所谓，曾经有过，便再也放不下了。"② 这令人动容的怀旧深情不啻是向《海上花列传》时代的排花榜、选花魁致敬，更是向旧时代的上海致敬。与之呼应的是王琦瑶家座上客康明逊面对解放后上海的失落："这城市已是另一座了，路名都是新路名。那建筑和灯光还在，却只是个壳子，里头是换了心的。昔日，风吹过来，都是罗曼

---

① 王安忆:《长恨歌》，北京：作家出版社，1999，21页。
② 同上，144页。

蒂克，法国梧桐也是使者。"①

尽管王安忆不认为这部作品是一部"怀旧"之作，甚至认为前半部是"最不好的一部分"②。但文本自己的语言最能说明问题。无论是造势的规模还是故事的丰满程度，这部小说还是前半部分那个参选"上海小姐"、入住爱丽丝公寓和解放前降落到平安里的王琦瑶最为动人。

在王安忆的另一些作品中，类似《长恨歌》中从弄堂弥漫开来的旖旎气息，同样使外来者深受感染。1993年发表的《"文革"轶事》同样营造了一个独立于惨烈外部环境的优雅的弄堂空间。赵志国作为一个外来者"闯入"了张思叶的家："他只看一眼，便从张思叶家那些身穿蓝布罩衫，梳着齐耳短发的女人身上看出超凡出众的气质。这是一种养尊处优的气质，虽然经历了这些年的颠沛流离，却依然存在，只不过是如受惊的鸟雀，藏进了深处。他从她们的短发上看出'柏林情话'式的端倪，还从中式罩衫上看出复古的摩登。她们无论年长年幼，都含有一种贵妇的仪态，这仪态不是任何人都能领略的，它们往往是有一种朴拙的表面。她们长的各有差异，可是细部却一律经得起推敲。牙齿整齐，皮肤细腻，指甲润泽，表现出后天的精致调养。"③

---

① 王安忆：《长恨歌》，北京：作家出版社，1999，191页。
② 王安忆、张新颖：《〈长恨歌〉与上海怀旧无关》，《出版商务周报》，2008-8-12。
③ 王安忆：《王安忆自选集 第三卷》，北京：作家出版社，1996，427页。

这样的描述一点都不陌生，赵志国眼中张思叶的优雅气质，正是程乃珊那些"蓝屋"女孩们风致的再现。但相比于后者，弄堂的女孩子少了份娇嗔做作，而多了务实能干。

1995年的《长恨歌》之后，王安忆的弄堂风情悄然发生了改变。在这之后的作品中，弄堂的旖旎之风逐渐被另一种从弄堂走出的女性身上的扎实、聪明而充满朝气的生命力所代替。

据说《富萍》代表了王安忆创作风格的转变[①]。的确，王安忆借助写主人公富萍自始至终与"奶奶"钟爱的淮海路世界的隔膜、并最终走进闸北的棚户区的经历与选择，明确表达了有意与"怀旧"的空间拉开距离。然而，无论是富萍，还是《妹头》《米尼》《我爱比尔》《桃之夭夭》中的女孩子们，尽管已然由爱做"公主梦"、"明星梦"的王琦瑶们变成了一个个浑身带着虎虎生气、在弄堂市井中摸爬滚打，最终或成功、或失败地走向新生活的小兽们，在性格特征的枝节上呈现出各异的形态，但她们身上那种总也跳不脱的精明、世故、顽强、泼辣、天真烂漫又深情的性格特征，千篇也一律，其实都还是围绕着王琦瑶的闺阁风情做不同文章。从这个角度来讲，王安忆不仅继承了自《海上花列传》、"新感觉派"、徐訏的《鬼恋》以及

---

① 在前揭王晓明：《从"淮海路"到"梅家桥"——从王安忆小说创作的转变谈起》中，王晓明对王安忆在新世纪之初的作品风格转变进行了深刻的解读，认为《富萍》文本所传达出的是作者对90年代"怀旧"意识形态的坚决抵抗，这种抵抗虽然付出了牺牲文学丰富性的代价，但在思想史的意义上却达到了对于当代生活深刻而有力的批判。

张爱玲和苏青一路走来的以女性表现上海的路数,更在其笔下的女性人物身上一再重复着由《海上花列传》滥觞、张爱玲集大成的"世故中有天真,张狂里见感伤"①的性格。

这种性格在90年代国际化大上海的弄堂落地开花,使富萍、米尼、妹头、阿三、郁晓秋等等一长串的女性人物,无论是来自外乡还是产自本土,无论是否具有这般那般的缺点,都非常相像,这形成了王安忆作品独特的"弄堂女儿"的人物谱系②。从这些人物身上,完全能够照见历史深处《海上花列传》的青楼女子以及白流苏、曹七巧、葛薇龙的身影。

吴福辉说:"弄堂也是上海,而且是一头连着世界潮流,一头连着中国本土的那种上海。"③王安忆正是巧妙借用了弄堂空间所具有的世界性与本土性,使得文本呈现出一种别样的风貌。

这一因素直接影响了王安忆小说的语言风格。无论是白描人物还是书写感觉,她的小说中总是罗列着大量层层递进的比兴,表达某种如弄堂般蜿蜒曲折、神秘悠长的深意。除了《长恨歌》外,这里再拾取一例。中篇小说《香港的情与爱》对逢佳与凯弟这两个分别来自大陆与香港的女性进行了对比:"她同凯弟是奇异的对比,凯弟可将最世俗的东西戏剧化,逢佳则可

---

① 王德威:《海派作家,又见传人》,《当代小说二十家》,北京:生活·读书·新知三联书店,2006,26页。
② "弄堂女儿"形象分析见下编第一章"王安忆小说的上海人物谱系"。
③ 吴福辉:《老上海土地上的新兴神话——海派小说主题研究》,《文学评论》,1994年第1期,16页。

将最喜剧的东西世俗化。她们俩都是有诗意的女人，不过是两种诗意。逢佳的诗意是孩子气的，是那种贪嘴肥胖孩子的孩子气；凯弟则是女人气的，优雅和梦幻。她们都是性感的女人，也是两种性感。凯弟是骨头里的销魂，逢佳是肉里的销魂。肉是比骨头更灵活易感，更真切现实的；骨头却是带有记忆性质的，是供以后回味的。"① 逢佳与凯弟的肉与骨的性感对比，不正是王琦瑶出、入于弄堂之间时的两个化身么？通过这种抽丝剥茧式的比喻或比兴对一种感觉进行淋漓尽致地描绘，是王安忆小说语言的特征。

王德威说："由于历史变动使然，王安忆有关上海的小说，初读并不'像'当年的海派作品。半世纪已过，不论是张爱玲加苏青式的世故讥诮、鸳鸯蝴蝶派式的罗愁绮恨，或新感觉派式的艳异摩登，早已烟消瓦灭，落入寻常百姓家了。然而正是由这寻常百姓家中，王安忆重启了我们对海派的记忆。"② 他将王安忆的市井风格归纳为"自觉的新海派意识"③，并认为王安忆笔下的市井人物"所思所做的一切，看来再平庸琐屑不过，但合拢一块，就是显得与其他城市有所不同。这里或许有'奇异的智慧'？套句张爱玲的名言：'到底是上海人！'"④

---

① 王安忆：《香港的情与爱（王安忆自选集·第三卷）》，北京：作家出版社，1996，506页。
② 前揭王德威：《海派作家，又见传人》，《当代小说二十家》，20页。
③ 前揭王德威：《海派作家，又见传人》，《当代小说二十家》，24页。
④ 前揭王德威：《海派作家，又见传人》，《当代小说二十家》，20页。

王安忆的书写，使弄堂与生俱来的亲民性与上海的传奇色彩完美结合，再一次满足了当时人们"将上海'定位'于一个无限繁华和富有'传奇性'的国际都市"①的虚荣。

2. 陈丹燕的"上海三部曲"

王安忆从空间到人物的"诛心"法同样适用于陈丹燕。"上海三部曲"是陈丹燕以历史照片、名人故居为底本，结合当事人的叙述并添加自己的文学想象而成。在探访名人故居时，面对着老照片、老建筑，她往往借助"诛心"的想象，将一张老照片上的建筑和人物与旧上海联系到了一起。

这种"诛心"有时是通过味道连接。《上海的金枝玉叶》中作者拜访老年戴西所在的弄堂："我总记得在秋天的那个黄昏里，从窗子外徐徐吹进来的，是暖和的晚风，老年戴西坐在用旧了的绿窗帘前，用手指轻轻把空气划向自己，她仰起脸来，半闭着眼睛，很享受地说：'你闻到空气里的桂花香吗？这样甜蜜的香气。'"②有时是通过色彩连接。张爱玲故居"在一个热闹非凡的十字路口，那栋老公寓，被刷成了女人定妆粉的那种肉色，竖立在上海闹市中的不蓝的晴天下面"③。这里恐怕再没有比"定妆粉的那种肉色"、"不蓝的晴天"所散发出的暧昧气

---

① 陈惠芬：《想象上海的 N 种方法——20 世纪 90 年代"文学上海"与城市文化身份建构》"导论"，上海：上海人民出版社，2006，12 页。
② 陈丹燕：《上海的金枝玉叶》，上海：上海文艺出版社，2015，43 页。
③ 陈丹燕：《上海的风花雪月》，北京：作家出版社，1998，46 页。

息更能契合张爱玲那"参差对照"的著名论断了。有时是通过某种气息连接。江青故居使作者感受到房间里"一种热腾腾的欲望和恼怒的气息"[①],"那是江青的气息,她一生的气息。一个人住过的房间有时比一个人的脸还能说明这个人"[②]。还有时是通过他人的映照进行连接。在《上海的红颜遗事》中,陈丹燕采访程姚姚小学同学约伯,"我见到他的那一天,他穿着浅米色的细帆布裤子,上身是织着绿色和紫红色小花饰的薄毛衣,他是一个摩登的人。……约伯身上的摩登气里,带着因为不一般的生活趣味而被压抑和排挤的人会有的倨傲和自嘲,所以没有时髦的人常不能免的轻浮之气。"[③]

时过境迁,与其说作者是去探访弄堂空间,不如说是去印证自己的想象。这里"桂花的香气"、"欲望和恼怒的气息"、"定妆粉的那种肉色"等等,都成为作者赋予的提升弄堂空间文化格调的重要符号。

而对于作品中的人物,陈丹燕不是写他们由出身带来的优雅气质,就是写为力争上游而拼搏的传奇。她最善于写那些从"蓝屋"坠入市井弄堂中的落难公主,例如永安公司的郭家四小姐郭婉莹,莎士比亚专家、后成为王元化妻子的张可女士等这类出身尊贵、教养出众的女子,突出她们在逆境中对优雅从

---

① 陈丹燕:《上海的风花雪月》,北京:作家出版社,1998,66页。
② 同上,67页。
③ 陈丹燕:《上海的红颜遗事》,北京:作家出版社,2000,57页。

容气质的坚守。"有时候,真的让人怀疑,是不是一个人的品质实在童年生活中就确立了的,而且很可能,富裕的明亮的生活,才是一个人纯净坚韧品质的最好营养,而不是苦难贫穷的生活。"①

这一出身决定论甚至影响了陈丹燕对人物某些方面作出客观、准确的判断。从作者提供的老照片看,郭婉莹不算外貌出众,但为了让她与自己尊贵的出身和教养相匹配,陈丹燕爱屋及乌:"在新学校里,她成了一个什么都不缺的快乐的孩子。女孩子多的地方,总是比相貌,她是头挑的,虽然还没长到让人惊艳的二十岁,但能看出来她已经是一个秀丽的少女了;富家女多的地方,容易比家境,她是头挑的;外国学校,当然比英文,她也是头挑的。"②此外,当写到这类富家女半生落难的经历时,重点突出她们的自尊、骄傲与对品质生活的坚持。郭婉莹被扫地出门后,仍然能够在贫民窟的煤球炉子上,用被煤烟熏得黑黑的铝锅做出彼得堡风味的蛋糕;张可在丈夫落难,家庭经历巨大变故时,仍能"桌上铺着干净的桌布,衣橱里有熏香"③。郭婉莹和张可身上那宠辱不惊的优雅气质是锦衣玉食的出身和教养所致。

《上海的红颜遗事》中的姚姚是另一种人。她并非出身尊

---

① 前揭陈丹燕:《上海的金枝玉叶》,22—23 页。
② 前揭陈丹燕:《上海的金枝玉叶》,23 页。
③ 前揭陈丹燕:《上海的风花雪月》,237 页。

贵,却也不是庸常之辈,她是从弄堂走出的传奇。姚姚作为旧上海电影明星与剧作家后代,并不是一个试图"在沙上建房子"①的普通人。她的母亲上官云珠为了从江南小镇走进大上海所做的各种冲决一切的努力,其父亲姚克作为新文学时期活跃的文人所表现出来的才华横溢、风流倜傥,以及二人对爱情的热烈追逐,都充满了殖民时期上海香艳的传奇色彩。而姚姚则是从小被训练成努力向"蓝屋"阶层晋升的一类少女。她的妈妈上官云珠严苛地对其管教,逼迫她学习钢琴、舞蹈、英语,以便有朝一日挤进"蓝屋"。纵观姚姚的一生,父亲的背叛,母亲的两次离婚,第一个男友自杀,产下私生子,失去爱情、工作、亲人和前途,直至最后死于非命,不难让人联想到其一脉相承的家族原罪。陈丹燕通过血亲的勾连将姚姚的故事涂抹上了浓厚的传奇色彩,将读者拉回旧上海的时间现场。

"上海三部曲""总序"的一段话证明了陈丹燕对90年代上海的理解:"在我的故事里,街道与建筑都是城市这个人物形象的相貌,居民的故事都是城市这个人物形象的细节,城市历史都是城市这个人物形象的内心世界,所以,'上海三部曲'其实是一本书,这本书就叫上海。"②

从1998年到2000年,"上海三部曲"屡屡创出惊人的销售

---

① 前揭陈丹燕:《上海的红颜遗事》封底概述。
② "上海三部曲"的"总序"。

业绩①。这种盛况的出现不是偶然,而是有着话语背景的铺垫。早在1997年3月,《上海文学》杂志在篇首"编者的话"就通过推介陈丹燕的散文新作《上海人的"面子"与"夹里"》②赞扬了她的独特之处。文章认为陈丹燕抛开人们习以为常的跑马场、交易所、银行等这些代表上海人"面子"、体现上海国际大都市命脉的地方,而专注于弄堂、街心花园、咖啡馆等这类供人休闲放松、代表上海人"夹里"的地方,就使得凡夫俗子感受到了曾经遥远的玫瑰梦触手可及,看到了自身日常生活中也有可能孕育出的华彩。

3. 弄堂书写与"日常"叙事

类似王安忆和陈丹燕笔下的90年代以来的弄堂生活,也曾出现在之前的上海文学史中,然而面貌却大相径庭。现代作家鲁迅、郁达夫、茅盾等人笔下的弄堂从未展现出如此女性化和"传奇"的一面。鲁迅从1927年直到去世,基本都生活在上海,这里文化、经济和社会纷繁复杂的景象使得鲁迅离开教职、重新"沉入于国民中",给他提供观察中国丰富的素材,从而创作出大量的杂文。在上海的十年,是鲁迅走向鲁迅的关键。但对于所居住的上海弄堂,他却从来没有好感,常常为其

---

① 1998年6月,《上海的风花雪月》首印1万册,不到十天售罄;1999年,讲述永安公司千金郭婉莹经历的《上海的金枝玉叶》首印5万册,2000年,讲述电影明星上官云珠女儿姚姚传奇一生的《上海的红颜遗事》出版,其时"三部曲"的前两册已分别取得12万册和10万册的销售业绩。
② "编者的话",《上海文学》,1997年第3期。

嘈杂的环境和旁边小市民的庸俗不堪而烦恼。从初到上海直至去世,他都表达了对居住空间逼仄狭小的遗憾,"暂住"、"混一下"、"拟北归"等字样也常常出现在他的杂文书信中①。

从郁达夫的文字也能见出他所感受的上海弄堂总是如"鸟笼"般逼仄,不值得观赏与驻足。在中篇小说《春风沉醉的晚上》中,尽管与工厂女工陈二妹的相邻而居给主人公凄冷的外乡生活增添了些许温柔的绮梦,但他一有机会还是会冲出弄堂,走向更广阔的天地。梁实秋《住一楼一底房者的悲哀》有一段话形象地描绘出弄堂亭子间的景象:"厨房里杀鸡,无论躲在哪一个角落,都听得见鸡叫(当然这是极不常有的事),厨房里烹鱼,我可以嗅到鱼腥,厨房里生火,我可以看到一朵一朵乌云似的柴烟在我眼前飞过。"② 在这些现代作家的笔端,是无论如何感受不到王安忆所谓弄堂的"上海心"③ 的。

即便是王安忆写于80年代的一些小说,其中的弄堂空间也并未被打上她90年代作品中那类明显的文化标签。在中篇小说

---

① 1927年12月19日致邵文熔信中说:"'弟'从去年出京,由闽而粤,由粤而沪,由沪更无处可住,尚拟暂住"。鲁迅:《致邵文熔》,《鲁迅书信集》(上卷),北京:人民文学出版社,175页。1932年5月3日给李霁中的信:"我本拟北归"。同上,305页。1934年5月24日致王志之信:"上海的空气真坏,不宜于卫生,但此外也无可住之处,山巅海滨,是极好的,而非富翁无力住,所以虽然要缩短寿命,也还只得在这里混一下了。"同上,556页。1936年9月15日致王冶秋信:"北方我很爱住,但冬天气候干燥寒冷,于肺不宜,所以不能去。"《鲁迅书信集》(下卷),1037页。《阿金》近于小说的题材,写了弄堂一下层保姆的可憎形象。
② 林呐等:《梁实秋散文选集》,天津:百花文艺出版社,2009,23页。
③ 前揭王安忆:《长恨歌》,295页。

《流逝》中，那位从"蓝屋"走进"弄堂"的欧阳端丽按说最有资格将洋房的优雅带入弄堂，但作者却让她祛除这份"高贵"，最终融入弄堂生活，成为不带任何身份标签的芸芸众生的一员。由此可见，尽管王安忆不愿人们将《长恨歌》与"怀旧"书写联系在一起，但在90年代许多文本中生发出的"上海心"，却的的确确是由王琦瑶带来的，并逐渐演变成为90年代独具特色的传奇性"日常"叙事景象。

这种"日常"叙事的手法，与90年代上海文学界迫切追求"写出上海特色"的情怀有关。80年代末90年代初，在广州开启的"新市民文学"的刺激下，全国掀起了"日常叙事"的写作热情，上海的文学界也开始着力寻找一种表达上海市民日常生活状态的写作途径。王安忆在《寻找苏青》中说："别的地方的历史都是循序渐进的，上海城市的历史却好像三级跳那么过来的，所以必须牢牢抓住做人的最实处，才不至于恍惚若梦。"①《长恨歌》的确践行了这种追求，让王琦瑶的人生穿行在绮丽的梦与平凡的生活之间。与此同时，之前以"蓝屋"书写为当行本色的程乃珊也开始关注弄堂里的平民生活："我就是从这些半暗半明的老式房子里认识生活的"②，但相比于王安忆，她的"穷街"写法显然不足以代表"上海特色"。最终，是王安忆《长恨歌》中的"日常"书写带给了大家惊喜，成功地

---

① 王安忆：《寻找苏青》，《上海文学》，1995年第9期，34页。
② 程乃珊：《望不尽的人生路》，《上海文学》，1990年第3期，73页。

为"上海特色"指出一条康庄大道。这种普通中孕育的"传奇"、"浮泛的声色"下的"日常","就像大地上长出各色花草、果木和庄稼"①,亲切又充满诗意,既很好地满足了人们对上海的文化想象,又让那些在对"洋房"的仰望中产生审美疲劳的人们找到了新的精神寄托②。于是,"日常",成为90年代以来上海文学中最为重要的关键词③之一。

与之相对,那些曾在90年代文学作品中热闹了好一阵的"洋房"、"跑马场"、"银行"等"蓝屋"阶层的生活场景,则由于对大多数人来说的距离感和观赏性,更多地作为审美物象出现在纪实性的文学作品中④。与之相对,被"传奇"升华了的弄堂生活,则因为更大的亲和力和包容性拓展了作家们的想象空间,一再出现在虚构类的文学作品中,并展现出万般变化。

进入新世纪以后,当人们再次对这类"日常"写作产生审

---

① 王安忆:《"三城记"小说系列第一辑(上海卷)〈女友间〉》"序",上海:上海文艺出版社,2001。
② 王晓明《从淮海路到梅家桥——从王安忆小说创作的转变谈起》和陈思和《从细节出发——王安忆今年短篇小说初探》,都认为作品与那些"沉醉于咖啡洋酒的上海文化版图"的"怀旧"区别开来。
③ 1998年10月《上海文学》在"编者的话"《风风雨雨海上花》评价殷慧芬的《吉庆里》,也是认为其弄堂书写把握住了上海的灵魂:"有时候,一些重大的历史事件伴随着岁月流逝,而渐渐会在人的记忆里淡化。然而,那些平凡的日常生活,倒反而会被人们牢记。" 2008年上海文学界作为对改革开放三十年的献礼,推出上海新时期作家作品"白玉兰文学丛书",在"序二"中王安忆说:"编这套丛书的时候,我发觉在我们上海作家的写作中,常常有一个绰约的背景,就是市井。"
④ 90年代中后期至新世纪以来,出版了大量以"老照片""上海记忆"等为名的表现老上海风情的纪实性作品和"专栏"。

美疲劳，王安忆再次对弄堂空间进行了拓展。在其2012年发表的中篇小说《众声喧哗》中，借助欧伯伯、保安囡囡和打工妹六叶三人所代表的三种空间类型的碰撞，建构出新的文本意象。在这部作品中，原本一枝独秀的弄堂与囡囡的城市商品房及六叶的小商品市场相遇。作者首先让囡囡在商品房空间沾染的市侩庸俗与欧伯伯弄堂空间的庄严典重形成对比，并通过欧伯伯对囡囡富有禅意的规劝表现出来。而打工妹六叶携带的来自小商品市场的野性和活力，则使文本的境界更为开阔。六叶身上裹挟的江湖气，给欧伯伯和囡囡沉闷的禅意空间注入了人间烟火的气息。如同《巴黎圣母院》中艾斯米拉达的闯入打通了的神界、人界和底层世界一样，欧伯伯、囡囡、六叶的共同参与，打通了本无太多交集的弄堂、商品房和小商品市场三类空间，在一个极具张力的结构里，展现新时代上海都市纷繁复杂的面相。

以上"洋房"与"弄堂"书写同为90年代以来"怀旧"思潮的表现，根底相同，却由于不同的包容度在后来的文学发展史中命运不同。王安忆所开拓的弄堂空间，经过"传奇"的注入被正名为上海的"里子"、"夹层"，从而具备了持久非凡的魅力被更多作家承袭[1]，最终成为展现上海精神和表达都市最强

---

[1] 第九届"茅盾文学奖"关于《繁花》的颁奖词："如一个生动的说书人，将独特的音色和腔调赋予世界，将人们带入现代都市生活的夹层和皱褶，乱花迷眼，水银泻地，在小历史中见出大历史，在生计风物中见出世相大观。"中国作家网。这部作品是从另一个角度对这种日常中见传奇的"里子"的印证。

有力的手段。而程乃珊及其后来者的"蓝屋"书写，则由于千篇一律的审美方式招致越来越多的批评，虽然在之后的文学样式中数量仍然不少，影响力却逐渐式微。

〔第三节〕租界"传奇"

这类作品有小白的《租界》（人民文学出版社 2011 年 3 月份出版）和虹影的"上海三部曲"（《上海王》 2003、《上海之死》 2005、《上海魔术师》 2006）等。小白是土生土长的上海人，其 2010 年出版的第一部长篇小说《局点》写了 80、90 年代上海的都市传奇，《租界》则将这种对传奇的爱好向前推进到了 30 年代的上海。

故事讲述 1931 年前后的上海租界。专为报社提供照片的小薛因为无意中拍摄的照片而卷入一系列的政治事件，从此拉开了一个充斥着暗杀、绑架、情欲、革命、暴力、恐怖的传奇故事。小白似乎唯恐别人将这部作品列入通俗文学之列，不仅在附录中引述档案卷宗，而且一再表明故事绝非空穴来风的杜撰[1]，而是在上海档案馆查阅大量资料和上万幅照片的辛苦求证所得，以此证明作品并未失去纯文学的品味。

众多论者也围绕纯文学与通俗文学的界限对这部作品进行

---

[1] 孙甘露、小白：《小白：上世纪二三十年代租界那点事儿》，《东方早报》，2013-9-15。

评论①，对小白的这一追求进行了肯定。李敬泽在本书"序言"中的一句话，"小白从历史档案中、从缜密的实地考察中，以一种考古学家的周详（当然不是挖掘曹操墓的考古学家）和一个诗人的偏僻趣味，全面地重建这座城市"②，更是成为作品发行的广告语。李伟长也认为，取类型文学与纯文学之长，正是这部作品最值得称道的地方③。

然而众多名家的力推无助于说明这部小说与通俗文学中的黑帮文学或谍战文学有何不同，以致"开拓了上海城市文学的叙事新空间"④。倒是小白自己通过对租界的诠释透露出他写作的深意："租界就像个大染缸，把进入它的人，跟它有关的事统统染上一丝传奇色彩。那多半是因为，它就像是个漂浮在天上的空虚之城，没有根，没有过去（大概也同样没有未来），它把所有生活在其中的人，或者哪怕仅仅是短暂过客，全都漂洗过一遍，全都变成和它一样，既没有过去，也没有未来，只有传

---

① 2011年5月12日，上海作协举行的作品研讨会，李敬泽、孙颙、陈村、孙甘露、吴亮、罗岗、黄昱宁均提出自己观点。陈熙涵：《小白新作〈租界〉引出话题——哪天心"掏"完了，还能写啥？》，《文汇报》，2011-5-13（6）。
② 李敬泽：《摄影师、炼金术士及重建一个上海》，《租界》"序言"，北京：人民文学出版社，2011。
③ "小白在《租界》里的尝试值得肯定和总结，坚持纯文学的写作风格和路数，并不妨碍将一个通俗故事写得潮起潮落，紧张刺激而又绽放文字的繁复。这种做法无论对纯文学还是类型小说都有借鉴价值。纯文学与类型小说，可以取对方之长，衍生出第三种文体，东野圭吾的《白夜行》可谓典范。"李伟长：《租界标签小白制造》，《文学报》，2011-6-23。
④ "书评"，《文学报》，2011-6-23（8）。

奇。"①原来，他在这个看似没有历史和未来、只有传奇的租界身上，寄托了对当代大上海的隐喻。

然而，通过历史的卷宗抵达这个境界也并不容易。也许是对历史碎片整合的困难，也许是"诗人的偏僻趣味"使然，作品唯一能显示与黑帮谍战小说的不同之处，是那些通过破碎的语言营造出的诗般意境。"她听到窗外有人长叹一声。她透过窗帘缝隙望出去，凌晨时天空比夜里更黑。街道好像被露水洗过一遍，车轮像是在湿透的吸墨纸上滚。骡马拉着沉重的粪车，是车夫在打呵欠……"②"绳子一旦松开，他怀疑自己刚刚真的已睡着。绳子一旦松开，他觉得浑身上下好像有千万根针在扎他刺他。好像空气里有无数针尖，好像空气被压缩，通过一种极细极密的筛网刺向他。"③这些语言若分行罗列，完全可以当作诗歌来读，而经由这种语言所营造的故事则无疑充满了跳跃感，也许这才是小白所追求的纯文学的风韵。

虹影的租界小说却是另一番风貌。60年代出生的她本是重庆人，80年代末曾到复旦大学作家班读书，90年代初追随当时的丈夫赵毅衡远赴英伦，新世纪初离婚后再次回到北京定居。虹影的个人经历跌宕起伏，充满传奇色彩。她曾说写作"上海三部曲"（新世纪初出版）是为了完成父亲的夙愿。

---

① 小白：《租界》，北京：人民文学出版社，2011，63页。
② 同上，78—79页。
③ 同上，241页。

《上海王》《上海之死》《上海魔术师》三部小说都是写1940年代的上海，然而三部作品三个视角，通过三个女人展开租界的黑帮故事、谍报故事和爱情故事。虹影的确有本领将这些故事写得引人入胜，但论者的焦点并不是集中于通俗文学与严肃文学的界限，而是质疑本非上海人的虹影何以仅凭三年的上海生活经历和来自父辈的上海情结就能表达出这个城市的精髓？①

面对这样的诘问，虹影的自我辩解的确暴露出她对于上海的理解十分浮泛："现在的上海开放、大气、充满活力，而老上海颓废、诡异，是冒险家的乐园。上海集合了中西文化气质中最为精华的部分，远不是上海女作家笔下所描写的局促、狭隘，或充斥着鸡毛蒜皮的琐事，或流露出卿卿我我的小资情调，或排列着日常生活的无聊细节；也不是外国作家笔下所展现出的或神秘莫测，或光怪陆离的情景。他们都无法将一个真实的上海还原给读者。"②

这是将自张爱玲而下到王安忆、唐颖、卫慧等上海女作家写上海的路数统统打倒的架势，并据此得出了颇为自信的结论："多年来，我穿梭于中国与英国之间，谙熟中西方文化，只

---

① "对于上海，她了解得太少，缺乏真实的生活做基础，没有切实的生活感受。20世纪初的黑帮生活也是她无法了解的，她只能凭借一些史料和别人的创作来想象。所以《上海王》中的'上海'实在不像上海。"徐捷：《〈上海王〉——虹影创作上的"滑铁卢"》，《社会科学报》，2004-7-29（6）。
② 虹影：《我有资格写出上海的精气神》，《中华读书报》，2005-5-11。

有我才有资格将上海的精神气准确、完整地描摹出来。"①

可是,从文本来看结果事与愿违。比如当《上海王》中的女枭雄筱月桂的故事结束后,作者在文末写自己在当代上海屡次捕捉到了她的影子。有一次在福州路上,是一个身轻如燕的女子,有一次在南京路上,是一个闲适优雅的形象②。如果说筱月桂是个传奇的话,虹影让她在当代上海还魂,意思是上海的市井生活中本身就蕴含着无数的传奇:"现在店里好东西真是不多,噱头不少,筱月桂那样的女子最笑话噱头,她是讲究'实惠'的上海人,不喜欢虚火张致。至于'时尚'?她是创造时尚的人,她从不跟时尚走,自降身份。"③ 但实际上,无论是"实惠"还是"时尚",都不能跟那个曾叱咤租界黑帮的筱月桂联系在一起。这两种气质相去甚远,倒是被虹影曾经鄙视的张爱玲和王安忆的传奇观,于焉浮现。

有意思的是,与小白一样,虹影也信誓旦旦说自己的上海系列都是有据可依,而非"向壁虚构"④。这样的写作心理值得玩味。这说明小白也好、虹影也罢,都有一种隐忧,生怕自己被归入通俗作家、类型写手的行列,于是拼命在文本形式上下功夫,希望通过在其中展露的"个性",跟一般的通俗文学划清

---

① 虹影:《我有资格写出上海的精气神》,《中华读书报》,2005-5-11。
② 虹影:《上海王》,成都:四川文艺出版社,2016,334页。
③ 同上。
④ 虹影:"叙述者声明",《上海王》"附件",成都:四川文艺出版社,2016。

界限。

可惜,这样的"个性"恰恰让他们的文本显得不伦不类——既没有俗文学的通达,也没有纯文学的深厚。以小白的《租界》、虹影的"海上花"系列为代表的对上海租界传奇的书写,显然不足以担当"开拓了上海城市文学的叙事新空间"的使命,它们其实是旷日持久的"怀旧"风的一个变种。当时,人们看多了"怀旧"叙事中的风花雪月、弄堂人生后,这种类型的作品给读者带来了新鲜的阅读体验,但其实这种"怀旧"的路数一直都存在。还是陈惠芬说的好:"20世纪90年代以来的时代风尚中,这一切则似乎尚'不够上海',神秘女人那一截似露未露'紫红色绒线衣'也还承载不了多少上海的'风华',因而还须另辟一条线索,另添一些篇章才能将故事说得'娓娓动听'和'有沧桑感',于是便有了油酱店小开和他的情人/'阁楼上的疯女人'的'传奇'故事。……这个故事之所以出现在作品中,很大程度确实因为它是'旧上海的故事',氤染着某种昔日'繁华'的气息,其带来的与其说是'摇曳生姿'的美学效果,毋宁说是一种别有意味的旁枝斜出。"[①]

[①] 前揭陈惠芬:《想象上海的N种方法——20世纪90年代"文学上海"与城市文化身份建构》,58页。

〔第三章〕
另一种"怀旧":都市社会主义记忆后来居上

90年代以来,在经历了大都市发展的初级阶段之后,相当一部分作家通过回到殖民地时期的老上海现场照亮上海的当下和未来,但还有一部分作家则清醒地意识到这些想象的虚幻及其与现实之间的遥远距离。与此同时,伴随着官方勾画的蓝图中那个国际化大都市的逐渐显现,一些人发现自己心中熟悉的老上海已荡然无存。他们生活在这个割断了时间感的巨大都市中,能够带来慰藉的只有年少时记忆中的那个上海。在这一背景下,就出现了一类通过回到记忆中的上海现场,表达对历史的温情或与当下决裂的文学作品。 METROPOLITAN 所指涉的大都市带给人的孤独感、陌生感以及异化的气息,就在这类文学作品中被表现。当然,这种"怀旧"往往如工笔白描般真实亲切,也往往则带有强烈的主观色彩。

〔第一节〕"物"的《繁花》

2012年《繁花》的出版无疑是上海文坛的一件大事。无论市场反应还是学界口碑,这部被誉为"2012年中国文学天空划过的一道闪电"①的长篇小说着实让温吞了许多年的上海文坛喧腾了一把。《繁花》被中国图书评论学会评为2013年中国好书第一名,获得第十一届华语文学传媒大奖年度小说家奖、第一届鲁迅文化奖年度小说奖,并不出意外地在2015年8月获得第九届茅盾文学奖。"茅盾文学奖"评委之一的刘川鄂对这部作品在时间和空间上的延展意义进行了肯定:"它既写吴地,又写历史现实,着重描述了'红色时代' 20世纪60年代和纷繁复杂的90年代。两种时空交替十分自然,精细展现了上海市井生活面貌。一代人的成长记忆,一座城的历史变迁。娓娓道来,平淡而近自然,应该说得到了《红楼梦》的精髓,提升了当代海派文学的表现力。"②

面对众多的褒奖,金宇澄却谦虚地说自己只想"做一个位置很低的说书人"③,意思是只想"述而不作"地"向这座伟大

---

① 程永新:"名家推荐",《贵州日报》,2014-1-10。
② 刘川鄂:《各有所长,各有缺憾——第九届茅盾文学奖评奖札记》,《南方文坛》,2016年第1期,77页。
③ 金宇澄、朱小如:《金宇澄推出〈繁花〉:我想做一个位置很低的说书人》,《文学报》,2012-11-9。

的城市致敬"①。但如果大家真的对他这句话信以为真就大错特错了。作品中出现那么多的人物对话,以及对话中人物的"不响",并不是作者真要放弃话语的权利,而是要更高明地借他人之口为自己的青春记忆唱挽歌。

《繁花》的叙事时间线为上海20世纪的60年代至90年代,通过阿宝、沪生、小毛三个好友的青春往事,在时空交错中展现那个时代上海的生活图景。虽然作品的时间跨度大,90年代也占据不少的篇幅,但作品的重心还是在60年代的上海。

作品预设抓人眼球的桥段不少。无论是小毛与沪生、阿宝从交好到疏远,还是阿宝初恋情人蓓蒂的突然"人间蒸发",抑或是沪生与姝华、阿宝与雪芝之间的情愫款曲,单独抽出来都值得大书特书。可惜不知意不在此还是笔力不够,作者对这些桥段都没有很好地展开。以小毛的两次性格转变为例。他与阿宝、沪生第一次反目是因为恋人银凤的轻浮造成兄弟间的误会,这使得小毛从一个单纯热情的大男孩一下子变得沉默寡言。对他而言,随后作出斩断爱情与友情的决定,是非常艰难痛苦的,但作品并未对小毛这一时期的心理活动做任何深入的挖掘,从而使得这次转变显得非常突兀。第二次性格转变发生于他的妻子春香死后,这使得小毛的性格又一变,从沉默寡言

---

① 金宇澄、朱小如:《金宇澄推出〈繁花〉:我想做一个位置很低的说书人》,《文学报》,2012-11-9。

变成每天拥蝶环翠,轻浮浪荡。按理说这是痛失所爱、自暴自弃的结果,其中最精彩的部分应该是他隐藏在放浪外表下痛苦的内心挣扎,但作者对此还是没有只言片语的描写。此外,他与银凤分手后彷徨于银凤与春香之间的矛盾心理,也丝毫未着墨。小毛这个人物本是作品中最为丰满的形象,尚且留下许多遗憾,其他的人物形象就显得更为单薄。

除此以外,作品中阿宝与初恋情人蓓蒂的关系则失之缥缈。其实阿宝后来对待梅瑞、雪芝、汪小姐、李李等其他女性的态度,都与对蓓蒂的记忆有关,但显然前期的铺垫不足,仅靠两人儿时一些断断续续交往的情节交待,绝不足以支撑后文阿宝那曾经沧海难为水的深情。总的来说,作品中三个主人公与女性交往的部分,都写得如流水账般寡淡和空洞①。

然而,在这些空洞的情节之外也有丰满的内容,那就是借助三位主人公的成长经历所展示的社会主义上海时期引领全国潮流的、相对丰盈的"物"的世界。为了这部分内容的丰满,作者有时不惜牺牲情节逻辑的合理性和连贯性。例如第十五章第三节写沪生收到姝华的信,触物生情,回忆二人逛中山公园的情景。作者对公园内二人交流时的语言、气氛几笔带过,却对出园后公交车上偶遇的两男一女的打扮进行精细地刻画:"两男是高中或技校生,一人是蓬松的火钳卷发,留J型鬓角,军

---

① "《繁花》中出现那么多人物,却没一个是可被触摸、可被想象出形象、可站在读者面前摇晃性情推不开的。"黄惟群:《我看〈繁花〉》,《雨花》,2016年第7期,32页。

装,大裤管军裤,身背'为人民服务'红字绒绣的军绿挎包。另一男戴军帽,蓝运动衫,红运动长裤,军装拎于手中,脚穿雪白田径鞋,照例抽去鞋带,鞋舌翻进鞋里,鞋面露出三角形的明黄袜子。女初中生,穿有三件拉链翻领运动衫。这段时期,无拉链运动衫,上海成为'小翻领',拉链运动衫,称为'大翻领',即便凭了布票,也难以买到,只有与体育单位有关系的人员,才会上身。女生的领口,竟然露出里外三层,亮晶晶铝质拉链,极其炫耀,下身黑包裤,裤管只有五寸,脚上是白塑底,黑布面的松紧鞋,宝蓝袜子。"①

且按下若干年后留在沪生脑海里的竟不是情意绵绵的交流场景,而是两个陌生人的装扮是多么地不合逻辑,接着来看下文:"如果是寒冬,这类男女的黑裤管下端,会刻意露出一寸见宽的红或蓝色运动裤边——1966年的剪裤时代,已经过去。此刻三个人,处于1967—1970时代,小裤管仍旧是这个时期的上海梦,这身女式打扮,风拂绣领,步动瑶瑛,是当时上海最为摩登,最为拼贴的样本,上海的浪蕊浮花,最为精心考究的装束。"②

至此,读者才恍然大悟,原来前面的所谓"触物生情"不过是一个铺垫,重心是为了给后面和盘托出那个年代人们的着装打扮面貌风情造一个壳。果不其然,介绍完这两男一女后,

---

① 金宇澄:《繁花》,上海:上海文艺出版社,2013,198页。
② 同上,198页。

作者又再次变得惜字如金,"姝华轻声说,色彩强烈。沪生说,是的。姝华说,漂亮吧。沪生说,这不议论。……姝华说,……沪生不响。姝华说,……沪生说,嗯。……"①

作品中类似这样的片段比比皆是。《繁花》最大的特色就是几乎全用对话连缀而成,但细细考察,对话中涉及推动情节的关键部位却用笔非常俭省。据说有人统计作品共有一千五百多个"不响"②,而与"不响"相对照的那些喋喋不休的对话却大多与情节的推进无关,而是对当时风物百科全书式的展示,其中有香烟牌子、邮票航模、集邮、六谷粉、老虎灶、阳春面、旗袍、军装以及街道的名称、工厂的磨具、新村的建筑等等。于是,在这部以对话连缀而成的作品中就只见到丰富的"物"而不见真实的人,在长篇大论喋喋不休背后,是人的灵魂的集体失声。

"读《繁花》,我们能感受到作者那无法抑制的快感,一种言说的快感"③,作者的青春记忆就在这种快感中倾泻而出。但这不禁令我们追问,在温情脉脉的回忆和倾吐的快感中所寄托的当年情形,当缺少了来自心灵深处的应答,是否会变得面目可疑?

---

① 金宇澄:《繁花》,上海:上海文艺出版社,2013,198页。
② 严彬、金宇澄:《金宇澄文学访谈录:上帝无言 细看繁花》,凤凰网,2014-9-9。
③ 程德培:《我讲你讲他讲 闲聊对聊神聊——〈繁花〉的上海叙事》,《收获长篇专号2012秋冬卷》,159页。

〔第二节〕程小莹和路内的"工厂"叙事

"工厂",作为机械化大生产战胜封建小农经济的标志,对"人"的附属性要求更高。在工厂里,工人作为独立的个体遵循的是现代化的生产生活模式。固定的上下班时间,固定的生产流水线,使得这种生产活动带有机械性和单一性。工人在这种职业活动中所展现的个性的空间非常有限,因此,那种曾经在极"左"思潮倡导下将社会主义建设热情植入生产的"车间文学"、那种使工人所有生活都附着于工业生产的做法,再难展现出魅力。借用电影导演郭宝昌评价新时期工业题材电影的话:"离开了活生生的人,纠缠于体制改革的纯技术性的问题上,怎么可能产生出真实动人的作品来呢?"①

上海文学史中直接对工厂空间进行描写的作品并不多见,而现有的这类作品,不是作为展现民族资本曲折命运的背景被"公馆"等所代表的资本主义情调遮蔽(例如《子夜》最具有华彩的篇章都发生在热闹非凡的吴公馆),就是被社会主义革命胜利果实的代表"工人新村"夺去风头②,抑或淹没在对工人阶

---

① 郭宝昌:《从〈潜影〉到〈春兰秋菊〉》,《电影艺术》,1983年第5期,41页。
② 《城市的记忆——上海文化的多元历史传统》中以《上海的早晨》为例分析"工人新村"如何成为一个时代的象征。许纪霖、罗岗:《城市的记忆——上海文化的多元历史传统》,上海:上海书店出版社,2011,254页。

级宏大的"史诗"性叙事中①。工业叙事的中心并不在工厂，而在工厂所连接的其他空间形态。尽管殷慧芬在80年代写的《衣拱叙兮袂举》《厂医梅芳》《欲望的舞蹈》《蜜枣》等作品进入到了工厂内部，而且在一定程度上突破了工业小说的古典逻辑——个体命运附着于工业生产叙事，并在工人与社会生活的接触中凸显工人的命运，但是其重心仍不是对工厂内部生活的展现，而是为了表现"城市底层市民的挣扎"②和所有这些挣扎的失败，"工厂"独特的文化形态并未得到彰显。

90年代，直接描写工厂空间的小说开始出现，此时的"工厂"至少充当了以下两种内容的载体：一是以程小莹为代表，以记忆中工厂生活的温情细节表达对社会主义大上海时期物质和精神生活的赞美；二是以路内为代表，在工厂叙事中表达了自己与城市的相互遗弃。他们二人分别从过往岁月中撷取温暖或残酷的记忆，折射的却是各自对当代城市生活不同角度的精神回应，展现出"工厂"空间之下"都市性"的复调特征。

1. 程小莹的"温情细节"

对程小莹来说，工厂就是美好青春记忆的代名词。50年代出生的他从20岁出头就进入纺织厂工作，直到1985年调入法院，整个青春岁月都是在纺织厂度过的。同许多上海工人出身

---

① 如管新生、管燕草的长篇小说《工人》。
② 王安忆：《告别青春的回忆 读殷慧芬小说集〈欲望的舞蹈〉》，《上海文学》，1994年第7期。

的作家一样,青春期的工厂生活成为他日后主要的写作资源。当在访谈中回望这段经历时,他对工厂生活的单调记忆犹新:"因为每道工序都有组织性很强的工作状态,工人必须训练有序,形成了在机器关照下的职业本分。这种规范性,长期累积下就形成了工人精神中的一个侧面。"①"许多人家里的父母在厂里工作,自己也理所当然地继续了下去,然后结婚、生子、带着孩子来工厂的托儿所,一切似乎都按照程序在走。这也是许多女工一辈子心平气和、甘愿这样默默工作的原因。但现在想想,这是件很悲情的事。"②"对工人而言,今天是昨天的重复,明天是今天的重复,这样日复一日、年复一年的重复和枯燥,很容易造成人性的扭曲。"③

然而当真正进入到文学的文本中,这段在访谈中常被他称为"悲情"、"扭曲"的历史却成了充满诗意的青春见证。在一篇关于他的采访文章中,程小莹坦陈他写工厂题材小说的意义在于表现上海工人与工厂生活中的真善美④,因此,在程小莹的工厂系列作品中是看不到那种殷慧芬式的批判和路内式的讥诮的,取而代之的是一种怀旧的温情。

在《青春留言》《杨树浦》和《手抄杨树浦》等一系列小说

---

① 张滢滢:《写上海,并不只有外滩和淮海路》,《文学报》,2014-7-30。
② 同上。
③ 同上。
④ 徐芳、程小莹:《关注工人,是文学的大"事体"》,《解放日报》,2016-4-28(9)。

中，他对里面的人和物娓娓道来，对工人特有的装扮如"765"皮鞋、背带裤和丁字鞋等细节记忆犹新，甚至工人某些拿腔拿调的做派和恶习也透露出别样的味道。回忆中的工厂生活辛苦、劳累也意味深长。"有张公共交通公司的月票，上下班挤公共汽车十分来劲，一站路也要乘，最后一个塞进去到站开门第一个落下来，星期天还坐着车满城市转；可以穿皮鞋了，七元六角五分的猪皮荷兰式，俗称'765'，十八元四角的牛皮青年式，各备一双，'765'水陆两用，上下班随便穿穿，牛皮的出客；不管猪皮牛皮一律用厂里的回丝擦得铮亮；向父亲开口要手表，父亲剥下自己腕上的老货，老表戴在手上像煞颇有家底；有个更衣箱，上班换上工作服，浑身油腻，下班前洗个澡，换下工作服，一身清清爽爽，像模像样地回家，口中咬着厂里自制的面食点心馒头糖糕；可以在食堂的窗口前挤挤攘攘，放开喉咙骂人，把空饭碗敲得当当响；可以抽烟，不必再躲躲藏藏；吞云吐雾，有多少心事，有多少劳累，就觉得身上平添了不少男子汉大丈夫的脾性。"[①]

程小莹的"工厂"叙事重建了另一种类型的"怀旧"，这种"怀旧"不同于前述那些对殖民时代优雅气息的追怀，而是通过对80年代日常生活细节的追述，重塑物质匮乏年代在"上海制造"中获得物质和精神双重满足的上海。在这样的前提下，

---

① 程小莹：《青春留言》，《青春留言》，上海：文汇出版社，2016，81—82页。

那些打造"上海制造"的主角——上海工人以及他们身上所具有的隐忍、努力、能干的优秀品质，就作为社会主义美好生活的缩影被着力表现。例如，在细腻的白描中，工人们的一技之长被凸显。《杨树浦》中记录了修理自行车的袁妙生师傅："会得做，有力气，一块扁铁，在他手里，当场拗得像模像样，打只眼子，旋一个木螺丝，便装得十分牢靠。他还是个很细心的男人，生怕扁铁会磕坏龙头上的'克罗米'，还包上了布。这一切，在师傅的手里，都是随便弄弄的，像没有做什么事儿一样。袁妙生对我说：'什么叫工人？这就是工人。生活好的'。"[1] 对工人来说，"干活"就是"生活"，就是社会主义美好生活的真谛。

因此，工厂集聚的大杨浦成为作者的主要写作空间。在他笔下，这里没有中心城区那样的杂乱不堪和底层生活的艰辛，只有小民生活的扎实和亲切。他曾以一个成熟而有魅力的少妇来比兴上海，称自己是春情萌动的青春少年。随着时间的推移，当这个少妇变得越来越高贵迷人，痴情的少年却在精神上离她越来越远，而杨树浦却延续了这个少妇平易近人的一面，它让少年能够和敢于接近，并在其中获得身体和心智的发展[2]。

从19岁到29岁的十年间，工厂生活填充了程小莹的整个

---

[1] 程小莹：《杨树浦》，《城市地图》，金宇澄，上海：文汇出版社，2002，7页。
[2] 同上，13页。

青春时代，对他而言，写工厂就是写自己"青春期后期的情绪"①。2014年，程小莹再次出版"工厂"小说《女红》。这部重点表现90年代下岗工人的作品按说本应以工人黯淡的下岗生活为主题，然而作者却避重就轻，大概不忍在其中注入凌厉的批判和悲情的色彩，于是着重表现工人面对困难坚韧不拔、自强不息的优秀品质，并据此塑造了秦海花这一人物形象。由此可见，从《温情细节》（2002）到《女红》（2014）的多年以来，程小莹的工厂回忆始终涂抹着一轮理想主义的光环。程小莹关于工厂题材的写作，与其说意在构建历史中的工厂生活，不如说是借工厂空间重构自己的青春记忆。他将具有高度个人化的时间感填入客观的空间形态中，"工厂"因此就成为了程小莹式记忆的河流，上面泛着温暖的明亮的粼粼波光。

2. 路内残酷与刺痛的青春叙事

"70后"苏州人路内2002年来到上海，2006年"应出版人要求"写一部畅销书，就是"追随三部曲"的第一部《少年巴比伦》。之后的7年里，他写了包括《追随她的旅程》《云中人》《花街往事》《天使坠落在哪里》《慈悲》在内的6部长篇，人气日益上升，被誉为最好的"70后"作家②，并在2016年4

---

① 前揭张滢滢：《写上海，并不只有外滩和淮海路》。
② "迄今为止，我还没有看到哪个70年代生作家有如此沉厚的笔墨，如此真切完整地描述他们自身的成长历程，用独特的笔调描述他们20至30岁的青春历程，它需要构筑的是一代人的青春精神史图景。"葛红兵：《每个时代都有自己的"巴比伦"——〈少年巴比伦〉读后》，《全国新书目·新书导读》，2008年第11期，67页。

月凭借《慈悲》一书摘得2015年华语文学传媒大奖"年度小说家"奖。出名后的路内接受采访时说自己可能是学历最低的作家,因为他从初中毕业就进入技校,毕业后又进入工厂工作,然而,这段经历却成为其日后写作的财富和成名的源泉。

路内立足上海,专注于讲述80至90年代一种让我们十分陌生的工厂生活。这样的工厂生活不是管燕草通过阶级和帮派斗争表现时代的风起云涌,不是程小莹寄托了青春回忆的温情脉脉,也不是李肇正对工人悲惨境遇的揭示,而是一个小混混对自己不堪回首的"工厂"岁月的调侃。这样的调侃让人想到王小波又想到王朔,在他们相似的嬉笑怒骂中,属于他们各自时代的、被正统意识形态认同的理念、情感、信仰土崩瓦解。

路内在很多工厂小说中都虚构了一个位于上海与南京之间叫戴城的地方,通过一个叫路小路的工人展开灰色的80年代记忆。技校出身的路小路及其同学虽然年轻却早早地放弃了向上进取的人生,他们在学校打群架、谈恋爱,进入工厂后很快学会了与领导作对、投机取巧、和老阿姨们打情骂俏。他们中的大部分人不是流氓就是傻子(呆卵),或是路小路这样介于二者之间吊儿郎当想改变命运又不肯付出努力的人。在路内笔下,80年代的戴城是一个让人绝望的地方,工厂对于路小路这群人来说是青春空掷之地,在这里,努力因得不到承认而显得毫无价值,上进要被嘲笑,希望注定夭折,要想过得舒服点儿,就必须与"坏人"同流合污。路内在作品中写出了"不必致命的时代"里一群技校生的精神症候:"我在一个不必致命的时代里既不会杀人也不会被杀,我会被送去造糖精,犯了错会被扣工资,如此而已。在这种时代我可以把自己杀掉,无论是故意的还是不小心的,我不会为了糖精和工资而自杀,也不会为了爱情,但是我可以毫无理由地去死,如此而已。"① "我的问题是,不做暴民,究竟该去做什么,究竟该洗心革面成为什么样的人,这些都找不到答案。"②

通过这样的精神症候所连接的工厂生活既令路内难忘,又时时掀起他内心深处的伤痛③。路内曾这样谈到自己对待回忆的态度:"我肯定不是局外人。我不是站在外面,不是站在街边,我像是一个不小心闯了红灯、站在路中央观望着这个时代的人……有时候觉得看到的东西很可笑,有时候觉得自己站在那儿也很可笑。"④ "大多数人的年轻时代都被毁于某种东西,我同样被时间洗得皱巴巴的。"⑤ 这种晦涩的表述指向的是"70后"一代中某类人内心的隐痛。

这些工厂故事充满了"黑色幽默"的气息,并通过路小路或水生等具有英雄主义色彩的工人形象表现出来。他们年轻、

---

① 路内:《少年巴比伦》,《收获》,2007年第6期,191页。
② 路内:《少年巴比伦》,《收获》,2007年第6期,169页。
③ 在其心情最为沮丧的时候,这段经历常常自动跳出应和。施雨华:《路内:我不是这世界的局外人》,《南方人物周刊》,2013-10-30。
④ 施雨华:《路内:我不是这世界的局外人》,《南方人物周刊》,2013-10-30。
⑤ 路内:《少年巴比伦》封面题记,北京:北京十月文艺出版社,2014。

散漫，对待工作得过且过，对现状不满又懒得努力改变命运，显然不是那种具有奉献精神的传统工人形象，但身上又有种与传统、陈旧的意识形态对立而不流于世俗的个人魅力。这种魅力有时表现为与权贵的对抗，有时表现为与工友的患难之情、侠义之气，有时被赋予一种超凡脱俗的异禀，从而使他们在平庸的工人群体中脱颖而出。如果说"三部曲"中路小路的聪明还只表现在善于跟工友和领导虚与委蛇，到了《慈悲》中的水生，这种个人魅力则被"神化"而具有了传奇色彩。作品中，水生以三寸不烂之舌一次次帮助工友争取利益，多次化腐朽为神奇，简直具有超人的能量，而与之相对的工厂管理层则被描写得愚蠢至极。这种对个人英雄主义的一再表现，成为路内工厂叙事的套路。

另一方面，路内带领读者真正进入到工厂的细部，让人看到许多让人忍俊不禁的细节。比如写干部胡德力和路小路打架的情景："当时有一只鸟飞过我的头顶，拉下了一滴白花花的鸟粪。这滴鸟粪本来应该落在我的脑袋上，结果，由于厮打和挣扎，鸟粪落在了胡得力的头上。他没发现。看着近在咫尺的鸟粪，我忍不住笑了，一笑就走了气，被胡得力彻底制伏。"[①] 再如当得知秦阿姨要给脚臭的自己介绍口臭的女朋友时，路小路说："秦阿姨你太可爱了，脚臭配口臭，我输给你。

---

① 路内：《少年巴比伦》，北京：北京十月文艺出版社，2014，165 页。

这种配对法简直是在做水稻杂交试验，我生出来的小孩可能是个脚臭与口臭的双料冠军，到时候拜托你给他找个腋臭的配偶吧。等我的孙子出生，他就是一个生化武器。"①

然而，这样的生气和活力却是以工人日复一日的做工和不可改变的悲剧命运打底的。路小路的师傅"老牛逼"技术十分出色，"全厂五百多个水泵，没有他不会修的"②，但干了一辈子，全家却还是住在一个臭河边的棚户里，在一个雨夜，就连这简陋的棚户也被一群船上的醉汉夷为平地。在这里，人的尊严被任意践踏。偷偷考大学的"长脚"复习资料被工友烧掉，他在绝望中爆发了愤怒，"操起扳手，举到空中，那样子好像是要行凶"，但最后，他还是在师傅们的哈哈大笑中，"放声大哭，往河边跑去"③。

然而，这类悲惨的境遇，却是通过轻松调侃的语气表现出来的。"我亲眼看见有人在硫酸管道下面站着，忽然之间，他的脑袋上冒出了一缕白烟，好像升仙，然后他就像大熊猫一样在地上打起滚来。"④ 在"追随三部曲"（包括《少年巴比伦》《追随她的旅程》《天使坠落在哪里》）中，路内还是以自己的经历和青春记忆为原型撰写"工厂故事"，到了2016年的《慈

---

① 同上，105 页。
② 路内：《少年巴比伦》，北京：北京十月文艺出版社，2014，44 页。
③ 同上，175 页。
④ 路内：《少年巴比伦》，北京：北京十月文艺出版社，2014，173 页。

悲》，则是记述父亲的经历、围绕"水生"这一人物写工厂的故事，但自始至终，他的文字都在批判与调侃中显现出一种奇妙的张力。

路内将工厂生活的枯燥、沉重，以及那身处其中却无能为力的命运感，都化在了充满反讽的叙事中。这样的叙事方式与路内对待历史的态度有关。《追随她的旅程》的"尾声"写道："小镇很安静，看来昨天做丧事的那些人都已经离去了，远处的大路上空荡荡的，车都不见一辆。有一些零星的鞭炮声在提醒着我，千禧年啦，二十世纪就要过去了。这个世纪关我屁事。"①

"关我屁事"形象地概括出路内对待历史的态度，也代表了他们这代人对待历史的态度。对路内他们来说，青春期所在的时间坐标与文学史上"60 后"作家群的青春记忆相距不远，属于 80 年代末、90 年代初那个理想主义刚刚褪去、前途未卜的"小时代"。在历史的长河中，这个时期乏善可陈，但对个中人来说又切肤可亲。若干年后，当 21 世纪的路内回望那个临近结束的"小时代"时，表达了对身处其中的这段历史的遗憾："'七〇后'这代人，青春结束的时候正好是二十世纪结束的时候。很巧合。这个世纪的内容，是过于地复杂了，很多地方只是谎言，连历史都算不上。"② 路小路所代表的这群技校生就

---

① 路内：《追随她的旅程》，北京：北京十月文艺出版社，2014，344 页。
② 袁复生：《对话路内》，《晨报周刊》，2009-2-14。

好比漂浮在这段时间长河中的浮萍,既无足以独立的根基,也无枝蔓让他们能够抓住岸上某棵象征体制的大树,于是他们附着在工厂这根颤颤巍巍的圆木上,随波逐流,随遇而安,愤怒又软弱地在"小时代"中沉沉浮浮。

但显然,"70后"作家路内参透这种虚无力量的方式是别样的。他不像王朔小说《阳光灿烂的日子》那样通过压抑和隐忍中的暴力和性欲表现青春期的怯懦心理,也不像崔健的摇滚乐那样从心底迸发出"一无所有"的呐喊,而是选择通过抒发沮丧、刺恼和百无聊赖的情绪与平庸、杂乱和匮乏的现实世界(作品中主要是对戴城)对抗。

如果说在"追随三部曲"中这种"对抗"尚表现出"让灵魂审问自身"① 的真诚和朴实,之后作者显然从中发现了可供提取的畅销书元素。从1998年开始,路内就进入了广告业并最终拥有了自己的公司,但他的作品却对这段长达12年的职业广告人经历只字未提,只钟情于自己五年的工厂生活。他聪明地发现了自己立足于文坛的利器——在上海这样的大都市,为人们无比熟悉的文学题材注入一种陌生化的气息,才是站稳脚跟、取得文坛一席之地的关键。路内就这样成为了一个独特的"工厂"作家。

随着时间的流逝,"追随三部曲"、《花街往事》和《慈悲》中的戴城从一个有历史的小城(《花街往事》),逐渐变为

---

① 前揭葛红兵:《每个时代都有自己的"巴比伦"——〈少年巴比伦〉读后》,67页。

一个工业化的小城（《少年巴比伦》）或充满乡气的县级市（《追随她的旅程》），在新世纪到来之前它终于成为了一个外商云集、拥有二十万外来人口的城市（《天使坠落在哪里》），与此同时，这些小城故事的基调也从颓废、感伤变成了所谓的"悲悯"（《慈悲》）。然而，当这样的讲述成为路内的习惯并越来越类型化之后，最初呈现在作品中的真诚朴实却逐渐弱化。当路小路调侃的灵气变成了对水生既能救人又能杀人的口才的炫耀，当颓废野性却不失正义的路小路俨然变身为工厂的英雄水生，路内在个人英雄主义书写的旋涡中越陷越深。为了达到目的，他最后不得不让英雄身边的陪衬者们显得愚不可及，并最后都离去或死去，以衬托英雄事业的悲壮。同样是工厂题材，若说前期的"追随三部曲"是笑声中透出悲凉，到了《慈悲》则变为刻意营造的苦难。而写《慈悲》时的路内，早已进入了上海作协，一边开着广告公司，一边感受着越来越多的文坛带来的荣光，那么此时他所讲述的这个比《少年巴比伦》更悲惨的工厂故事，就显得虚假做作，悲惨却不动人。

所以，当路内说他终于摆脱了在"现实"和"后现代"之间的游移[①]而向"经典"靠拢，当他的作品终于被评论者贴上叛

[①] "其实我到现在还在揣摩它到底是'现实'的呢，还是'后现代'的，它是'严肃'的呢，还是'狗血'的。但这个态度在此后的小说中再也没有出现过，我知道该怎么去呈现所谓'城乡接合部'的特质，把它变成一个尽量向经典靠拢的东西，而不是解构它。敏锐会取代厚重。"路内、走走：《敏锐会取代厚重》，《上海文学》，2015年第2期，99页。

逆、真诚和朴实的标签①，当他用倒叙方式讲述的"工厂"故事迅速融入新时代并被利用、成为满足人们新鲜感的工具，所谓通过作品折射出的那些个过往的年代，则不免令人心存疑虑。

〔第三节〕《东岸纪事》：浦东故事的新突破

郜元宝提醒人们警惕"怀旧"文学偏狭的同时，对夏商出版于 2013 年的长篇小说《东岸纪事》给予了很高的评价。他说："在怀旧小说和看似立足当下的欲望化叙事中，关于上海的想象不仅割断上海与周边地区的联系，使上海成为一座孤岛，还把偶尔映入眼帘的周边乡镇一厢情愿地涂抹上一层上海情调和上海色彩（好像把鲁迅的未庄、茅盾的林家铺子一律'上海化'了）。同时在成为孤岛的上海内部，也排除了占城市人口绝大多数的平民，反复描写的只是殖民主义及后殖民主义文化政治逻辑构筑的富贵、冒险、悬空、奢靡、洋泾浜、西方化、颓败、感伤、奇特的上海形象，刬平了上海参差不齐百态共存的历史与现实。"② 因此，他认为夏商的《东岸纪事》如同上海文学内部苏醒的"睡虎"，"成功解构了似乎'从来如此'的狭

---

① 张定浩：《路内的小说：诚实与沉默》，《北京日报》，2014-5-22。张艳梅：《边缘青春与普遍时代》，《当代作家评论》，2011 年第 5 期。
② 郜元宝：《空间·时代·主体·语言——论〈东岸纪事〉对"上海文学"的改写》，《当代作家评论》，2013 年第 4 期，47 页。

隘凝固的'上海人'概念,并由此为上海文学带来一种粗犷凌厉的精神风貌。"①

在这部作品中,对上海的文化空间想象不再浮于某种情调之上,而是用上海的历史打底,用工笔刻画历史浮沉中的芸芸众生。也正是在这部小说中,长期被排除于上海文化空间想象之外的浦东,第一次被纳入视野。通过记录那里一个个的细碎人生,展开城市的真相。

《东岸纪事》的故事地理空间是上海的"浦东",但它不再作为背景时隐时现于人物和故事身后,而是跳出来共同参与对城市的表达。

故事一开场,浦东六里桥就带着城乡接合部的复杂气息扑面而来。黄浦江漂过来的死尸,没有让这里的居民大惊小怪。作为江东岸一条支流边的居民,他们习惯了被动接受对岸漂过来的一切。死尸代表了城市又一个离奇故事的结局,唯一激起他们兴趣的,是这结局与浦江另一畔生活的联系。这里地处白莲泾地区,与浦西仅一江之隔。在浦东未纳入城市扩张的视野之前,围绕着船厂、仓库、码头,坐落着大大小小的棚户。再往纵深处延伸,就是大片的农田。随着城市的扩充,这里变为地理意义上的上海城区。这里的住户混合着农民、工人、"农转非"的征地工以及江浙皖等地的"外来户",身份的鱼龙混杂使

---

① 郜元宝:《欢迎"上海文学"的睡虎醒来》,《文学报》,2013-5-30。

他们的生活既与浦西的上海人有天壤之别，也不同于南汇、奉贤等浦东腹地的居民。无论身份还是情感，他们与传统叙事中的上海人相比都是另类的。这从他们对自己方言的暧昧态度上可见一斑。

方言是某一地鲜活的地标，承载着当地丰厚的民风文化。但在毗邻黄浦江东岸的六里、南码头一带，人们对待自己方言的态度却异常暧昧和微妙。城乡接合部的地理位置，农民、工人或刚刚"农转非"的身份，让这里的人们感到自己总在游离于乡土和城市之间，对岸那个洋气而正宗的上海触手可及，但总也跨不过那一步之遥。于是他们希望通过刷新语言来完成形式上的跨越。这里的人都巴不得能吐出一口标准的浦西上海话，即便自己没了希望，也让下一代在舌头没变硬之前赶紧改口。主人公乔乔就是成功实践了这种改变的代表。

乔乔是农村户口，家中有自留地，但这个女孩很小就洞察到语言上的尊卑，明白那与浦西上海话在平仄起伏中的细小差别能带来身份贵贱的不同。因此，从中学起她就竭力洗刷自己的乡音，在同学中只与浦西人涓子交好，最终打造出了一口标准而流利的上海话。这使得她迅速而毫无障碍地融入大学生活，成为当地人人钦羡的"上海人"。

在乔乔等人身上发生的不断刷新口音的渴望，曲折表达出当地的人们对某种生活的向往，城乡接合部的地理特点给予了他们这种向往和梦想成真的可能。作品以主人公乔乔、崴崴，刀美香、柳道海等两代人的爱恨情仇为中心,一口气写了十几号人物的曲折人生。抽出来看,他们每个人的人生传奇都不亚于王琦瑶。但这种传奇性深深打上了城市的烙印,是结结实实长在浦东这片土地上的。

作为土生土长六里镇的孩子,乔乔本是一个上师大的在读学生,如果不出意外,凭借她的学历和一口标准上海话,她将顺利进入浦西世界,这也是无数当地人晋级上海的一个最让人钦羡、最便当的方式。但命运却让她踏上浦西这片土地的脚跟还没有站稳就全线溃败。经过一场蹩脚的校园恋爱之后,众叛亲离、声名扫地的她以残缺的身心回到浦东,开始了与这片土地结结实实的联系。在川沙,她第一次来到这个比六里更乡下的地方,见识和经历了畸形离奇的男欢女爱,这是浦东的平民世界给她上的第一堂课,加速了她从大学生到"拉三"身份的转变;当再次回到六里,她终于进入了人生的顺水期——不仅如愿以偿地将马卫东诱入囊中,拥有了自己的熟食店,还遇上了生命中第二个真正喜欢的男人崴崴。但还没等她稳过神来,就又接连经历了丈夫提出离婚,崴崴移情别恋和友人涓子的背叛。然而人生的跌宕起伏并没有使乔乔的经历仅仅成为一个好听好看的上海故事,事实上,乔乔人生的每一个脚步都伴随着上海历史和浦东的变迁。当我们看到乔乔骑着自行车不辞辛苦地穿梭在浦三路、浦东南路、南码头,为她的熟食店寻找一片安身立命之地时,这些频繁出现的真实地名使得人物与环境的共生关系尤为醒目。如果说王琦瑶、妹头是浦西弄堂的产儿，那么乔乔就是浦东六里的精灵。

此外，一些次要人物也塑造得有血有肉。侯德贵是六里一带响当当的人物。作为副乡长，虽然在行政级别上只是科级，他却实权在握。作为白道上的老大，他常常利用职务之便为亲近的人谋利。让外甥小开进蔬菜供销公司、给发小"大光明"批宅基地，给姘头老虫绢头介绍好工作、进化工厂筹备小组，都是玩弄权术的结果。他与老虫绢头不打不相识，却对这个女人真有情义。当老虫绢头意外怀孕并决定生下孩子，他并没有像很多腐败贪官一样始乱终弃，而是决定认下这个孩子。最终偷情之事东窗事发断送了仕途，昔日风光万丈如今名誉扫地的他经受不住打击选择了投井自杀。

作为六里镇的地方官，侯德贵身上呈现出亦正亦邪的特点，他审时度势、善弄权术、虚荣脆弱，却又讲朋友义气、敢付出真情，他的形象让我们看到了改革开放之初，一个混合了城市与乡村双重理念的上海"村官"的命运沉浮。此外，还有马卫东踏破上海遍寻乔乔的痴情以及在得知被戴了"绿帽子"后的隐忍和愤怒；涓子身为乔乔的闺蜜，却不失时机地"人弃我取"；王庚林背负着家庭悲剧，却也要在邱娘身上暂时喘息，并与林家婉结婚生子再次获得人生的意义……透过这些活色生香的人物形象，我们感受到了真切的"市声"。

历史有大历史与小历史之分。大历史来自于史官正襟危坐的学术性钩沉，它让我们了解必要的基本史实。而历史的真相从来就不是一种学术性话语可以完全捕获的，作为对真相的探索，它必然需要一种更为感性和更具有穿透力的声音。文学语言描绘的小历史为我们提供了这种便利。在文学世界的书写中，种种遗忘在大历史边缘的人事被重新拾起获得尊重，在对它们的回望中形成历史众声喧哗的复调。在大历史与小历史共同的召唤中，逝去的时光才得以重生。在这部作品中，大历史与小历史悄然应答，交织描绘出老浦东的风俗图画。

在对细碎人生的书写中，作者并没有忽略大时代的背景。知青下乡、校园诗人、棚户改造、城市拆迁、甲肝流行、踩踏事件、浦东大开发，这些方志中勾勒的史实都能从人物的故事中见到，它们是历史的大经络。而以乔乔为中心的十几号小人物的恩爱情仇，则是一部多姿多彩的"心灵史"，它们是历史的小纬度。在这一大一小一经一纬的交叉中，编制出的是城市的历史和人类的命运。

20世纪60年代席卷中国的"上山下乡"运动，曾以青春和理想的名义改变了整整一代人的生命轨迹。在正史中，我们看到最多的是高蹈的理想和那在"广阔天地"中集体挥洒的青春。然而只有在文学作品中，我们才能真正捕捉到这些青春的心灵悸动。刀美香的死始终是一个悬念，她与柳道海的婚姻让人领教了命运之手的厉害。老实、厚道的"白面书生"柳道海在云南遇上了如花似玉的傣族公主刀美香。这个从上海来的知青彻底被征服，展现出自己"野狼"的一面。在月光下的凤尾竹林，两人的青春奔腾释放。激情过后柳道海还是那个酷爱缝纫的书生，而刀美香则开始显露她的精明强干。在她瞒天过海的大胆尝试下，柳道海成为第一个"病退"回城的知青；她看准时机，制造一个室内盗窃的假象，偷取了卫生所桂站长到上海的通行证，得以突出重围跑回上海与柳道海团聚；用片儿警王庚林的话说，能办成进入上海的户口，刀美香是"额骨头碰到天花板"，运气好得不能再好。但机遇就是青睐这个坚韧又努力的女人，她依靠自己的力量以几乎为零的成功几率交换到了上海户口。然而再要强，也强不过命运之神。回到上海，老实巴交的柳道海怎么都挣脱不了那个脸上有疤的矮男人带给他的噩梦，他用彻骨的冷漠抵抗内心的屈辱，于是，两个在云南边陲浓情蜜意的人回来之后竟成了一对"死夫妻"。面对丈夫彻骨的冷漠，刀美香如同面对一个"无物之阵"，百般武艺无计可施。刀美香最终在"无物之阵"下败倒，而命运则将一个血气方刚的男儿变成了只会对着针线布料抒情的裁缝。

他俩的故事充满了命运的荒诞和无常，而在这荒诞和无常背后，是"上山下乡"运动给一代人带来的精神劫难。乔乔与邵枫、崴崴的两段情都以始乱而终弃结束。即使洒脱如乔乔，也不能对此无动于衷。港机厂浴室一幕，乔乔对崴崴新欢薛美钏的暗自观察，是嫉妒也是身为女人的悲哀。当两段情都已然逝去，还是乔乔的孤单身影最令人心悸。早在几千年前，我们祖先就用"士之耽兮，犹可脱也；女之耽兮，不可脱也"解读了男欢女爱的命数。乔乔的悲情不仅仅是这一预言的应验，更是她爱上"外来户"后命定的悲剧……林林总总，这些在老浦东方志和正史中绝不可能被呈现的凌乱人生，却在夏商的生花妙笔下得以重生。透过这些某一刻被照亮的平凡人生，我们体察到历史的深邃动人处，浦东或者说上海的历史因此而变得鲜活。

男女两性的关系是一个时代社会关系最集中深刻的反映，它揭示的是时代文化、精神、心理的深层变革。这部作品中对情欲的表达直接而大胆，夏商借此成功展现了改革开放之初老浦东的旧伤痛和新情热。乔乔最初与崴崴的野合，是报复小螺蛳的交易也是对自我欲望的满足；王庚林明明嫌弃邱娘这个嘴角有颗"老鸹痣"的女人，却一次次禁不住与她发生关系；乔乔之母梅亚苹的身体早就熟过头了，"大光明"还是愿意在她身上重温自己的青春梦；侯德贵对妻子秦芳心怀感激，却不妨碍他在老虫绢头的"温柔乡"中获得精神和肉体的双重满足。

在改革开放的背景下，欲望的发生成为了自然人性的一种表现，它超越了五六十年代那貌似神圣而超功利的革命羁绊，而是杂糅着真情、欲望与交易。在崇高与物欲之间，作品谱写出开放初期老浦东的新性感。这其中，诸多女性的身影值得回味。乔乔、老虫绢头、刀美香、顾邱娘、梅亚苹都是不幸婚姻的受害者。当没有一个男人支撑的家作为避风港时，她们单肩撑起一边天。乔乔将熟食店经营得有声有色,梅亚苹与"大光明"一起养殖长毛兔,顾邱娘经营"团结饭店"与独子相依为命,老虫绢头本来有了"大光明"这个靠山,最后还是选择了出走。她们一方面以野草般的生命力展现女性的坚韧,另一方面又直接而粗犷地表达身体对欲望的呼喊。她们身上展现的魅力绝不亚于浦西那些身着旗袍的丽人们,在对身体和心灵的诚实关照中,散发出上海另一类女性的动人光彩。

小说中大量运用的方言和随处可见的民俗,让文本在呈现出强烈乡土气息的同时,人物事件栩栩如生。即使不是上海人,当读到"松了卵蛋"(因露怯而败下阵来)、"扎台型"(炫耀、爱面子)、"有腔调"(有种)、"吃瘪"(丢面子)、"贼忒兮兮"(一脸不正经的样子)这些土语时,也能够从它们的字面意思展开丰富的联想,人物于是形神兼备,跃然纸上。同样,水潽蛋、开洋馄饨、蜜汁烤麸、白斩鸡、飞跃牌电视机、蝴蝶牌缝纫机、红灯收音机、宝石花手表,还有侯德贵葬礼中那一套叫不出名字的仪式等,作为当地民食、民俗和一时历史的再现,也都引起我们对这一方水土的无限追想。方言和民俗,既指涉空间的方向,也承载着时间的重量。通过它们,宏大的历史叙事装进了再普通不过的日常生活中去,于是,人和事都不再是浮雕,而是篆刻中的阴文,深深嵌入城市的历史中去。

作者基本运用了现实主义的写作方式,但并不是一味地铺陈写实。作品中不乏魔幻现实主义笔法,这给作品增加了浪漫荒诞的气息。乔乔在川沙寄居唐记饭店时总在做一个挥之不去的梦。在梦中,唐家成了一片坟地,一男一女幻化成狐狸在墓碑后交欢。乔乔拿着一把带血的镰刀,看到那只母狐狸的笑容熟悉而诡异。这样魔幻的笔法蕴含着深意。作者借此将农芳那难以言说的复杂心理表现得异常到位,启发读者绵长的联想。最后"挖宝"一节也意味深长。传说中的宝贝原来是一张丝绸缎子的老浦东地图,"上面虽署有长人、高昌等地名,却绣着河道、城镇、市集、树林和人物。整个画面的基色是秋黄,河是浅灰,镇是深靛,市集米色,树林深蓝,人物则红男绿女。"地图的指涉十分明显,它就是老浦东的一个风俗画,然而画中事物既属于历史,也是对现实生活的隐喻。画中你我经历着悲欢离合,外人看来不过一派平和景象,历史命运隐于其中。这幅地图在重见天日后华丽地速朽,预示着曾经的悲欢离合风土人情也终将烟消云散,那被风吹起的纷纷扬扬,是为现实中即将消失的浦东所唱的最后挽歌①。

其实,早先夏商还是一个"先锋作家"的时候,就写了一部长篇小说《乞儿流浪记》。从这部作品对大上海"隐秘的前史"②的讲述,可以见出他对城市边缘文化由来已久的兴趣。作品讲述一个毗邻现代都市的小岛在一次大地震之后诞生了一个长着尾巴的弃婴卷毛,伴随着她的成长,展开了弥漫于其中

---

① 此部分对《东岸纪事》分析的主体内容已发表在《文艺争鸣》2013年第10期。
② 郜元宝:《现代都市的一部隐秘的前史》,网易读书,2009-11-7。

的杀戮、情欲和死亡的传奇。虽然故事都发生在小岛上,但岛对岸时隐时现的城市却始终影子般地矗立着,与这头蛮荒的小岛形成对照。小岛中的人个个身怀绝技,而来自对岸的城市人则孱弱苍白,作者故意让岛中人站在身心的制高点上来俯视城市那些白白净净的后生,借以对所谓现代化的城市进行嘲讽。

除夏商以外,嘉定作家张旻围绕自己在安亭任职的一所中学一再书写的婚外恋故事[①],同济大学教授张生对杨浦的五角场区域一以贯之的表达,以及殷慧芬、彭瑞高对松江的书写等,虽然都无法撼动关于上海中心城区那些香甜的"怀旧"文字,但这种时时游离在"怀旧"主流话语之外的笔力,却是对一枝独秀的"怀旧"书写的补充和挑战,从而有力地拓展了上海文学"都市性"的外延。

---

① 具体分析见本编第五章第五节"'异化'的情爱世界与家庭关系"。

〔第四章〕
两个遥远的视角:"寻根"与"他者"

拥有两千五百万人口的上海是一片真正的"海",但每一个"上海人"的文化面孔却依然各自独立、绝不重复单调——每个人都有自己的故事。作为都市经验的美学升华,怎样讲述这样一个巨量的"总体的故事"一直是一个困扰着我们的文化难题。

具体而言,捕捉"现在"不光对自然科学是个绝大的难题,描绘什么是当下,对文学也几乎是一个不可能完成的任务。没有一个静态的顺从的安于现状的"上海"供你去锁定、分类和归档。每一个主体必须先冲出"自我"的视野限制,在历史的延长线与"他者"目光的外部回望,才能认清自己的面貌。当一些作家发现对上海文学都市性版图的急速重绘并不能与上海的现实合拢——也不可能合拢——的时候,历史与他者便成为回望这片大海的双目。左眼从历史向现实回望:"寻根",以一种更为感性的声音穿透历史,找到适于当下的话语系统;通过文学的笔捕获的种种遗忘在正史边缘的人事与大历史的叠影，形成了关于都市众声喧哗的复调。仅有这只独眼当然是不够的，有的时候它会掩盖经验的丰富性，或失之干枯，或流于妄议，使本来寄托于其中的都市的文化底蕴，沦为清谈。

那就要再加上另一只"他者"的巨眼。借助刻意与上海在空间上拉开的距离，作家希望在"他者"身上发现上海投射于其中的影子。"他者"的介入和平衡使对上海的观照不再是一种非黑即白二元对立的解读，从而避免了对主体武断的评价。同时，上海文学中众多"他者"眼光的匆匆一瞥和满腹狐疑的打量，也并不能揭开上海经验的全部秘密真相。说到底，那谜一样的双眼投射出的与其说是上海的真实影像——真实的上海影像真的存在吗——不如说是作者头脑中鲜活的个体上海经验更为准确。

〔第一节〕王安忆的《天香》

虽然王德威说"《天香》意图提供海派精神的原初历史造像，以及上海物质文明二律悖反的道理"，是为当代的上海"寻根"，但文本中的很多证据却表明，这部通过故纸上的"顾绣"写现实中上海的作品，并不是以历史照见现实，而是以现实为纲重塑历史的"主题先行"之作。

首先是作品中的女性人物。作者虽然让她们生活在明代，但身上的性格特点却与王安忆当代上海的"弄堂女儿"重合。

闵女儿、小绸、希昭、蕙兰几代"天香园"的女主人,个个钟灵毓秀,天赋异常,为作品的传奇色彩埋下了伏笔;而荞麦、小桃、落苏这些"天香园"的丫头,则活泼开朗,充满民间的虎虎生气。她们分别从雅、俗两方面映射出"弄堂女儿"的性情,而她们为人处世中的心机、世故、精明、务实以及闺阁友谊等,也都与"弄堂女儿"无异。

其次,作品本想通过对明代器物的铺叙映照当代上海城市精神中"物"的一面,却过于神秘化而流入撰写传奇的俗套,结果,处处皆物、物皆传奇。小说中好像植入了一个博物馆,将晚明器物的风华绝代一一展现。从园林设计、寺庙祠堂、婚嫁仪式到花草虫鱼、香囊蜡烛、油漆笔墨、木材中药,作者都不吝笔墨地大段铺叙,并对细节辅以工笔描摹。作者"工物"的用心非常明显,以至于会在任何一个情节的推展中随时插入一段关于"物"的故事。例如写到小绸疏远柯海,柯海从此心灰意冷时,就插入了对制墨工艺的详细介绍,并且从歙州制墨缘起一直说到墨品高下;再如写闵师傅拜访亲家时,则插入一大段闵师傅说书的来龙去脉,借以介绍苏州的刺绣。这样的插入,往往将读者的注意力突然拉扯到主题情节之外,颇显突兀。

小说对不俗之"物"的偏爱甚至影响到人物形象的塑造。作者显然对晚明的"尚物享乐"风气颇为欣赏,她甚至将这种感情投射到了那些"精致而无用"的男性人物身上。"他(柯海，括号为笔者加）的同伴多出身富庶人家，天智也都聪慧，不比那些老童生，死死地啃书，过着苦索的人生。他们可不同，除读书外，还有许多余裕，难免会有点荒唐，却是有趣的。"[1] 与柯海异曲同工的还有造园的申明世、耽于丝竹的阿潜。与之相反，小说对那些不解风情的人物如镇海和阿奎，作者要么惜墨如金，要么赤裸裸地表露出嫌恶之情。

此外，为了表现上海"物"性之不俗，作品对器物的描写往往流入神秘化之嫌。比如写刺绣，特别突出它的诗心画心，非常人所能为："技艺这一桩事，可说'如履薄冰，如临深渊'，稍有不及，便无能无为；略有过，则入'雕虫'末流……天香园绣与一般针黹有别，是因有诗书画作底，所以我常说不读书者不得绣！"[2] 比如写小绸为了救难产的镇海媳妇，竟靠着"制墨必用药材，多是珍物"[3] 的臆想，误打误撞用墨救了人命。再比如写希昭疏远阿潜之后，阿潜结识了俊再，于是两个音乐爱好者之间发生了一场天籁与人工之辩。如是种种，作者的用力所在，都是为了呈现一个精致、务实、有闲情、有意趣的不俗之上海，它在"器与道、物与我、动与止之间，无时不有现世的乐趣出现，填补着玄思冥想的空无"[4]。

---

[1] 王安忆：《天香》，《收获》，2011年第1期，103页。
[2] 王安忆：《天香》，《收获》，2011年第2期，202页。
[3] 王安忆：《天香》，《收获》，2011年第1期，128页。
[4] 王安忆：《天香》，《收获》，2011年第1期，114页。

然而，由于这种主观意愿过于强烈，作者常常在印证己说、营造细节带入感的时候耗尽了力气，于是，当作者花了大力气工笔描摹细节之时，作为主线的上海晚明的历史却被丢弃得无影无踪。这就造成了作品结构极大的不平衡，使作品某一部分细节丰盈饱满的同时，主要情节的丰富性、合理性却失之阙如。例如申家第三代子孙阿潜一出场就被描述得如贾宝玉般聪慧，但遇上希昭之后，却突然变得毫无灵气，作者对此并没有铺垫和解释。在描写小绸与柯海因纳妾而起罅隙的过程时，作品将二人因深情反致疏远的微妙心理传达得非常精彩，但写本性孤冷的小绸突然变得合群，只因与镇海媳妇交好这一理由，就显得非常牵强。人物的性格转变缺乏说服力。另外，在叙述顾绣发展史的主线时，作者除了对闵女儿的刺绣针法详细介绍外，对于一再强调的小绸将之"诗化"、武陵绣史将之"入心"的"诗化"与"入心"两端，始终语焉不详。此外，当完成对申家园林的铺叙后，作品还未对第一代男主人申儒士、申明士兄弟的性格充分展开，就匆匆忙忙地将叙述重心转向"究竟是两代人"的第二代人物上去了。

由此可见，在作品绵密的"器物"描写中，所谓"提供海派精神的原初历史造像"[①]的上海城市精神变迁史其实很难被捕捉，最后，历史成为了现实的镜像，成为对当下上海城市精

---

① 王德威：《虚构与纪实——王安忆的〈天香〉》，《扬子江评论》，2011年第4期，35页。

神一厢情愿的注解。书中借闵女儿父亲闵师傅之口点出顾绣民间化的意义是小说的文眼。"闵师傅先前以为的气数将尽,实在是因为有更大的气数,势不可挡摧枯拉朽,这是什么样的气数,又会有如何的造化?"① 后来,从没落的天香园走出的"武陵绣史"希昭,也在蕙兰处悟出了同样的道理,明白了天香园绣生生不息的秘密。"希昭想起天香园里的绣阁,早已成残壁断垣,荒草丛生,不想原来是移到坊间杂院,纡尊降贵,去尽华丽,但那一颗锦心犹在。"② 这些点题都是为了证明天香园绣的民间化顺应了历史趋势,与"最寻常的日子,仅止是食和衣这两项,耐心过着,亦会生出学问来"③ 的总结是一个道理。而这一总结,恰恰暗合了王安忆对当代上海"日常"精神的理解。

《天香》有着鲜明地为上海立传的目的。由于作者提笔前就有了先入为主的对"今日之上海"的理解,因此她在对"昨日之上海"进行追溯的时候(具体说来就是"顾绣"从贵族落入民间的过程),"今日之上海"的精神始终远远地向历史招手,而在这中间充当媒介的就是"顾绣"。借助闵女儿、小绸、希昭、蕙兰几位女性之手,当源于民间的"顾绣"最后再次流入民间时,它终于被注入了诗情画意和生存智慧,而这两方面

---

① 王安忆:《天香》,《收获》,2011年第1期,186页。
② 王安忆:《天香》,《收获》,2011年第2期,205页。
③ 王安忆:《天香》,《收获》,2011年第1期,170页。

指涉的雅俗情趣正是王安忆所常称道的上海城市精神的灵魂。正如王德威对此的解读:"当申家繁华散尽、后人流落到寻常百姓家后,他们所曾经浸润其中的世故和机巧也同时渗入上海日常生活的肌理,千回百转,为下一轮的'太平盛世'作准备。"①

〔第二节〕王小鹰的《长街行》

40年代出生的上海"知青"作家王小鹰的长篇小说《长街行》于2009年出版后获得了较大关注,曾获第十一届精神文明建设"五个一工程奖"。作者在接受采访时说,这部作品写的并不是两个家族的传奇故事,而是"一部当代城市发展史的小说"②。在结构情节的过程中,王小鹰选取了"抗战"、"反右"、"文革"、改革开放、90年代几个时间点,以盈虚坊常家和冯家两代人的家族变迁和恩怨纠葛为线索,希望在小街盈虚坊的小历史中表现出上海的城市变迁。王小鹰坦言:"在写作中,最难的是如何把人物的命运和街的命运天衣无缝地融合在一起。""一个女人和一条街的命运,是早就写好的,我把一条街当一个女人来写。但是真的要把社会变化的进程和人物的命

---

① 王德威:《虚构与纪实——王安忆的〈天香〉》,《扬子江评论》,2011年第2期,34页。
② 姜小玲:《文学,应该有一点厚重的东西》,《解放日报》,2010-2-4。

运结合起来，又不能牵强，很难。"① 从文本来看，作家的确十分勉力地在做这种结合，但结果却不尽如人意。

作品中作为上海城市变迁大历史的一个关键的时间点是1958年，在这之前，作品通过口述或回忆的方式插入了小街的历史，但很多时候这种插入造成了文本的割裂。例如第四章开篇借用保姆吴阿姨和同乡小姐妹逛街时的闲聊插入盈虚坊的历史。她们从明代成化年间一直讲到1958年前，围绕盈虚浜的变迁洋洋千言，还引用了上海竹枝词，而这一切都是为了说明盈虚坊发源于沃野千里、"去舶来樯"的风水宝地。然而，且不说这段历史从吴阿姨嘴里说出可信性有多大，单看这段追述与后面情节的关系，就可见它是完全独立于文本之外的。之后盈虚坊在"抗战"时期的历史，是通过坊中常墅男主人的姐姐、曾任地下党的常巽的传奇人生表现出来的。这时，小街的历史与人物的故事发生了联系，故事的传奇性就很自然地压倒了历史感。常巽的形象在人们的叙述中由神秘而逐渐清晰。她的美丽、勇敢、传奇的婚恋经历以及最后的失踪和遗子，都激起了读者强烈的好奇心，但说到底，这些内容只有助于增加情节的传奇色彩，并无助于传递城市的历史感。

盈虚坊最有血有肉的历史是从1958年到"文革"结束的这段时间。作品通过冯家和常家的家族变故，将小街的小历史和

---

① 姜小玲：《文学，应该有一点厚重的东西》，《解放日报》，2010-2-4。

国家的大历史化入其中。常家因常巽的牵连而失去在恒墅居住的资格,沦入亭子间,冯家却因为女主人的机智圆通而躲过劫难,得以留守守宫。在这中间,引入了另一个重要人物吴阿姨的女儿小茧子,从而为冯家、常家的第二代的恩怨纠葛埋下了伏笔。在对这段历史的描绘中,通常在各种历史和文学文本中常见的那些贴大字报、抄家、自杀等画面再次出现,并通过常墅女主人跳楼自杀、男主人被迫害,"劳动群众"代表吴阿姨一家入住守宫等细节表现出来。其中最为精彩的是对守宫女主人"李同志"这一人物形象的塑造。她在圆滑中有坚守、在势利中有真情,一边让"劳动群众"代表吴阿姨一家入住守宫,得以保全丈夫和全家相对安稳的地位,令守宫的生活在飘摇的风雨中不至于像恒墅那般凋零,一边却打心眼儿里对来自农村的吴阿姨和小茧子一家瞧不起。上海女性那独有的善意又排外的微妙心理常常通过她带笑而严厉的眼神表现出来。李同志成为这一历史时期上海独有的人物形象,为"文革"历史增添了上海色彩。

然而,当1958年到"文革"的历史通过特殊的人物形象呈现之后,对"改革开放"和90年代盈虚坊的书写再次出现了生硬的插入。比如小说对常家的家族历史、守宫女主人李凝眉的恋爱史等不失时机地做了详尽介绍,而对真正的时代风云,则用历史教科书式的语言一笔带过。毛时安认为这部作品以小见大,在各类人物身上表现了上海城市发展的智慧和人性的力量①，但他却忽视了一个事实，那就是在这些人物及其故事架构而成的炫目的光芒中，历史的深邃感被淹没。作品中曾一路吊人胃口的常天竹强奸案的谜底直至小说的尾声才揭晓，然而此时答案已经不重要了，在后面环环相扣的精彩故事中，一个是否牵强的谜底已不是重点，而只是为了给故事画一个完整的圆而已。本想以小见大写历史的《长街行》，最后还是落入了家族传奇的俗套。同其他许多关于上海的史诗性书写一样，只见"上海故事"而不见"上海"，仍然是这部作品的痼疾所在。

一切历史说到底是心灵史。鲁迅在《阿Q正传》《风波》等作品中揭露辛亥革命的不彻底性时，并未对历史进行表面化的复述，而是通过对阿Q、七斤等人物心理和性格的刻画来实现的。鲁迅漫画式的阿Q形象，是他从中国国民和自我身上观察和反省而来的"国民性"的深刻而综合的表现，因此，"近代中国的精神特征，很大程度上就是阿Q式的精神胜利法，阿Q的形象也是近代中国形象的一个侧面。"②鲁迅的小说中从来没有正襟危坐地插入大段的历史叙述，却真正做到了不着一字，尽得风流。

再以路遥的《人生》为例。这部80年代表现中国城乡接合部"交叉地带"的现实主义力作，之所以被不同的学者归入

---

① "因为《长街行》的城市风景中沉淀着人性，而人性只有形的变而没有质的变。"毛时安：《风景是昨天的，也是永远的》，《上海文化》，2009年第9期，29页。
② 郜元宝：《鲁迅精读》，上海：复旦大学出版社，2010，61页。

"伤痕文学"、"反思文学"或"改革文学"的范畴,不是因为它的主题摇摆不定,而是因为通过高加林的悲剧命运所表现出的转型期的中国社会,无法像文学史的归类那么明晰。高加林的希望、苦恼和悲剧,指向的都不是一个简单的人的故事,而是社会转型期城乡不可调和的矛盾,以及从传统社会向现代化社会过渡时中国所必须面对的顽疾。高加林的心灵世界是正史无法触及的,它指向了历史的深处。

英国历史学家屈维廉针对"历史是一门不折不扣的科学"的说法曾撰文反驳:"把历史等同于自然科学的做法,在过去三十年里错误地引导了历史学家离开了他们的正确道路。不把历史当作一个故事,而是当做一个科学,是如此严重地忽视了归根结底是历史学家主要技能的东西——叙述的艺术……就历史的不变的本质来说,它乃是'一个故事'……这是最基本的原则。"① 但是物极必反,当人们强调这种历史的温度时,过于文学化的语言又遮蔽了历史本来的面目。纵观上海文学史,在那些对上海进行史诗性叙述的作品中,作家往往想要通过人物(《长恨歌》)、空间(《长街行》)、器物(《繁花》)或者物化的一种传统(《天香》)来讲述上海城市的历史,却又往往画地为牢,总是在工笔描摹细节、展现形态各异的上海故事中,失却了历史本来的模样。这也许是一个缺点,却也是上海文学

---

① 田汝康、金重远:《当代西方史学流派文选》,上海:上海人民出版社,1982,182页。

都市性的一个特点。

〔第三节〕以"他者"为镜像

借助"他者"对上海的空间文化形态进行描述,在现代文学时期就形成了两种路数。一种是以陈独秀、周作人、郭沫若、朱自清以及茅盾、沈从文、丁玲等为代表书写的那个与乡土中国对立的、充满"糜烂"与"罪恶"的都市上海。另一种是张爱玲在《沉香屑 第一炉香》《沉香屑 第二炉香》《茉莉香片》《红玫瑰与白玫瑰》等作品中借助香港映照的"日常"中有"传奇"的上海。这两种类型都以"他者"为镜像表现上海的文化空间,不同的是,前者将上海写成盛开在乡土中国的一朵繁华与糜烂并生的花,后者将上海市井生活写成了"即使忧愁沉淀下去也是中国的泥沙"[①]。

这两种远距离观照上海的方式已成为经典,并能够在之后的文学作品和评论中看到回响。

陈平原和赵园都曾以北京为坐标论及上海,操持的是城乡对比的视角:"谈论近代中国的关注上海,谈论现代中国的关注北京;喜欢都市景观的关注上海,喜欢乡土记忆的关注北京;研究经济的关注上海,研究政治的关注北京;国外学者更关注

[①] 张爱玲:《中国的日夜》,《张爱玲文集(第四卷)》,金宏达、于青编,安徽:安徽文艺出版社,1992,246页。

上海,国内学者更关注北京……现实生活中争强斗胜此起彼伏的'双城记',俨然已经蔓延到学术领域。"① "文学的上海就是这样支离破碎,无从整合。不同作家笔下的北京是同一个,连空气也是一块儿的,不同作家笔下的上海却俨若不同世界以至不同世纪。"② 在他们的理解中,北京是乡土中国的代表,上海是都市化城市的象征。

顺应这种思路的文学作品也非常多。南京作家毕飞宇的《上海往事》(1995年出版)是应张艺谋之邀写的电影剧本,影片在国际电影节上也的确获得了不错的成绩③。该片与《大红灯笼高高挂》《菊豆》一样向外国人展现了中国元素,却有别于后两者的乡土气息,而是表现那种杂糅中西、城乡混合的中国城市内涵,当然这方面非上海莫属。在《上海往事》中,上海不再是一个孤立的空间背景,而是被赋予了独特的人文气息。这气息是强大和神秘的,既有令乡下少年水生、舞女小金宝以及二爷所向往的无限繁华和机会,又充满着吞噬生命和梦想的罪恶,是那种混合了梁遇春笔下"恶狗"和"新感觉派"笔下"造在地狱上面的天堂"意象的大上海。作品中,上海从一个空间概念化身为"老爷"这个人物形象,他从未现身却又无处不在,是矗立于所有人物背后的"命运"。作品结尾,小金宝与

---

① 陈平原:《北京记忆与记忆北京》,《北京社会科学》,2005年第1期,9页。
② 赵园:《北京:城与人》,北京:北京大学出版社,2002,206页。
③ 获1995年第48届戛纳国际电影节评审团奖,并提名第68届奥斯卡金像奖最佳摄影奖。

二爷的被杀、水生的反叛以及又一个"小金宝"的诞生，都指向"老爷"罪恶的大手，从而间接指向"上海"这个神秘的庞然大物。这种典型的城乡对立二元视角，代表了外乡人看待上海的一种眼光，它常常将上海表现得光怪陆离、与众不同又神秘得让人捉摸不透。

但假如祛除这种视角中的神秘主义色彩，城乡二元对立的诠释则被还原得质朴、直白，从而呈现为迥然不同的文本样式。上海作家西飏的中篇小说《向日葵》，立足乡土审视上海，对上海的物欲特征进行直接地批判。

作品讲述"我"为了帮助朋友郑鹰实现逃离上海的夙愿，替他找了份到新疆种植向日葵的差事。郑鹰在新疆遇到了王人造。王是个彻头彻尾的"傻瓜"，食大如牛、鼾声如雷、在性的意识觉醒后，乐此不疲地进行自渎。在他身上充分暴露出人动物性的一面。起初，郑鹰对王不屑一顾，直到某一天，"聪明人"郑鹰发现被包括"我"在内的所有上海人给欺骗了，才发现自己与"傻瓜"王人造并无本质的不同。同时，他渐渐地在王人造身上发现了"聪明人"久已失传的美德——信任、互助与忠诚。最后，郑鹰怀揣一颗象征救赎的向日葵种子，踏上重返上海的路，寻求对自我和物欲上海的救赎。作品的另一人物——郑鹰的朋友"我"，在全知视角的帮助下俯视这对堂·吉诃德式主仆在新疆的全部生活，对之嗤之以鼻并最终背叛了郑鹰这个无用的朋友。

小说中上海与新疆的空间文化差异主要通过郑鹰、"我"、王人造三人的形象对照和性格冲突来展现。上海的逼仄与新疆的辽阔，上海的一掷千金与新疆的贫困潦倒，上海的意乱情迷与新疆的一往情深，都在其中一览无余。一个细节很能说明问题。一个电影摄制组来到新疆闯入了傻瓜王人造的生活，女演员为了获得心仪的角色四处兜售自己的身体。在她撒网式的打情骂俏中，别人都是半真半假半推半就，只有没见过世面的"傻瓜"王人造当头一棒，动了真情，从此无法自拔，沦为大家的笑柄。作品将上海与新疆两个不同的文化空间投射到人物的性格中，以乡土中国的立场审视上海，刻意拉开与它的空间距离，在精明算计与傻里傻气中，让前者所代表的上海都市性中的自私、贪婪与冷漠的物欲的一面被淋漓尽致地释放和批判。

此外，在另一个上海作家李肇正的中篇小说《姐妹》和《啊，城市》中，也是通过城乡对照将上海描述为一个摧毁朴实、美好和梦想的渊薮。具体的文本分析见下编第四章"异乡人"群像。

以"他者"为镜像的另一个途径，是由张爱玲滥觞、王安忆继之的香港与上海的互文参照，这个方面最有名的学术论断来自李欧梵的《上海摩登》。在这部专著中，他表达了上海与香港互为"他者"的看法。"尽管五十年代的香港经历着这明显的'上海化',它依然是上海这个传奇大都会的可怜的镜像。"① "当香港把上海远远地抛在后面时,这个新的大都会并没有忘记老的。事实上,你能发觉香港对老上海怀着越来越强烈的乡愁,并在很大程度上由大众传媒使之巩固,使之不被遗忘。"②

文学作品也印证了李欧梵这一论断的正确性。在这一路数的写作中,作家着重于表现香港与上海空间文化的相似性,试图描述两个城市所共有的那种难以言传的复杂韵味。

张爱玲在《沉香屑 第一炉香》中借葛薇龙初到香港扑面而来的白房子——那种不中不西的古怪样式,道出自己对香港的理解:"这一点东方色彩的存在,显然是看在外国朋友的面上。英国人老远的来看中国,不能不给点中国给他们瞧瞧。但是这里的中国,是西方人心目中的中国,荒诞、精巧、滑稽。"③ 于是,在她的《茉莉香片》《沉香屑——第二炉香》《连环套》等一系列作品中,香港都被描述成这种五味杂陈的、带有传奇色彩的城市。用她自己的话来说,写这种"香港传奇"的时候,"无时无刻不想到上海人"④。李欧梵认为"张爱玲以她非凡的洞见也看出了这两个城市之间不寻常的关系"⑤,那就是共同的

---

① 李欧梵:《上海摩登 一种新都市文化在中国(1930—1945)》,北京:人民文学出版社,2010,326页。
② 李欧梵:《上海摩登 一种新都市文化在中国(1930—1945)》,北京:人民文学出版社,2010,327页。
③ 张爱玲:《沉香屑 第一炉香》,《张爱玲文集(第二卷)》,合肥:安徽文艺出版社,2页。
④ 张爱玲:《到底是上海人》,《张爱玲文集(第四卷)》,合肥:安徽文艺出版社,20页。
⑤ 前揭李欧梵:《上海摩登》,321页。

殖民经历所带来的相似的城市景观和人心态势。

王安忆的写法显然受到了张爱玲的启发，她的一些作品是顺着张爱玲的思路来写的。在中篇小说《香港的情与爱》的女主人公逢佳身上，就既能见出香港，也能见出上海。逢佳集天真与势利于一身，最吸引华侨老魏的地方，就是她与女人味十足的凯弟形成巨大反差的那种气质。逢佳的言谈举止处处透出乡气，穿衣搭配常常不和谐到极致，然而在乡气与错误中又有种大俗大雅的个性；她追逐金钱与利益，与老魏交往本着"银货两讫"的思想，却又情不自禁地在交易中萌生真情，而这些都是殖民地香港中的"中国元素"。逢佳身上的"中国元素"来自于她背后的城市上海——她的性格特征与王安忆一系列作品中的"弄堂女儿"[1] 如出一辙。

逢佳是上海、也是香港的化身，她满足了老魏这类华侨寻找"临时的家"的心理。美国唐人街出身的老魏缺乏身份的认同感，无论是在中国还是美国，都属于"无根"的一族。他既想要回归中国的根，又不可能真正适应乡土式的中国生活，因此，香港与生俱来的中西合璧的气息最适合他。然而香港的本地人又很难带给他原汁原味的中国气息，所以凯弟那类优雅而性感的现代女性并不能满足老魏的"寻根"心理，他要的是有"临时的家"气息的女性，让他有"亲切与感动"且随时能

---

[1] 见下编第一章第二节"弄堂女儿"。

"煞住脚"的女性,于是,逢佳这样一个在香港落地的上海女孩,就牢牢抓住了他的心。从这个角度来说,王安忆与张爱玲一样,也是怀着一颗上海心来写逢佳、写香港的。

香港学者邝可怡曾分析过《倾城之恋》中范柳原对葛薇龙审视的眼光:"从注视中国(女性)的角度来看,范柳原与洋人的目光其实亦远亦近。他同样对中国(女性)充满想象,喜欢白流苏'善于低头'、穿着'月白蝉翼纱旗袍'的古雅形象,并留意她许多'很像唱京戏'的小动作,沉迷洋人倾慕那种古中国的'罗曼蒂克的气氛'。但由于出入中、西文化的经验,他多次表明自己很能辨别香港饭店那种制造给洋人看的'中国情调',更能辨识洋人概念中'所谓的上海人'。范柳原作为'中国化的外国人',既明白文化差距所造成东方的吸引力,却又不能自拔继续迷恋我们的'古中国'。"①

邝可怡认为老魏对逢佳的注视与此相同。"王安忆更抽象也更直接地通过描写香港,表现她对上海的关怀。王安忆笔下的沪、港是两个重叠的城市。作者在小说中着意表现香港作为繁荣大都市、殖民历史传奇和'提炼过的人生'的象征。这三方面的象征意义包含一定的普遍性和概括性,与作者一直通过写作来探讨的上海'底子',有不少相通的地方。"②"《香港情与

---

① 邝可怡:《上海跟香港的"对立"——读〈时代姑娘〉、〈倾城之恋〉和〈香港情与爱〉》,《中国现代文学研究丛刊》,2007年第4期,250页。
② 同上。

爱》通过逢佳'进入'香港的故事,让一位来自上海的女性及其审视附带的沪上特质与异质,得以和香港在地理、历史和政治层面上的象征寓意互相比附、互相发明。"①

王安忆说香港是一个传奇,因此《香港的情与爱》是在传奇中写日常②,而她关于上海的一系列小说,则是在日常中写传奇。笔法不同,却使两个城市最终拥有了同样的灵魂。可以说,王安忆对香港的叙述与其一直以来致力于寻找的上海"底子"相通,但这个"底子"只可意会不可言传,只有借助逢佳、借助一系列"弄堂女儿"的文学形象以及类似于"香港是个大邂逅"③之类的比喻才能抵达其真谛。

当然,在90年代以来的上海文学中,除了乡土中国或者具有过渡气质的香港,另外一些国际大都市也常常成为上海的"他者"。"从上海到彼得堡。这些城市对我来说好似一间巴洛克房间里的各种镜子,它们彼此映照,相互证明,重重复重重的倒影里最后映衬出一张真实的面孔。我在圣彼得堡见到了1950年代的上海,在1990年代的上海遇见的,是1970年代的伦敦。这些城市好似一个连环套,当你看懂一个,就看懂了更多其他的。当我在斯特

---

① 邝可怡:《上海跟香港的"对立"——读〈时代姑娘〉、〈倾城之恋〉和〈香港情与爱〉》,《中国现代文学研究丛刊》,2007年第4期,250页。
② "我要写一个用香港命名的传奇,这传奇不是那传奇,它提炼于我们最普通的人生,将我们普通人生中的细节凝结为一个传奇。"张爱玲:《"香港"是一个象征》,《独语》,长沙:湖南文艺出版社,1998,189页。
③ 王安忆:《香港的情与爱(王安忆自选集·第三卷)》,北京:作家出版社,1996,508页。

拉斯堡推倒第一张认识城市的多米诺骨牌，1992年的上海便展现出梧桐树下旧房子那通商口岸城市的旧貌。"① 这种看似几个城市之间的呼应，其实都重叠为作家"怀旧"心中的上海影像。

在《慢船去中国》中，陈丹燕通过上海勾连起新疆和美国，上海则作为介于乡土和洋派的中间物出现。比之"上海三部曲"，这部出版于新世纪的长篇小说（2003年出版《慢船去中国 范妮》，2007年出版《慢船去中国 简妮》）文学性更强。这部作品虽然讲述的是80年代后盛极一时的"出国热"，但现实的时间感却一再向历史退让。

王家曾经是上海滩盛极一时的买办家族，时代的风云变幻使家族中道败落。简妮和范妮作为王家的第三代女性，她们身上寄托了整个家族的期望。王家倾尽全力想方设法送她们出国，不是为了让她们拥有更美好的人生，更是为了重振家族的荣耀。在这样的前提下，本应大书特书的姐妹俩的留学生活，被一再追述的家族历史和在这之下展现的人性扭曲所代替。从小分隔两地、形如陌路的亲姐妹在嫉妒攀比中暗暗较劲，都认为自己最能代表家族的气质，"才最像是从这个家里走出来的人"；到美国后，两姐妹与美国素昧平生的婶母相谈甚欢，是因为对王家历史共同的兴趣。姐姐初到美国不幸失足成恨，爷爷为了保全家族的面子宁愿对孙女弃之不顾。王家祖上的历史既是光

---

① 前揭陈丹燕："上海三部曲"总序。

环也是阴影，紧紧地笼罩在王家每一个人的心头，决定着他们的喜怒哀乐和爱恨情仇。

作品对爷爷和父亲形象的对比描写意味深长。爷爷沉稳老练、处变不惊，与之相比，年轻时到边疆做"知青"的父亲却显得懦弱无能，他得不到两个女儿的尊敬，甚至当失足的大女儿最需要帮助时，束手无策的他能想到的唯一办法就是撞车骗取保险以再换来二女儿到美国的机会。在爷爷"高贵"的成长经历和教育背景的参照下，这个年轻时就到了西部支边的"知青"自惭形秽。作品通过这种人物形象的对比向旧时代致敬。

作品看似写 80 年代后期上海的"出国热"，实际上对此的挖掘远远不够，无论是范妮初到美国时的孤单无助、应对中西方文化碰撞的心理纠结，还是与外国小伙子鲁莽交往而失足的过程，抑或简妮与姐姐形成巨大反差的心理和行为变异，都写得单薄局促，而故事框架中本来可以更具丰富性的爷爷、爸爸和维尼叔叔等形象，也都是点到为止。实际上作品中唯一的主角就是王家那若隐若现的家族历史，它在不同的人物形象身上一次次闪现、复活，将作品的时间感从现实拉向历史深处。

只是这次，陈丹燕以对美国的追逐和崇拜，代替了原先"上海三部曲"中对老上海的"怀旧"。这倒反证了之前所谓的"怀旧"，说到底还是对西方世界的钟情。

王安忆和陈丹燕这类以香港等国际大都市来参照上海的方式引发了不少质疑的声音。 2001 年、 2003 年、 2006 年，王安忆、王德威、许子东联袂策划出版了三辑"三城记"小说丛书,希望通过对上海、香港、台北三地文学的勾连,达到互文的效果。然而,为什么是香港和台北而不是北京等其他城市?显然还是源于这三地所共有的杂糅中西的气质。在第一辑的"序言"中,王安忆再次重申了她90年代就表达过的观点,艺术要着力表现的是"浮泛的声色"下的"日常"①,并循着这个思路选择作品。这证明了王安忆对上海的理解仍然是立足"传奇"与"日常"两个方面。可是这样的信念却受到了质疑,"怎能保证对日常生活的描摹不会停留在'浮泛的声色'之上?王安忆似乎相信作家的直觉的力量,凭着这种直觉,作家能够'抵达事物的深处,焕发出思想的光芒'。然而,从这本小说集,我们已经看到这种所谓的直觉是何等的靠不住!其中的一些作品也许具有王安忆所称赏的'肉感',却没有肉中之骨和奔涌流淌的血脉,这样的'肉感'只是脂肪的堆积,它恰恰暴露了作家思想的溃败和衰老。"②

从结果来看,这次"互文"的努力失败了。"台北卷"的主编王德威选择了与"上海卷"南辕北辙的充满后现代气息的作品。正如有论者言:"这边厢还在拿捏乡下女人的大奶细节,那里却都是精子美容或渗入木板地缝之类的描写……我一边读两本小说选,一边不断提醒自己:这不是上海和台北,这只是王

---

① 王安忆:"三城记小说系列"第一辑《女友间》"序",上海:上海文艺出版社,2001。
② 倪伟:《书写城市》,《读书》,2002年第3期,9页。

安忆和王德威选择的一部分上海和台北的小说。"① 这说明，自张爱玲始到王安忆和陈丹燕的那种"他者"的镜像方式，在众声喧哗的新世纪也许需要重新反思。

其实，90年代以来上述两种以某个时空为"他者"对上海进行映照的方式，殊途而同归。因为无论是以乡土来对照还是以香港来类比，他们都有着共同的关于上海的心理预设——一个繁华、旖旎、传奇和不可言说的城市。这样的心里预设大概从80年代初大家纷纷就"写出上海特色"进行讨论②、考虑怎样像王安忆一样"立足上海，从给自己熟悉的生活提炼主题"③，从而"写出上海特色"就开始了。后来这一心理预设更是借由"怀旧"思潮的助推进一步定型。从这个角度来说，这两类"他者"都是作家"强证己说"的技巧罢了。

其实关于"写上海"，还有另一种"他者"可资参照，这不是时空概念下的"他者"，而是文化意义上的"他者"。1983年，非上海籍老作家汪曾祺就以亲身的创作实践为上海书写提供了一个文化的"他者"，向当时正专注于"写出上海特色"的后辈们做了一个很好的示范。

1983年7月，当"写出上海特色"的提法日渐深入人心之时，身在北京的汪曾祺拿出了一部出人意料的短篇小说《星期

---

① 子东：《"三城记小说系列"中的两城》，《读书》，2001年第12期，149页。
② 见附录关于"写出上海特色"的会议和讨论。
③ 《作协上海分会和本刊编辑部举办小说创作座谈会》，《上海文学》，1983年第6期。

天》。之所以说出人意料，是因为这部小说是根据作者40年代末旅居上海一年多的真实经历写成的，但40年代时汪曾祺在上海完成了20多部短篇小说创作，其中不是回忆故乡高邮，就是谈在昆明和西南联大的生活，从未涉足自己当时居住的上海。然而时隔近几十年后，汪曾祺却拿出这部短篇佳作，形神兼备地描绘出当时上海生活的所见所闻，那原因恐怕不仅仅是怀旧这么简单。

　　这部小说写于1983年，以作者曾经短暂工作过的上海致远中学为背景，提取了其中的九个人物。作品一开场就采取"列举"法将人物一一推出。校长赵宗浚并不将教育放在心上，上班时也是玩玩古董、搜罗些小玩意儿，尤其他接电话的方式很古怪，总是先假装秘书用上海话接，放下电话假装去叫人，然后再以本人的身份用国语接。但这人出手大方，对员工也并不苛刻。教导主任沈裕藻"一辈子不吃任何蔬菜"[1]，"长得像一个牛犊子"[2]，不爱看书，却读"方块报"和《蜀山剑侠传》。沈裕藻的同学、"小开"李文鑫，大夏大学毕业吊儿郎当看似一事无成，却将一个流浪汉调教成了月琴高手。英文教员沈福根，本校毕业后卖过两年小黄鱼，后来竟糊里糊涂做了英文教员。史地教员史先生，本是首饰店的小伙计，不知怎么神奇地变成了教员，并对当年自己在首饰店的一桩艳遇念念不忘。体育老师谢霈，庸俗市侩，嗜钱如命，却为了看国手下棋，花钱

---

[1] 汪曾祺：《星期天》，《上海文学》，1983年第10期。
[2] 同上。

毫不手软……

小说中，每个人物的个性在寥寥数笔的白描中跃然纸上。汪曾祺并没有为这些人身上的古怪行为做任何解释，而是让他们的性格最后聚集在星期天的一个舞台上——因一场舞会而起的临时事件中——进行展现。见义勇为打了美国大兵保护了女性同胞的舞蹈教师赫连都闯入舞会，引起了众人微妙的反应。有人崇拜有人夸奖，有人怀疑有人猜忌，甚至还有人说他也许是"共产党"。而对于校长赵宗浚而言，这个突发事件让他确认了自己的失恋——在与赫连都的共舞中，王静仪女士表现出了异样的眼神。小说在舞会的高潮中收束，留下许多引人遐想的空白。这部小说，从开始每个人颇为神秘的来历，到最后这个纠缠着政治与爱情的晦涩的结尾，都弥漫着现代性气息，指向人物背后的那个城市——"上海的许多事情，都是蛮难讲的。"①

写作这部小说的时候汪曾祺与上海已结缘多年②，无论人情还是世故都颇多联系，但回忆四十年代的上海，他仍然延续了当年不佳的印象，因此作品呈现的风格与那些急于凭想象描绘出上海风俗画的后辈作家们迥异。虽然这部反讽漫画式的小说并没有在"写出上海特色"的浪潮中激起涟漪，但汪曾祺对其评价颇高。他认为这部小说是城市文学文体变化的代表，是尚

---

① 前揭汪曾祺：《星期天》。
② 郜元宝：《汪曾祺结缘上海小史》，《扬子江评论》，2017年第4期。

处于萌芽状态的城市文学都市性和先锋性结合的典范①。通过这部小说,他以实际的创作经验告诫那些正急于"写出上海特色"的后辈们,没有实际的生活经历,而仅靠想象上海的往事来表达这个城市,既不是"上海特色",也不是真实和可靠的。

可惜他的警示并没有得到应有的重视。事实证明,这部发表在《上海文学》1983年第10期的小说并未引起关注,甚至还曾被当作汪老一个失败的写作案例被提及②。在这样的误读下,汪曾祺以亲临其境的写实作为"他者",对那种凭借遥远想象进行上海书写的参照意义,很快被遗忘得干干净净。

---

① 据金用记录,1994年6月10日至13日,汪曾祺应邀参加《钟山》杂志与德国歌德学院联合举办的"1994中国城市文学学术研讨会",上海方面有王安忆、陈思和、孙甘露、王晓明、蔡翔等出席,会上汪曾祺提出了他关于城市文学的看法,认为城市文学尚处于萌芽状态,但是有传统;城市文学是新潮文学,具有先锋性;城市文学必然带来文体的变化,并以《星期天》为例说明。金用:《激战秦淮状元楼——94中国城市文学国际学术研讨会札记》,《钟山》,1994年第5期。
② 参见王安忆写于1987年11月21日的散文《汪老讲故事》,在评价《星期天》时说:"汪曾祺有时候难免也会笨过头反露出了聪明。比如《星期天》,他写道:'全体教职员工,共有如下数人。'然后是一、二、三、四地写下去,直到'九,我。'亦太过简陋。明明是在写小说,却偏偏不写小说,而写人事档案似的,则有些'此地无银三百两',倒更像做文章了,""于汪曾祺老,似乎是不应犯的错误,尽管汪曾祺老也是应该犯错误的。"转引自前揭郜元宝:《汪曾祺结缘上海小史》。

〔第五章〕
国际大都市的更多侧面

〔第一节〕"归来者"的知青叙事

知青小说在"新时期"至今的上海文学中从未缺席。70年代末到80年代初,上海一批出生于50年代和60年代的知青作家纷纷加入知青小说的创作队伍,以叶辛、王安忆、彭瑞高、竹林、陈村等为代表的知青作家凭借《蹉跎岁月》《本次列车终点》《贼船》《生活的路》等作品,积极参与了中国当代知青文学的构建,也奠定了各自在其中的一席之地。80年代末到90年代初,随着时代文化语境的巨大变化以及城市化进程的加速,知青小说逐渐进入"后知青文学"时代①,呈现出不同于早期理想主义、浪漫主义、批判主义等雷同的"情绪化"的多元叙事方式。在这中间,上海的知青小说由于90年代以来上海城市生活对它的强烈渗透和深远影响展现出别样的风貌,成为多

---

① 当前学者的共识是王小波90年代初的知青小说《黄金时代》以全新的叙事风格实现了知青文学的突破,拉开了"后知青文学"的序幕。

元复杂的上海文学"都市性"中重要的一元。

如果说"新时期"上海的知青小说多聚焦于知青在下放地的生活，那么从80年代末开始，这种单纯的视角就不复存在，而是通过两类主题的文学叙事，明显地表现出与上海城市生活的胶着。第一类是通过讲述知青及其后代进入城市的艰难历程，持续考察知青命运在历史车轮前行中的变迁，例如叶辛的《孽债》系列；另一类通过老年知青对历史的"回望"，表现他们对时代和自我灵魂的重新拷问，例如王安忆的《叔叔的故事》、杨剑龙的《金牛河》等。

叶辛堪称上海知青作家中最为执着的一个，这种执着不仅表现在对知青题材的坚持，更表现在他在风起云涌新时代的沉着定力。90年代以来，当很多老知青作家和许多并无知青生活经验的年轻作家再无暇或无意关注知青一代的悲苦、只将知青经验作为表达人性的一种中介时，叶辛却坚持在自己的园地深耕细作，持续性地关注知青在新时代的命运变迁。在他对这一主题逐渐深化、不断超越自我的思考中，展现了时代的沧桑巨变，同时证明了自己以及自己所属时代的独特性。

出版于1992年的《孽债》是他知青叙事明显的分水岭。如果说80年代初的《我们这一代人》《蹉跎岁月》以加入知青集体想象的方式参与了"新时期""伤痕"与"反思"文学的构建，那么《孽债》则通过讲述五个知青二代到上海寻亲的故事，跳出了为一代人集体发声的合唱，折射出新时代城市生活激发的个性化创作灵感。

作品中五个被返城知青遗落在山间的孩子在来到上海之前,是将对这个城市的想象与亲人合而为一的。虽然幼年失亲使他们的童年生活蒙上了过多的阴影,但靠着母亲口述构建的高大的父亲形象,他们足以战胜那时的许多困难和失意。于是,到上海去,寻找肉身和精神之父,就成为自幼年起就埋下的美丽的梦。

小说讲述了五个孩子寻亲梦碎的过程。沈美霞和梁思凡的生父沈若尘和梁曼诚面对孩子的到来,从欣喜到惊慌。对他们而言,孩子代表自己那段美好无悔的青春记忆,孩子的出现,让记忆再现,令他们欣喜,可是现实生活迅速浇灭了那瞬间的心悸。狭小局促的房子、若干年来已成惯性的庸常生活,使传奇再无容身之地。清醒过来的他们立刻惊慌失措起来,接踵而至的生活秩序被打破和家庭矛盾的不断升级,更使他们变得唯唯诺诺、委曲求全。于是,这些曾经像英雄般活在孩子心中的父亲形象轰然倒塌,最后,沈美霞和梁思凡失望地离去。盛天华和卢晓峰的寻亲是另外一番境遇。两人看来都顺利地通过寻亲被上海接纳,但盛天华并未从根本上获得母爱的补偿,反而深陷母亲新家庭畸形的情欲世界中。卢晓峰因为生父"单身"的身份毫无障碍地被接纳,但面对因"强奸罪"深陷牢狱的父亲,他没什么感情,只想抓住这个助他留在上海的唯一砝码。

作品以"孽债"为题,意思是"难以还清的感情债",但是从作品以及改编的同名电视剧所引发的巨大轰动效应来看，作者的这一界定不足以覆盖作品本身所指向的多义性和复杂性。《孽债》打破了之前许多知青小说只关注直接与历史发生关系的知青一代的命运，而将知青二代从幕后拉向前台，自然而然地勾连起历史与当下，将知青命运的时间轴纵向延伸。知青二代寻亲记指向的对人伦秩序的巨大冲击，震撼人心，启发人们将新、旧时代与人物命运置于同等被审视的地位，由此，叶辛关于命运的拷问更具穿透力。

2008年初问世的《孽债Ⅱ》常常不被看作知青题材的文学作品，但是若将叶辛的知青叙事作为一个连贯的体系来看，《孽债Ⅱ》仍然是叶辛知青叙事一个重要的里程碑。显然，《孽债》的成功带给了作家更多思考，因此，作为一个负责任的知青命运代言人，他并未借助《孽债》的轰动效应立刻续写，而是酝酿了十年之久才拿出这部作品。《孽债Ⅱ》与《孽债》的叙事侧重点不同，《孽债》写被城市生活重塑了的知青，《孽债Ⅱ》则专注于知青二代的城市生活。

作品中知青二代的生活充满了欲望都市的气息。沈美霞依然美丽善良，并成为了人人羡慕的研究生，但上辈婚姻的阴影让她无法建立正确的爱情观，在林淼借助物质包装而成的完美男人形象中，她步步沦陷，最终未能逃脱悲剧的命运。梁思凡通过打拼成立了自己的网络公司，却不善于经营自己的小家庭，深陷妻子外遇的烦恼。盛天华因打架亡命缅甸。卢晓峰、吴永辉虽然事业小成，但总是时时被欲望纠缠。也许通过另外一位知青后代闵静娣的人生理念更能了解知青二代的群体特征。闵静娣早就决心要"好好利用自己秀气姣好的相貌，好好地利用她的大学生身份，好好地利用上海这么一个大环境中形形色色的人们的同情心"①，成就一桩最合算的婚姻。于是她毫无道德底线地先作为第三者与辅导员同居，又在遇到发了财的吴永辉后，虽有孕在身亦将辅导员果断抛弃。早年亲子之爱的匮乏和城市生活巨大的诱惑，使信仰缺失的他们在欲望的黑洞中越陷越深。

作品同样续写了知青一代无尽的烦恼。下岗的梁曼诚在无所寄托的底层生活中浑浑噩噩，消磨后半生的时光。余乐吟的生活更是一团糟，她被马玉敏抓住了偷情的把柄，无法阻止儿子与马玉敏的胡乱交往，也无法阻止丈夫明目张胆地搞外遇。与晚辈相比，这些当年高扬过理想主义的知识青年在新时代的沦落，更让人触目惊心。通过《孽债》系列，叶辛较为圆满地完成了对知青两代人悲剧命运的刻画。

与此同时，《孽债》系列也表现了叶辛知青叙事目光的城乡立场转换。在他前期作品中那些对乡村贫乏和阴暗面的描写，经过岁月的淘洗冲刷，留下来的是田园诗般的美好画面。如果说之前他站在城市的制高点上审视乡村，那么后来的《孽债》

---

① 叶辛：《孽债（下）》，武汉：武汉大学出版社，2012，326页。

系列则是以淳朴的乡村生活为准绳衡量城市,通过后者,叶辛完成了城市是罪恶渊薮的论证。

叶辛这一眼光的转变同样发生在"60后"知青作家王安忆的身上。在王安忆早期知青小说《绕公社一周》《广阔天地的一角》《从疾驰的车窗前略过》中,也同样洋溢着一个城市人对乡村带有浪漫主义和批判主义的打量,然而经过《叔叔的故事》(1990)、《米尼》(1992)等作品对知青身份的反思,到了写作《姊妹们》(1996)、《隐居的时代》(1998)、《开会》(1999)、《青年突击队》(1999)的时候,作家笔下的农村则变得具有"缓慢的,曲折的,委婉的"[①]的田园之美,成为隐居在"文革"背影中一方自由而辽阔的天地。

90年代后上海文学知青叙事的另外一个主题是通过已步入老年的知青对历史的"回望",展现他们对时代、对自我灵魂的重新审视和拷问。这方面的代表作有杨剑龙的《金牛河》、叶辛的《客过亭》和王安忆的《叔叔的故事》等。

在高校长期从事中国现当代文学研究的杨剑龙十年磨一剑,2007年在《芳草》杂志第四期发表了《金牛河》(最初命名为《汤汤金牛河》,发表时有删减),次年10月推出单行本。作者创作这部长篇小说处女作时已届50岁,对于他来说,这部作品既是对自己青春岁月的"回望",也是"圆梦"。因

---

① 王安忆:《生活的形式》,《上海文学》,1999年第5期,13页。

此,当作者隔着几十年的时光再回首,他的笔触既饱含着强烈的抒情性,又浸透着学者所独有的理性批判意识。

这部作品与其说是讲述知青生活,不如说是以知青的视角展现"文革"摧残下的乡村景象。知青,只是作者借用的一个视角,通过这个视角,读者能够进入偏远的贵州山区,感受"文革"魔爪下的乡村巨变。作者的回忆首先在一片宁静淡远的乡村风景中展开。连绵高耸的金牛岭、奔腾不息的金牛河,以及那块诞生于一个凄美爱情故事的金牛石,滋养了金牛镇人们的性情。他们的淳朴善良与美丽的大自然构成了一幅天人合一的画面。小说主人公牛汉国登场时,一边放松肆意地蹲在竹排上排泄,一边惬意悠然地哼唱改编的黄色革命小调。以他和麻大哥、大老李为代表的这些因"文革"获罪而逃亡至此的外乡人,陶醉于这里的山水,幻想就此脱胎换骨,重新展现像毛竹一样强健的生命力。在小说的前几节,牛汉国、大老李、麻大哥、宋海清、姜阿翠、黄书记、姜疯子等主要人物悉数登场,然而他们接下来的人生都将被一个巨变的时代所摧毁。

在抒情诗般的山水背后,是作者冷静地对各种悲剧的讲述。作品着重展现了女性的悲剧命运。寡妇姜阿翠先是痛失丈夫和儿子,后来为求得生计接受了当地权贵黄书记额外的"关照",靠着一片生意不错的小店维生。但是她为这种依附和照顾付出了惨重的代价。由于后来与牛汉国相爱,姜阿翠表现出对黄书记的疏远,这使黄书记怀恨在心。为了报复,他公报私仇，利用自己干部的身份伙同妻子设计陷害捉奸，对二人大肆批斗，最终逼死了姜阿翠。况铁匠一对如并蒂莲花般美好的女儿梅梅和婷婷同样遭到摧残。梅梅遭到公社武装部陈部长儿子的奸污，申冤不得，最终精神失常，婷婷则被人掉包嫁给了篾匠家的傻儿子，沦为与公公生孩子的传宗接代的工具。在封建陋习和黄书记的不怀好意的劝说下，软弱的况铁匠和受尽屈辱的婷婷都无力反抗。除此以外，作品还书写了具有"英雄"气象的男性之"死"。牛汉国是曾经参加过抗美援朝战争、战功赫赫的硬汉，却栽在了黄书记设计的圈套中，眼睁睁看着爱人跳楼而死。镇上最儒雅的文化人、中学校长姜雄杰的小说手稿被人揭发烧毁，他不堪重压精神失常，成为金牛镇有名的"姜疯子"。这些曾站在身体和脑力至高点的"英雄"，与那些具有柔顺之美的女性一样，最后都倒在这片被"文革"诅咒了的土地之上。

耐人寻味的是，作品的一个叙事者——知青小宋在见证了这些人间悲剧后的"成长"。作品结尾，小宋被派去参加公社社会主义教育，他严正地告诫人们要警惕随时随地会发生的小资产主义倾向……

有学者不满于这部小说缺乏与当代生活的对话①，然而作者杨剑龙在小说的"跋"中对写作动机说得明白："人生的坎坷与

---

① 杨剑龙：《人生记忆与历史书写——长篇小说《金牛河》研讨会纪要》，《当代文学研究资料与信息》，2009年第4期，22页。

磨难是一种资历和资本,将这些坎坷和磨难写下来,对于他人大概也是一种启示。"① 对于这段被烙在心头、于当下纷繁的世事中总能带给自己一片清凉的青春岁月,作家并没有耽溺于深情怀念而刻意美化,而是在理性客观的书写中展现悲剧对当下生活的启示。这样的叙事选择与同时期那些热衷于截取城市日常生活片段、具有高度"空间化"叙事特征的城市文学相比,是另辟蹊径地以史为鉴,这本身就是对当代生活的回应。

此外,诞生于1990年、被反复论说的《叔叔的故事》以及叶辛2011年的新作《客过亭》,同样是这种"抉心自食"式的反思。《叔叔的故事》通过我——一个知青的视角去讲述泛指的"右派"叔叔的故事。通过叙事方式上的创新无情地对常规历史叙事中虚伪人造的那部分面相进行解构,完成了对两代知青精神世界的解剖。叶辛的《客过厅》讲述一群在各行各业退了休的老知青结伴来到曾经的下放地,本想了却当年的心事,却不料空间的再现唤醒了他们麻木沉睡多年的灵魂。他们在故地重游中重新焕发自省的意识,对自己当年受欲望驱使犯下的种种罪行忏悔不已。这部作品将这些垂垂老矣的灵魂置于刑台之上,并未因他们的老去而有所宽恕,从而使对灵魂的解剖更加有力。

综上所述,当90年代后中国文学中的知青叙事进入"后知青时代",当年的知青文学骁将韩少功、李锐、张承志、梁晓声

---

① 杨剑龙:《金牛河》,合肥:安徽文艺出版社,2008,226页。

纷纷在叙事方式或叙事视角上做出新的尝试，而王小波、李洱、韩东、何顿等许多后来者也通过《黄金时代》《鬼子来了》《知青变形记》《清清的河水蓝蓝的天》等更为新鲜的知青故事引起关注时，上海的知青作家却并未在风向中迷失。他们坚持通过自己的方式不断重新深入那段特殊的历史时期，作为从上海出发的"归来者"，认真地讲述属于自己的知青故事。

〔第二节〕"80后"作家的集体想象

尽管如今看来，"80后"作家这一称谓只不过是90年代以来，人们对文学界突然崛起的、若干出生于80年代的年轻人的一个仓促的定义，已为不少后来者诟病，但作为一种在当时和之后引起不小反响的文学现象，它还是在当代文学史上留下了足够分量的印记。而对上海文学来说，这一群体的崛起与发展更是意义非凡。

我们现在熟知的是，可谓横空出世的"80后"作家得益于上海《萌芽》杂志的一次挽救发行量的创举——举办新概念作文大赛。这个如今在中学生圈子里大名鼎鼎的赛事，对于1999年《萌芽》杂志的主编赵长天而言，其实是一次小心翼翼却又孤注一掷的尝试。然而让他和他的团队意想不到的是，这个大赛因为搭乘了1997年关于"语文教育大讨论"的东风而迎合了人们长期以来对传统语文教育的不满，再加上赵长天巧妙地在大赛与名牌高校之间搭建了一个直升的通道,从此一炮而红,直接导致《萌芽》的发行量由他接手时的 1 万份,开始以每年 10 万份的数量递增,到 2005 年更是达到了 50 万份[①]的发行量。而同样与杂志一炮而红的,是现在"80 后"作家的代表人物:韩寒、郭敬明、张悦然、张怡微、周嘉宁等。

这场由新概念作文大赛引发的文学群体的诞生,制造了当代文学史上的一次断裂,足以令传统文学界措手不及以至深感不适。90 年代末新世纪初,当传统学术著作一再遭遇出版发行的冷遇,这批文学小将的作品却动辄以百万以上的发行量领跑文坛。当他们的作品因个性化的文字和叙述方式无限放大个人的情感体验而常常被文学前辈们讥为不成熟的"青春文学"[②]时,其中的领袖人物韩寒则被中外媒体热捧,而郭敬明凭借《小时代》改编的同名电影积累了千万粉丝。

从首届新概念大赛的倡议书和征文启事中,我们可以一窥这令人百思不得其解的现象。《倡议书》剑指传统语文教育的弊端,认为它"将充满人性之美和生活趣味的语文变成机械枯燥的应试训练"[③]。于是,在以《新思维 新表达 新体验——

[①] 转引自黄平:《个性化与共同体危机——以 80 后作家上海想象为中心》,《南方文坛》,2013 年第 6 期,24 页。
[②] 陶东风:《青春文学、玄幻文学与盗墓文学——"80 后写作"举要》,《中国政法大学学报》,2008 年第 9 期。
[③]《"新概念作文大赛"倡议书》,《首届全国新概念作文大赛获奖作品选(A 卷)》,北京:作家出版社,1999,3 页。

"新概念作文大赛"征文启事》中,《萌芽》杂志明确表达了优秀作品的遴选标准,那就是鼓励"创造性、发散型思维"、鼓励"使用属于自己的充满个性的语言,反对套话,反对千人一面、众口一词",强调自我"真体验","真实、真切、真诚、真挚地关注、感受、体察生活"①。按照这个标准再来重读当年使韩寒和郭敬明分别获得新概念大赛一等奖的习作《杯中窥人》和《剧本》,我们都能从中剥离出一个批判现实的"思想家"中学生形象。

于是,在新概念大赛的助推下,"80后"作家隆重登上了历史舞台。对于当代文学而言,他们的言行和作品不仅是一个新的文学群体和现象,更因为参与构建和引导了一代人的精神,遂令大家刮目相看。而此后,"80后"这一称谓指涉的含义开始溢出文学的范畴,被命名为对一代人精神特质的总结,这当然是后话。

理所当然地,上海成为了"80后"作家诞生和成长的沃土。这个城市不仅是他们最初崭露头角的舞台,更为其随后的创作提供了取之不尽的资源,甚至是他们的再造之地。同时,由于影响力迅速辐射吸引了全国文坛小将的参与,上海文学的都市性也因此变得更加丰富多彩。

当然,上海的"80后"作家群体也不能一概而论,他们中

---

① 《新思维　新表达　新体验——"新概念作文大赛"征文启事(A卷)》,北京:作家出版社,1999,8页。

既有通过新概念大赛跃上文坛的韩寒、郭敬明、张怡微、周嘉宁等,也有在体制内(更多是高校写作班)成长的甫跃辉、苏德等;既有人虽然居住于上海,但实际上却因为作家、导演、职业赛车手等多元复合的明星身份与上海的关系真假难辨、与作家的身份渐行渐远,也有人对纯文学从一而终……但无论出身多么不同,也无论之后产生了怎样的分化,他们的作品却呈现出较为相近的气质——一种隐现在文本时空转换中的悲情色彩。当然,对于不同的作家而言,这种悲情色彩时而真诚,时而有虚伪的嫌疑。

郭敬明是"80后"作家中最善于征用上海消费主义特征的人。他由新概念写手向娱乐明星的成功转型,是一个外城少年迅速被国际化大都市的虚幻气息收编,并靠着批量生产的一部部都市情景剧而迅速走红的案例。郭敬明早在高中时候的习作就表达了对上海的企羡:"我的根似乎是扎在上海的,就像人的迷走神经一样,一迷就那么远。"① 到了他真正考入上海大学,并以一部奇幻作品《幻城》大获成功之后,他又发现这座城市带给他的远不止写作资源,更是助他成为明星的福地。于是,他选择休学成立"上海柯艾文化传播有限公司"(2006)。很快,那个当初在新概念大赛中写下《剧本》,通过与"左先生"、"右先生"的对话讥讽世俗的早熟少年,迅速抓住了上海

---

① 郭敬明:《关于〈生活在别处〉的生活》,《左手倒影,右手年华》,上海:上海译文出版社,2007,209页。

商业大潮的命门，之后凭借敏锐的市场嗅觉，成功推出了一部部大都市下小时代的"悲伤"故事。

2007年他第一部描写上海城市生活的长篇小说《悲伤逆流成河》以弄堂中一对男女的爱情悲剧为线索，对亲子、师生、男女关系进行审视。过于曲折的故事情节、过于惨烈的结局以及对传统家庭、社会关系赤裸裸的批判夺人眼球，使这部作品在年轻人中迅速风行，短短若干天就销售了一百万册。后来，在为其进一步赚得名利的《小时代》系列中，他又将目光转向流光溢彩的陆家嘴写字楼和豪华洋气的欧式别墅，记录一群男女沉浮在大都市的生活。作者谙熟抓人眼球、赚人眼泪的法门，因此，在他这些精致的校园或写字楼爱情剧中，总是设法以曲折幽怨的悲剧暗示与命运的联系。《小时代》最后，郭敬明让剧中所有主角都葬身于一场大火，寓意他们无法挣脱大时代的命运沉沦。

值得玩味的是，一方面郭敬明总是在作品中描述大时代对年轻人生命、信念的摧毁，另一方面现实生活中的他却在上海的大时代中如鱼得水、风生水起。这位从新概念作文大赛中脱颖而出的四川籍学生，几年之间通过大量甚至批量写作和与之有关的商业活动，被包装成为一个有着独特奇幻色彩文学小世界的写手，成为成功的资本运作者。这种悖论使文本中那逆流成河的悲伤变成了无本之木、无源之水，让人不禁质疑它究竟在多大程度上真诚地表达了这个城市的脉动？

同样在新概念作文大赛中脱颖而出的张怡微,其作品的题材显示了与其年龄极不相符的老成。她似乎对大都市光鲜体面的一面毫无兴趣,而习惯于描写国际大都市上海的背面。正如其在长篇小说《你所不知道的夜晚》中对工人新村所在地"田林"的描绘:"'田林'的存在,就仿佛是上海的背面,也好像是光鲜舞台的后台,作为一个配补的要素游离于主流精神意外。"[1] 在这部讲述六七十年代远离市中心的工人新村中一对姐妹的作品中,张怡微甘愿冒着极大的风险处理自己十分陌生的时代生活。事实证明,作品中也的确留下了生硬的"学步"痕迹[2],而在其另外一些如《最慢是追忆》《岁除》《妮妮》等的中篇小说中,则呈现了与歌舞升平的国际大都市气息格格不入的家庭内景[3]。在一篇关于她的采访中,她对于标签化的上海这样评论:"其实上海对我来讲也是有距离感的。我到市中心也会不知道往哪里走,尤其很多百货公司的设计,会让人觉得十分迷惘。这样一个高度商业化、高度摩登化的上海,此时此刻我也不熟悉,更不要说被艺术化之后的形象。"[4] 她借由一系列远离大都市时空背景的作品表达了无家可归的焦虑和迷惘。

---

[1] 张怡微:《你所不知道的夜晚》,上海:上海文艺出版社,2012,8页。
[2] 比如作品中描述"田林"时说他们"背靠精彩纷呈的台前,有着朴质的家当、扎实的生计与人伦。虽少了不切实际的传奇色彩,却也多了些柔和的烟火气"。这种语调和判断,让人联想起王安忆关于弄堂市民的描写。
[3] 见本章第五节中关于张怡微作品的文本细读。
[4] 傅盛裕:《我们经历了巨大变迁》(张怡微访谈),《文汇报》,2015-7-7。

周嘉宁也是上海人，因为参加第二届新概念作文大赛而被复旦大学中文系提前录取。她的作品中同样搏动着一颗自我流放的心。在《密林中》《往南方岁月去》《超级玛里奥在哭泣》《荒芜城》等作品中，时空背景都不是典型的上海大都市场景，而是远离大都市的远方、密林，若非要写都市，也与标签化的大都市场景拉开距离。这方面短篇小说《超级玛里奥在哭泣》（2003）因为别具匠心的空间设计特别具有代表性。作品写了一个生活在城市地下管道中的人物——玛里奥。他虽为城市中人，却厌恶地面之上那种嘈杂喧闹的生活，于是甘愿将自己的一生埋于地下，成为所有家庭的地下管道修理工，在城市的地下管道中穿梭。这个空间设置带来的荒诞意味，指向城市中人无处可逃的人生境地。生活在地底下的玛里奥虽然永远无法享受温暖和煦的阳光，却因此获得了灵魂的自由。故事中，他在一次偶然掀开井盖透气的机会里认识了一位小姑娘并与之相爱，可惜地平线切割而成的两个世界无法让他们灵肉合一地相爱，于是他们各自在两个世界展开迥异的人生，却在矢志不渝的互相寻找中坚守一生的承诺。可惜，玛里奥和小姑娘这种虽渗透着命运的悲剧感却无比美好的精神世界，却被另一个人物所解构。小姑娘的外孙女身上流淌着与祖母一样反叛而自由的血液，但日复一日枯燥的学校生活对她精神的摧残和挤压使其面目枯槁、神情冷漠，那曾照亮了前辈生命的自由的灵魂，在当代生活中却无处安放，于是沉重的宿命感油然而生。

周嘉宁的作品总是表达出对"最美好的时光"的深深眷恋。这个"最美好的时光",在《超级玛里奥在哭泣》中是玛里奥和师傅在地下管道中静悄悄的时光,在《荒芜城》中是那个在咖啡店打工,肆无忌惮挥霍青春和爱情的时光,在《密林中》中是阳阳与男友大澍住着廉价的出租屋却无可救药地被他身上的才华所深深吸引的时光……《往南方岁月去》中,两个挣脱了枯燥城市生活的女中学生,在南方的学校迫不及待地通过染发、逃学、交男朋友,甚至同性和异性间的身体探索补偿曾经错过的青春期。在南方学校的教室里,"我"与同性好朋友忡忡试探性地接吻,只是因为"迫不及待地想知道另一个嘴唇的滋味"[1]。郊游的时候,并非恋人的忡忡与安迪迫不及待地接吻与抚摸,因为"抚摸总是令我高兴,也不感到陌生,好像回到在河堤上的日子,那是过去最值得记忆的时间"[2]。然而无论怎样,这些"最美好的时光"是永远无法再现了。

尽管上海"80后"作家群的社会身份在后期的分化显而易见,但从他们后期的行为或文本中仍可见某种精神特质的一脉相承。韩寒转战网络,通过博客上一系列杂文塑造"公知"形象,用非虚构的叙事方式继承了他在《一座城池》《他的国》《1988——我想和这个世界谈谈》表达的"对"远方"的向往,与早期作品《杯中窥人》对当下生活的抗拒一致。另一位严肃

---

[1] 周嘉宁:《往南方岁月去》,沈阳:春风文艺出版社,2006,32页。
[2] 周嘉宁:《往南方岁月去》,沈阳:春风文艺出版社,2006,36页。

文学界的当红作家甫跃辉通过"零余人"顾零洲的一系列故事,展现自己在"动物园"中才能平复的焦躁的心。同样在《萌芽》的平台上出道,并于2007年成为上海作协签约作家的苏德,在长篇小说《赎》中,借主人公的话描述自己的童年弄堂生活:"没有玩伴,只有敌人。"①

以上情绪外化而成的叛逆、孤独的个性风格,粗看与王朔"顽主式"的插科打诨,朱文、韩东对沉沦庸众的刻画,葛红兵《我的N种生活》代言的、世俗面前软弱退缩的知识分子话语,以及卫慧身体书写发出的肆意尖叫都有那么点联系,但细细推敲又都不同。与朱文、韩东刻意回避知识分子话语体系而对南京城中庸众的自私、阴险、无聊蛮横秉笔直书不同,上海"80后"作家甫一出道就热衷于标榜自己的清高。不管是韩寒、郭敬明早期一知半解地通过各种名著的引用对当下社会的批判,还是甫跃辉、周嘉宁等刻意营造的清高孤傲的生活,抑或是张怡微不惜冒着"学步"的风险勉力描述其实隔膜的六七十年代故事,都是要着力拉开与当下国际大都市、与普罗大众的距离。这种过于雷同的集体想象有时显示出他们对城市精神理解的肤浅,甚至到了后来,他们中的一部分走向了刻意营造的、招徕式的写作方式。

但无论如何,这批在90年代末横空出世、总被传统文学界

---

① 苏德:《赎》,上海:上海译文出版社,2005,15页。

讽刺为无病呻吟的"青春文学"的小将,还是为中国当代文学史的构建写下了功绩。正是他们对上海大都市步调一致的集体想象所形成的合力、甚至合力中虚伪的一部分,代表了这一代人与新时代碰撞时真实的生理反应。从这个角度来说,他们又是真诚的。张怡微接受采访时被问及对于家乡上海的看法时说:"我只能就我个人的观察和体验,来展现我所看到的这个城市的细部。"①

〔第三节〕"公寓"、"咖啡馆"和"酒吧"

"公寓"、"咖啡馆"和"酒吧"在 90 年代上海小说中的大量出现,是建立在城市"中产阶级"崛起以及上海"妇人性"的发现之上的。在传统社会女性是附属于房间的,她们或者斜倚栏杆,装饰窗纱,眺望宫门,成为建筑风景的组成部分,或者只能作为财产和工具待在闺阁、厨房等宅邸的阴暗角落,轻不示人。从弗吉尼亚·伍尔夫开始的现代女性,终于获得了一跃而成为某个私人空间的主人或者公共空间的消费者的资格。她在《一间自己的房间》中指出过妇女解放与一间自己房间的重要性: 500 磅的收入是女性独立的稳固自足的经济基础,而一间自己的房间,则是精神独立的必不可少的空间条件②。这是

---

① 前揭张怡微访谈《我们经历了巨大变迁》。
② 弗吉尼亚·伍尔夫:《一间自己的房间》,上海:华东师范大学出版社,2017。

性别的空间属性何等戏剧性的巨大转变。这种转换正是文学施展精彩手段的绝佳机会,众多文学作品描绘了女性从附属于空间的客体地位向一方空间主宰的主体地位的"出走"与"占领"的过程。

中产阶级崛起给女性命运带来的巨大变化在上海表现得特别突出,这中间张爱玲作为上海新的文化符号在90年代的被热捧起到了关键作用。《城市的记忆——上海文化的多元历史传统》一书阐述了这位40年代的"小资教母"是如何给予90年代"中产阶级"女性以启示的:"这个'小资教母'包含着这样一系列角色的叠加:一个日常生活至上主义者,一个真率坦诚、特立独行的个人主义者,一个具有物质消费能力的波尔乔亚,一个时尚的富有才情和风情的上流名门望族的女性代表……从而使张爱玲从1940年代上海文化的象征符码蜕变为1990年代上海时尚文化的领路人。"[①]

于是,顺着这种思路,90年代"日常"生活中的审美因子被最大化地提取,与之关联最为紧密的女性就开始走入城市生活的中心,其心思、成长、欲望、需求等等被推入城市生活的前台、最大限度地表现出来[②]。在这样的背景下,"女性包括情

[①] 许纪霖、罗岗等:《城市的记忆——上海文化的多元历史传统》中"中产阶层"与上海的"新形象"的分析,上海:上海书店出版社,283页,297页。

[②] 许纪霖、罗岗等:《城市的记忆——上海文化的多元历史传统》中"中产阶层"与上海的"新形象"的分析,上海:上海书店出版社,304页。

欲活动在内的生存努力及其存在的合理性"被凸显，而代表她们在精神上"占领"了一方空间的"公寓"、"咖啡馆"和"酒吧"就进入了文学文本的视野。

1. 公寓

90年代以来，"中产阶级"女性因为经济的独立而使"出走"成为可能，而接纳她们身心的空间，则是"公寓"。

文学史上从来不乏"出走"的女性，但"出走"的女性都没有解决鲁迅所谓"走后怎样"的问题，"她除了觉醒的心以外，还带了什么去？倘只有一条像诸君一样的紫红的绒绳的围巾，那可是无论宽到二尺或三尺，也完全是不中用。"① 80年代，小说文本中的城市女性要么终于没能走出，要么并没做好鲁迅所提示的准备。张洁小说《爱，是不能忘记的》讲述钟雨与老干部的爱既深刻又令人惋惜，然而，面对世俗与道德的界限，她选择牺牲自己，将爱深藏在心中，将真情寄托于书信，并随着肉身一起埋葬。张洁的另一作品《方舟》则塑造了三个勇于冲出无爱的家庭进行自我救赎的女性形象，并通过"公寓"营造了一个解救自我的"方舟"。可惜故事的结局却告诉读者一个残酷的事实，即在当时的社会环境下，这种所谓的勇气和救赎不过是自欺欺人罢了。走出"方舟"之外自食其力的她们碰得头破血流，而作为"方舟"的"公寓"，根本就不能给她

---

① 鲁迅：《娜拉走后怎样》，《坟》，《鲁迅全集》第一卷，人民文学出版社，1981，160页。

们身体的庇护和精神的慰藉。

这样的结尾并不是作家一厢情愿的悲观所致,当时的现实生活的确鲜有带给人希望的案例。事实上,当时女作家遇罗锦的离婚案在社会上引起轩然大波以及她吐露心声的作品《春天的童话》,也都表明那个时代根本没有救赎女性的那一叶"方舟"①。凡此种种,使无论在文学作品还是现实生活中那些生活在房间中的女性,与当时《老井》(郑义)、《黑氏》(贾平凹)、《大淖纪事》(汪曾祺)、"三恋"(王安忆)、《男人的一半是女人》(张贤亮)等乡土文学中那些在乡野的广阔天地尽情释放身心的女性形象形成了鲜明对比。

但90年代以后情况发生了改变。在唐颖、王安忆、徐慧照、潘向黎、卫慧等人的小说中,"公寓"似乎真的解决了这个历史性的难题。在她们笔下,"公寓"为出走家庭的受伤女性提供了身心的庇护。上海作家唐颖的一系列小说甚至通过消弭男性价值体系来营造一个让女性自足的世界。"公寓"的出现一定程度上成为对人们习以为常的男权体系的挑战,在这里,女性终于实现了自我拯救,找到了最好的精神家园。

唐颖中篇小说《丽人公寓》中的宝宝、海兰、圆圆、施佳等女性纷纷从各自的男性世界中落败逃离,体会到"异性带来

---

① 王丽英:《一个女人与一个时代——"遇罗锦离婚案"始末》,《法律与生活》,2009年第9期,44—45页。

欢乐也带来灾难,而同行朋友才是此生最牢固的同盟"①,于是她们共同创造了只有女性存在的"丽人公寓",得以"自怜、自珍、自强与自卫"②。《无性伴侣》③ 更是全面对男性价值全面的消弭。有着"娘娘腔"的男人阿进和薛兰、朋朋、阿杜三个女性之所以能结成其乐融融的关系,是因为阿进身上没有一般男性的吸引力和攻击性,因此既不会使女性产生依恋,也不会因此而受到伤害。薛兰的"公寓"曾经接纳过男性,但前男友的背叛证明这种开放是错误的,最终,她选择了与阿进结成为"无性伴侣",让剔除了男性特征的男人安全地进入到她的世界中。

消弭了男性价值的"公寓",既能让女性的精神得到慰藉,又免受伤害。从这个角度讲,"公寓"使新时代全新男女两性关系的建立成为可能。中篇小说《香港的情与爱》虽然是王安忆写香港的故事,但显然也是上海的一个"镜像"④。从上海来的逢佳与从美国来的老魏在香港的"公寓"中建立了人生的交集,尽管从世俗的眼光看,"公寓"是他们道德蒙上污点的地方,是势利的情色交易场,但正是在这个远离各自故乡的"公寓"中,他们获得了人生的圆满。对他们而言,"公寓"是一个

---

① 唐颖:《红颜 我的上海》,上海:上海文艺出版社,2006,104页。
② "编者的话":《都市女性的自怜、自珍与自卫》,《上海文学》,1996年第6期。
③ 唐颖:《无性伴侣》,《北京文学》,1999年第12期。
④ 见本编第四章第三节"以'他者'为镜像"。

高度精神自由的象征，在这里，他们双方能够放松地回避婚姻中必然伴随的丑陋的一面，而只撷取人间生活中浪漫的部分。因此，"公寓"这样的空间既有家庭的亲切感、不像酒店那般千篇一律冷漠无情，又不会越界侵犯任何一方的隐私。"公寓"就好比香港这个城市一样，是善解人意的、"推心置腹"的。"正好推心置腹到两个男女隔了一张小咖啡桌和一支烛光，低语的交谈，直到子夜的时分，然后你执我手，我执你手，在大街上默默告别，各回各的家。"①

从另一位上海作家潘向黎的中篇小说《无梦相随》②中，我们可以看到当代男女是多么依赖这种"推心置腹"的"公寓"。女主人公奚宁在经历了男友的背叛后搬到一个人的公寓，与老同学赵益处的重逢再次吹起了她心中的涟漪，但是，尽管这带来了爱的期许，但显然无论是她自己还是赵益处都对婚姻缺乏信心。于是，他们小心翼翼地回避恋爱和婚姻中才有的肉体接触和长情的告白，而以知音般地交流来保护男女关系中最纯真美好的一面。"公寓"对他们而言就是保护自我的盔甲，既能让双方获得精神的愉悦，又保证不受伤害。

当然，"公寓"对男性价值体系的拒绝并不都是那么彻底，对于那些"笼中的阿娇"来说，它则呈现一种无比暧昧的姿

---

① 王安忆：《香港的情与爱》，北京：作家出版社，1996，504页。
② 潘向黎：《无梦相随》，《上海文学》，1996年第6期。

态。这时的"公寓"一方面指向女性对自我身心的救赎,另一方面又展现出对男性世界虚位以待的热情。从这个角度来看,王琦瑶50年代入住的"爱丽丝公寓"与唐颖90年代丽人们入住的五星级酒店公寓和"翡翠楼"殊途同归。"电话是爱丽丝公寓少不了的。它是动脉一样的组成部分,注入以生命的活力。我们不必去追求是谁打来的电话,谁打来的都一样,都是召唤和呼应,是使'爱丽丝'活起来的声音。"① 电话也好,门铃也好,都是连接外面男性世界的命脉,女主人的笑、闹和眼泪也都要积攒到男性到来的那天才会释放。同样,《丽人公寓》中当宝宝终于住进了男友安迪为她买的"翡翠楼"时,为了中和其中难以磨灭的"甜腻"气息,她"希望在客厅的博古架上放一些古瓷古陶让这套过于明丽过于时尚的新屋增添一些天长地久的韵味,这才是女人的苦心经营"②。王琦瑶和宝宝们在入住这类公寓的同时,也都安置了一颗等待男人的心。(爱丽丝公寓)"还有一个别称,就叫做'交际花公寓'。'交际花'是唯有这城市才有的生涯,它在良娼之间,也在妻妾之间,它其实是最不拘形式,不重名只重实,它也是最大的自由,是城市里逐水草而生的游牧生涯,公寓像是营帐一样的避风雨。求保暖。"③ 唐颖曾这样解读自己笔下那些"笼中的阿娇":"我笔

---

① 前揭王安忆:《长恨歌》,99页。
② 前揭唐颖:《红颜 我的上海》,上海:上海文艺出版社,2006,98页。
③ 前揭王安忆:《长恨歌》,101页。

下的那些女子，并非利欲熏心，最初只是为了获得品质稍高的生活，就像你说的'物也要情也要'，却为此付出了极大的代价。"①

而对于更年轻的"70后"作家卫慧、棉棉等"宝贝"们而言，"公寓"则是她们彰显个性的空间。她们的写作与真实的个人体验高度重合，"宝贝"，既是作品中的女主人公形象，也指代作家本人。《上海宝贝》中的倪可开篇就这样介绍自己："每天早上睁开眼睛，我就想能做点什么惹人注目的了不起的事，想象自己有朝一日如绚烂的烟花噼里啪啦升起在城市上空，几乎成了我的一种生活理想，一种值得活下去的理由。"② 不加掩饰地抛出惊世骇俗之语，是这类"宝贝"作家们的标记。她们在对物质的迷恋中表达着自以为是的成熟，在"公寓"中过着自以为超凡脱俗的生活。她们拒绝凡夫俗子的健康规律，不修边幅、邋里邋遢，在酒精、性、物欲的沦陷中陶醉于自我个性的彰显。她们三句离不开性与物质，但为了显示品味的不俗，却偏要拉来音乐、绘画、写作或者诗歌做背景，为糜烂的生活涂抹上一层高雅的颜色，并竭力让自己和他人信以为真。她们要么生活在上海，要么在他乡遥望上海③，以不同的方式向上海十里洋场的

---

① 张英：《叙述城市传说　唐颖访谈录》，《中华工商时报》，2001-12-12 (12)。
② 卫慧：《上海宝贝》，沈阳：春风文艺出版社，1999，1页。
③ 例如《糖》中的"我"。

繁华致敬①,但实际上对她们而言,这个城市的历史是虚无的,只有当下才能生发出意义。

卫慧和棉棉这类"宝贝"是充分享受了90年代上海物质繁华的一类人群,在衣食无忧物质富足的前提下,想要通过反叛证明自己的存在感,但其实这种反叛与真正的精神自觉无关,只是精神空虚的调剂品。她们渴望精神的富足,但又拒绝生活中的柴米油盐、儿女情长、家长里短,于是除了沉迷于酒精与性中,再也想不出更好的途径。她们在作品中显现的所谓对身体欲望的夸张表达其实不值得大惊小怪,仰仗着城市给予她们的繁华安稳的底子,那是对潮流看似反叛实则归顺的尖叫。离开了家庭,她们还是一无所获,只能在"公寓"中舔舐自己变形的躯壳②。

以上"公寓"指涉的三种不同的精神症候,暴露出90年代以来当男性价值体系松动时,女性的自处成为了一个核心的问题。"在当代都市生活中,松动的男权价值体系比之几千年僵硬的男权价值体系,向女性提出了更具有挑战性与尖锐性的考验前,都市女性更需要付出的代价往往并不是抗争,而是自处问题,是在繁华世界中的如何自怜、自珍、自强与自卫。"③

---

① 前揭卫慧:《上海宝贝》,1页。
② 卫慧:"我是谁",《上海宝贝》,沈阳:春风文艺出版社,1999,260页。
③ "编者的话":《都市女性的自怜、自珍与自卫》,《上海文学》,1996年第6期。

2. "咖啡馆"和"酒吧"

在"公寓"颠覆了男权体系的基础上,"咖啡馆"和"酒吧"进一步为"中产阶级"一词的内涵增添了新的元素。根据米尔斯对"中产阶级"的解释:"工作的必要性及其异化使其变得枯燥乏味,越是枯燥乏味,就越需要在现代闲暇所赋予的欢乐和梦幻模式中找到解脱。闲暇包含了梦想并实际追逐着的所有美好事物和目标。"[1] 在这里,"闲暇"颠覆了以往人们对该词的定义,从一个与"懒惰"相伴而生的概念,变为只有富裕的中产阶层才配拥有的"精神财富"。"咖啡馆"和"酒吧"正是为中产阶级的"闲暇"而生。

卫慧和安妮宝贝的作品基本都以这两个空间中的女性为主人公。《上海宝贝》中的倪可、《床上的月亮》中的张猫、《彼岸花》(安妮宝贝)中的"乔"们,都口口声声说自己贫穷,但又说"我是一个喜欢享受物质的人"[2]。她们出没的场所不是酒吧、咖啡馆、有欧洲风情的小餐馆,就是淮海路的高级商场伊势丹。她们对各种口味的咖啡了如指掌,喜欢结交的不是曾经富有过的男人(《彼岸花》中的SAM),就是将要富有的男人(《彼岸花》中的卓杨)。她们看不惯拜金女,蔑视为低俗的"物质女孩",但这些富有的男女却总是主动向她们示好,最后不是成为其情人,就是成为其闺蜜(《彼岸花》中的小

---

[1] 米尔斯:《白领:美国的中产阶层》,南京:南京大学出版社,2006,187页。
[2] 安妮宝贝:《彼岸花》,海口:南海出版公司,2001,21页。

至)。她们所谓的"自由职业"、"朋友很少"①、"对男人很难产生爱情"②,喜爱"长时间睡觉"③、"到酒吧买醉"④,就算赚了钱也不去欧美日本等地方旅行,而是选择"印度和老挝"这类欠发达的国家等等喜好,与其刻意追求的"闲暇"一样,都是标榜自我的标签。《彼岸花》中"乔"谈到自己对上海的感受:"这是一条被殖民文化冲刷的街。它符合我的漂泊感。"⑤"乔"的这种"漂泊感"与其说是亲身感受到的,还不如说是刻意制造出来的。

这些有闲的中产阶级女性总是用典型的中产阶级语调描述"闲暇"时间的生活内容,那是一种饱含殖民时代气息的小资生活:(下划线为笔者加)"要有一个<u>可以使冬天变得温暖的</u>小火炉,在上面烧开水,煮咖啡。买一瓶清酒放在上面温。清淡的酒香和醇厚的味道。<u>让人沉醉</u>。放一张木桌子,上面种一排仙人球。每天给它们洒一点点清水。它们是<u>容易满足的</u><u>不贪心</u><u>的植物</u>。<u>像某种幸福</u>。"⑥ 她们能够对咖啡的种类如数家珍、对咖啡馆和酒吧的气质描摹得十分细腻:"我知道开了许多分店的STARBUCKS。这家美式咖啡店提供电插座, 12块钱可以买

---

① 安妮宝贝:《彼岸花》,海口:南海出版公司,2001,11页。
② 同上,11页。
③ 同上,5页。
④ 同上,5页。
⑤ 同上,10页。
⑥ 同上,28页。

满满一马克杯的咖啡,能够消磨一个下午。大而舒适的绿色沙发,对着街景,在落地玻璃窗后面给人暖洋洋的归宿感。那块招牌般的大黑板,上面用白色的字体标出咖啡的种类,有拙朴的温情。"① 她们努力经营着优雅的生活以突显自己的格调,但其实本质上与"拜金女"并无不同,因为这"闲暇"的时间最终还是被物质所填满。

"酒吧"和"咖啡馆"还成为比"公寓"更能释放她们另类情欲的空间。在这些女性心中,都驻扎着一个类似电影《洛丽塔》男主角扮演者"JEREMY IRONS"式的男人——那种拥有病态的优雅和暗藏的情欲气质的男人。"倪可"对天天、张猫对马儿、小米对老杨、乔对卓扬和森的迷恋都是源于此。这些文本中的酒吧和咖啡馆,不是为了给徐訏《鬼恋》中偶遇的男女提供一个艳遇的场所,而是为了给女主角和"JEREMY IRONS"式的男人提供天然的情欲燃烧之地。《蝴蝶的尖叫》中酒吧"碎光闪烁,几乎每个人的眼睛上都蒙上了一层玻璃似的东西,混沌的体味从毛发上蒸腾起来。'情人天堂'像一块充斥着腐殖质的巨大温床,暗色的汁液和欲望的小虫在底层里互相碰撞、交尾或死亡"②。《床上的月光》中张猫才14岁的妹妹小米之所以快速成长和蜕变,是因为被酒吧里的情欲气息迅速俘虏,最后竟在表姐面前表演了一场惊心动魄的自渎、乱交大戏。

---

① 安妮宝贝:《彼岸花》,海口:南海出版公司,2001,18页。
② 卫慧:《蝴蝶的尖叫》,长沙:湖南文艺出版社,1999,172页。

犹记得在二十世纪五六十年代，文本中的情欲故事多发生在家庭里和乡野上，貌似有着神圣而超功利的外表却往往成为革命时期政治的对立面；80年代初的改革开放打开了国门也打开了人心，性获取比以前更加便利，这使两性关系失去了以往的神秘感和专属性，而是杂糅着真情、欲望与交易，成为了自然人性的一种表现；到了90年代以后，"情欲"逐渐物化为一种消费品，这些发生在公寓、咖啡馆和酒吧的感官大戏，让人不禁感叹，90年代以来"欲望"已从附着于人的自然性的一面一跃而为"中产阶级"专属的情感空间，"欲望"在其中窄化为充满殖民气息的人造图景。

公寓、咖啡馆和酒吧，是90年代以来充满二律背反的空间，它们的私密性和开放性一方面赋予女性无与伦比的身心自由，另一方面又使这种"自由"始终走不出对男性世界的依赖。"在这样的图景中，可以说真切地体现了1990年代以后'上海'这一空间以及其隐含的中产阶层文化的内在相当断裂和危机。"①

〔第四节〕李肇正的底层市民空间

对底层市民空间的表现，同样是描述上海国际大都市的题中应有之义。但是一直以来，上海以黄浦江为界的东、西两岸

---

① 前揭《城市的记忆——上海文化的多元历史传统》，311页。

存在着明显的文化差异,加上由政治、经济、文化合力助推的"怀旧"的文化想象,使得浦东和浦西的老工业区杨浦、普陀以及由县转区的嘉定、松江和南汇,一直隐蔽于人们通常对上海的空间想象之外。尽管2000年之后,随着"怀旧"潮流的逐渐降温,不少学者和作家开始反思这种写法的偏颇,力图使那些长期被中心城区覆盖的区域在文本中重现①,然而这类书写却因为作品数量和影响力的劣势始终未能与"怀旧"文学呈并驾齐驱之势。尽管如此,夏商、西飏、张旻、李肇正等作家作品还是以上乘的艺术感染力坚守住了这一阵地。

在这中间,与对"郊区"的描述异曲同工、同样拓展了上海文学"都市性"外延的,是对上海底层市民空间的表达。90年代以前的上海文学经常专注于这一空间。郁达夫《春风沉醉的晚上》纺织女工与文人租客的惺惺相惜就发生在环境恶劣的亭子间,鲁迅笔下那个欺下媚上的恶女人"阿金"是弄堂的姨

---

① 在郜元宝《全盘接受王安忆意味什么》(《社会科学报》,2002-11-28)、《一种上海文学的产生——以〈慢船去中国为例〉》(《文艺争鸣》,2004年第1期)、《近二十年上海文学:七路沪军汇成一股》(《人民日报》2013-4-23)、《空间·时间·主体·语言——论〈东岸纪事〉对"上海文学"的改写》等一系列文章中,都提示人们对这种一叶障目的上海叙事保持清醒。此外,华东师范大学杨扬教授在总结2002年的上海文学时这样说:"许多写上海的作品似乎有意无意地在选择一种回避和遗忘历史的方式,而代之以一种似是而非的怀旧。这其实就是上海作家没有真正正视上海城市生活。"杨扬:《浮光与掠影——新世纪以来的上海文学》,上海:上海文艺出版社,2014,53页。杜英:"上海成为了一个被改写、被重写的城市文本。"杜英:《对于1949年前后上海的想象与叙述——以90年代的上海创作为例》,《文艺争鸣》,2005年第3期注释②④,119页。2000年,《上海文学》杂志开办《城市地图》栏目,目的是为了"推动多样化写作与文学阅读"。金宇澄:《写在前面的话》,《城市地图》上海:文汇出版社,2002。

娘,《倾城之恋》的主角是家道中落小家碧玉的悲喜,还有《短裤党》(蒋光慈)、《上海屋檐下》(夏衍)、《包身工》(夏衍)等都谱写了工人、"小人物"的生活交响曲。五六十年代,《上海的早晨》中吃泡菜和稀饭的工人们的生活空间与出入于新雅粤菜馆、百乐门舞厅、美琪大剧院的资产阶级形成鲜明对比,八十年代王晓玉、胡万春、殷慧芬等则对底层市民的凄苦进行表达。

然而90年代以来,当上海的文化形态被"怀旧"叙事改写和重写时,这部分空间很大程度上被遮蔽。即便是王安忆有意通过《发廊情话》《骄傲的皮匠》《保姆们》《民工刘建华》等一系列作品努力再现,《上海地图》编委会有组织地进行反拨,"70后"作家滕肖澜和"80后"作家甫跃辉的作品以及拿下"茅盾文学奖"的《繁花》都不乏对它的书写,但这些作品又都多多少少不忘向上海的中心城区致敬[①]。

真正写出底层市民空间灵魂的是李肇正。这位安徽返沪的"知青"常年在上海嘉定担任位育中学的语文教师,从1993到2003年的十年间,他通过300多万字的作品,对上海底层市民的生活状况进行了深入的刻画。李肇正不是像夏商或张旻那样

---

① 以滕肖澜的中篇小说《大城小事》为例。作品描写了上海两个不同阶级空间的男女恋爱的失败。甫跃辉的一系列作品虽然具有"郁达夫式"的忧郁气质,但本质上说更接近卫慧、棉棉对上海都市空间的戏谑和反抗。《繁花》表面上有着"物"的丰富与庞杂,但其实是一种不脱俗套的上海叙事。

专事距离中心城区较远的郊区,他笔下的底层市民空间与中心城区水乳交融,在两个世界的碰撞交汇中将底层小人物的悲苦表现得格外触目惊心。

中篇小说《石库门之恋》中的美芳和《亭子间里的小姐》中的小玉,一个是知青遗留在上海的孩子,从小寄人篱下,随外婆长大,另一个是商场的售货员。偌大的上海,给她们的赖以栖身之地都是一个小小的亭子间。用美芳的话说,这亭子间"住得我心里要发霉"①,因此,为了彻底从亭子间阶层中挣扎出来,她们费尽心机。美芳的命运无比曲折,她先是走出亭子间在歌厅做歌女,后走进一个男人的公寓做了"笼中的阿娇",不料发现受骗只好远嫁他乡,却再次被骗最终孤苦伶仃身形凄惨地回到上海。本能自食其力的小玉也同样不满于现状,经不住好友的诱惑到歌厅兼职,在这里她遇到了温文尔雅的"客人"白主任,从此,努力进入白主任所代表的上流社会就成为她奋斗的目标。小说最后,当小玉看到白主任美丽优雅的"高知"妻子从淮海路一幢洋房中娉娉走出的时候,梦碎的她终于明白"淮海路"和"亭子间"是她永远不可逾越的天上人间。

上海的空间拼盘特质给解读这类小说提供了适当的视角。亭子间与洋房的生活像两条永不相交的平行线,劣势一方那种徒劳的挣扎常常令人感到宿命的悲哀。在中篇小说《城市生

---

① 李肇正:《城市生活》,上海:上海文艺出版社,2005,86页。

活》中,这种悲哀在女主人公宋玉兰扭曲的人性中表现得淋漓尽致。

宋玉兰作为回沪的"知青"子女,终于拥有了一个 8 平米的小房间,实现了做梦都想重做上海人的愿望,接着,货币化分房又使她得到了一室一厅的公寓,日子看起来蒸蒸日上。居住条件的改善令欣喜若狂的她气壮山河地宣布:"一定要把新房子装修得像模像样。"① 但没想到从此装修变成了一场家庭内部的战争。她先是与自己的身体为敌,拼命折磨自己和丈夫只为省下每一个铜板,继而又开始压榨双亲。文中写到一个细节,当得知丈夫给了婆婆 50 元钱种假牙后,愤怒至极的她咆哮:"你不就是想买他们个开心吗?告诉你,我一句话能说得他们发心脏病!"② 小说写她到同事姚老师家做客后的感受:"无法不去憧憬姚老师家的富丽堂皇,无法不去追问人与人之间的巨大的差距,无法不为自己的捉襟见肘而痛苦万分。""宋玉兰被贫穷强烈地震撼了。不断地发现贫穷与不断和贫穷殊死搏斗成了她人生的主题。"③ 于是,回请姚老师成了她最大的心病。为了不丢面子,她背水一战,宁愿多付 4000 元的贷款利息购买高档家具,以换取姚老师到来那一小时的风光。相由心生,买了价值 10000 元家具的宋玉兰显然已经走火入魔:"宋玉

---

① 李肇正:《城市生活》,上海:上海文艺出版社,2005,182 页。
② 前揭李肇正:《城市生活》,202 页。
③ 前揭李肇正:《城市生活》,208 页。

兰的眼圈迅速地被鱼尾纹包围了，紧蹙的眉峰下面，两束阴冷哀怨的光芒灼灼闪亮，像是佛教传说中的死火，有着烈烈燃烧的光焰，却毫不动摇，冷凝似冰。"① 可结果，在姚老师挑剔的眼光下，所有努力都竹篮打水一场空，宋玉兰彻底崩溃了。最后，为了完成三室一厅的梦想，她竟牺牲了丈夫杜立诚为人师表的尊严，这成为压断他们夫妻关系的最后一根稻草。

小说通过宋玉兰的悲剧深刻地写出了上海空间的阶级性以及在这之下人性的沦丧，让目睹这悲剧的人不禁倒吸一口冷气。像棋子般被抛入大上海空间拼盘的晋级游戏中、又被重重摔下头破血流的宋玉兰，可不就是你我、就在我们身边？作者更为可贵的地方在于不是一味地对悲剧人物进行批判，而是不忘展示她丑陋外表下的可怜，从而将思考引向人物背后的城市。"杜立诚忍受着她的暴风雨般的詈骂，尖酸刻毒的羞辱，却又分明从詈骂和羞辱中翻检出一腔若隐若现的挚情。"②

除此以外，李肇正还写了90年代末国企改革背景下上海小市民的悲惨生活。

90年代末，随着改革开放和国家产业结构调整的深入，一场旷日持久的国企改革席卷全国，许多城市在这场变革中经受着企业改制和大批工人下岗的阵痛，并因此产生了深刻的社会矛盾。然而上海的情况却有些特殊，虽然它也在这场变革中经

---

① 前揭李肇正：《城市生活》，211页。
② 前揭李肇正：《城市生活》，221页。

历了巨大的调整,但90年代初党的"十四大"确立的"一个龙头、三个中心"的战略地位使其在应对社会矛盾方面想了很多办法①,其中很多做法获得了中央的肯定,尤其安置下岗工人的举措因为获得了显著成效而成为其他城市学习的典范②,因此,至少表面看来,国企改革中被激化的劳工矛盾并未像其他地区那么突出。一些小说例如程小莹的《女红》等表现了这一段历史和社会现象,但总的来说这类作品数量不算多,也大多浮于对表象的描述,并不能深入肌理地挖掘出它背后的沉重。然而,李肇正的工厂叙事却是例外。

李肇正在中篇小说《女工》中塑造了一个传统的工人形象代表金妹。金妹视工厂如生命,誓言"生是'精业'人,死是'精业'鬼"③,直到去世,仍坚信自己不会被工厂抛弃。病重时,卧床不起的她一心盼望书记和厂长前来看望自己,她对丈夫说:"老裘,你给我留心听着,老彭的脚步又急又脆,老郝的脚步又重又闷,他们迟早会从这木楼梯上来的。"④ 这种令人唏嘘的忠诚与肉食者的冷漠无情形成了对比。金妹作为工厂的老员工,对于厂长老彭和书记老郝都曾有恩,但二人在利益争

---

① 黄金平:《20世纪90年代上海国有企业改革的历史回顾》,《上海党史与党建》2009年第7期。
② 上海社会科学院再就业工程课题组:《有中国特色社会主义再就业理论的探索——上海再就业工程建设的实践与理论》,《毛泽东邓小平理论研究》,1997年第5期。张俊才:《全国首个"下岗工人"消失的城市》,《中国经济周刊》,2008年第41期。
③ 前揭李肇正:《城市生活》,24页。
④ 前揭李肇正:《城市生活》,14页。

斗中为了避嫌，不约而同地都以牺牲金妹为代价维护自己所谓公正的形象，迫使金妹沦为第一批下岗的工人。金妹病重期间，他们感到了良心的不安，却又找出各种理由搪塞和原谅自己，最终也没能前去探望。最后，一边是金妹在遗恨中不治而亡，一边是他们在以牺牲工人为代价的国企改革中纷纷胜出，达到了升迁的目的。

与方方小说《万箭穿心》中那种单纯对下岗工人苦难生活的描写不同，《女工》视角独特，写底层女工沦为牺牲品而不自知的蒙昧。作品虽然不直接写工厂，却见微知著，在一个至死未醒的悲剧人物身上照出上海特殊历史时期底层市民空间的灰暗。

出版于1999年的长篇小说《躁动的城市》是李肇正另一部直面90年代国企改革的作品。作品有两条线索，一条线索是亏损的电视机厂在原总装车间党支部书记周志仁的临危受命、挺身而出中起死回生并发展壮大，另一条线索是底层工人季小凤的经历和转变。两条线索通过周志仁和季小凤的感情纠葛和性格转变联系在一起。作为自己的初恋情人，周志仁眼睁睁看着季小凤迫于生活的压力从温柔贤惠变得面目可憎，内心十分痛苦，他想尽一切办法帮助她，却常常深感无力。但后来，历史的潮流将二人一同推到了时代的前台，将他们的命运再次交织在一起。在拯救破产电视机厂的过程中，他们二人并肩作战，最终不仅使工厂转危为安，也使二人从里到外脱胎换骨。最后，周志仁从一个儒雅的书生变成了果断、坚决甚至霸气外露的企业家，季小凤则在在不断的历练中变得老练而智慧，充满了成熟女人的魅力。

这部作品的深刻处恰恰是从文本不成熟的外在形式中表现出来的。对于周志仁和季小凤以牺牲既有社会秩序（周志仁的家庭解体）和人性（周志仁的性格转变）为代价换取的胜利，作者的价值判断十分模糊，投射在作品中就是说教气重、人物性格转变突兀。例如季小凤的性格转变就缺乏必要的铺垫，而在情节的推进中展开的周志仁关于体制改革的思考，总是被生硬地插入，不能与人物性格自然而然地融为一体，造成了文本的杂乱、拖沓和割裂。从文学成就的高下来说，这部作品远不如李肇正写上海底层市民生活的《城市生活》《石库门之恋》《勇往直前》等，但从另一方面讲，这种粗糙和不成熟恰好说明了作者关于国企改革所做的积极、持久而未完成的思考。

〔第五节〕"异化"的情爱世界与家庭关系

"异化"作为西方现代主义文学的主题，常常被用来描述现代工业环境下人与人的疏离与对立关系。马克思主义的"异化"理论从工业生产的角度阐释了"异化"发生的原因，认为"人同自己的劳动产品、自己的生命活动、自己的类本质相异化的直接结果就是人同人相异化。当人同自身相对立的时候，他也同他人相对立"①。在西方现代主义文学作品中,卡夫卡的《变形记》、加缪的《局外人》和艾略特的《荒原》所描绘的在机器生产和竞争高压环境下那个由孤立敌对的人群建构的城市就是这种结果。"异化"曾在外国都市文学中大量出现。

90年代以来的上海文学以国际大都市为书写背景,同样出现了"异化"的主题。这里以上海作家张旻和张怡微的作品为例,讨论"异化"的情爱世界和家庭关系。

1. 张旻作品中"异化"的情爱世界

张旻从80年代起就偏安于上海嘉定安亭,一边在师范学校教书、一边潜心营造文学中的情爱世界。然而,这个情爱世界却与他所处的地理位置一样,跟90年代层出不穷、惊世骇俗的情欲书写相比透出另类边缘的气息。

其实早在"新时期"以降,作家就在发现自我的前提下通过"情爱"书写透视复归的人性,并逐渐形成一套坚不可摧的话语体系。从"伤痕文学"、"反思文学"、"寻根文学"、"先锋文学"、90年代的"新写实小说"到陈染、林白和卫慧的"身体书写"的线索中能够看出,尽管个中形式千差万别,但它们共同的主旨都是弘扬身体解放对"人"的解放的重要意义。张旻的作品却是对这一固定话语立场的突破和颠覆。在他的很多作品中,"性"的书写只是手段,"解构"人们习以为常

---

① 马克思:《1844年经济学哲学手稿》,《马克思恩格斯第一卷》,北京:人民文学出版社,2009,163页。

的社会秩序和道德秩序才是关键。通过"解构",达到刺探人性边界的目的。这样的写法,令他的作品显得复杂厚重,由此带来的解读的困难,使不少论者只能借助一些玄妙的比喻去接近其精神的内核①。

张旻作品最常见的题材是婚外恋,比如中篇小说《生存的意味》《顾梅的故事》《情幻》《良家妇女》以及长篇小说《邓局长》等等。在这些作品中,性既不代表两情相悦,也不代表纯粹的身体本能,而是洞察人性的窗口,是命运本身。

在《生存的意味》②中,女主角"芬"的儿时经历无比惨烈。母亲偷情,父亲隐忍,父亲的杀害和被杀都尽收她的眼底,在幼小的心灵种下扭曲的情爱种子。芬长大后在命运的操纵下不由自主地复制着母亲的人生,营造出同样的情爱三角关系。对于成年后的芬来说,丈夫荣华和情人大军指向了她人格分裂的两面。她与荣华是符合正常社会秩序的结合,两情相悦、结婚生子,与大军的关系却非常微妙。也许懦弱的父亲成为了反面教材的原因,儿时的芬对于充满暴力的大军既抗拒又崇拜,并将这种复杂的感情一直延续到成年,最终不出所料地

---

① 黄发有在《恍惚的逃走》中多处用比喻诠释张旻作品,如:"张旻的作品中似乎蜿蜒着这样一条河流,它将生命围困于潮湿的滩涂,所有的桥梁和舟楫都与生命无缘,只有跨越两岸的梦幻的彩虹成为受困者越充越饥的画饼。""张旻的作品似乎都回响着一曲习焉不察又耳熟能详的背景音乐,它常常戛然而止,在难耐的静默中又退回去重新播放。"黄发有:《恍惚的逃走》,《山花》,2000年第2期,87页、88页。
② 张旻:《求爱者》,重庆:重庆大学出版社,2011。

发展为性的关系。但实际上，芬对大军的迷恋既不是出于爱也不是出于性，而是实现某种心愿的潜意识，所以当二人第一次做爱、大军第一次真正侵入她的身体时，"芬得到了解脱似的，默认了自己命中注定，仿佛也是自己所期待的"①。正因此，处在荣华和大军之间的她，从未有过左右彷徨难以抉择的痛苦，也从未后悔自己的婚姻选择。芬认为无论生活从何时开始，自己与大军都只能如此，"似乎这才是她和他的方式和缘分"②。在芬的潜意识里，与大军的这种非常关系，就像其不可分割的血肉之躯一样，是生命存在必要的部分。

张旻自己对作品的解读也证明了上述结论。他说自己原本想写一个"纯情的爱情故事"，但写着写着就把故事写成了宿命的东西③。他的解读是对传统爱情观的挑战，是为了表明在爱情的外延之外，还有很多种样式的两性关系存在，它们与命运紧密相连。

在中篇小说《情幻》《顾梅的故事》《海员于强》等作品中，"性"的书写则是有意对婚姻进行解构。三部作品的主人公都处于正常的婚姻关系中，夫妻双方谈不上如胶似漆、情深意切，但也是万家灯火的一种，并未出现任何感情的异动，但是，在张旻冷峻的"性爱"描写下，这些平静的婚姻却露出惨

---

① 张旻：《求爱者》，重庆：重庆大学出版社，2011，82页。
② 同上，83页。
③ 张钧：《打开心灵的另一扇窗户——张旻访谈录》，《小说评论》，1994年第4期，59—60页。

烈的实相。

《情幻》[①]中余宏与妻子小岚新婚燕尔,两人每晚依偎着互诉衷肠,坦陈过往的情史。当余宏看到小岚的仰慕者曹正的情书后,不仅不以为意,还揶揄打趣,并"大度"地鼓励她与曹正朋友般地交往下去。然而这之后,不可思议的事情发生了,当他们做爱时,余宏竟让小岚把自己当成曹正,而自己则把小岚当成同事吴兰,于是两人就在性错位的想象中达到高潮。这种变态的性关系表面看未对现实生活中二人的亲密关系造成任何影响,但不久之后,小岚真的与曹正发生了婚外情,余宏与她最终分手。

小说通过性爱揭示了人性的幽密地带。事实上,余宏所谓的"大度",一方面是想尽量占有小岚的秘密,另一方面则是对自己心怀鬼胎、心仪吴兰的掩护。他在思想上其实早就背叛了小岚,从这个意义上说,小岚在他的鼓励下与曹正自然而然地发生感情,反倒真诚许多。之后与吴兰的关系中,他也同样暴露出虚伪的一面。与小岚分手后,余宏打着"和事佬"的幌子,一方面与吴兰试探性地接触,一方面想办法取得了吴兰男友刘忠的信任。刘忠向余宏倾诉了吴兰的不忠,并终于有一天付出行动杀死了她的情人,却也丢了自己的性命。作品最后,余宏和吴兰走到了一起。表面看这是二人同病相怜、惺惺相惜

---

① 前揭张旻:《求爱者》。

的结果,但其实早就情愫暗生。仔细品味,在这部作品性爱、凶杀的外衣之下,隐藏了一个十分深刻严肃的问题——究竟谁是刘忠杀人的幕后推手?是命运还是人事?作品呈现了一个充满悬疑的开放式结尾。

《海员于强》《顾梅的故事》《良家女子》《爱情与堕落》等小说,是对婚姻既有道德秩序的解构。当出海归来的于强①在夜店里撞见妻子与人亲密地搂抱共舞时,夫妻二人都没有表现出意料之中的惊慌与愤怒,而是从容淡定地面对这个意外;顾梅②以第一人称娓娓道来自己出轨的心理历程,似乎在讲一个个再正常不过的爱情故事;"良家女子"赵玮青③一边在良心上做着贤妻良母,一边在行动上通过与几个舞伴的接触寻求丈夫不能给予的身体满足;《爱情与堕落》④中,中学教师"我"辗转于妻子小青、同事郑老师、学生姚丹几个女性之间,比较、玩味在不同性爱体验中的感受,借以说明爱情与堕落的界限实在难以划定。在这些故事中,所谓"出轨"与"隐忍",都超越了人们常规道德秩序的范围,表现出"日常生活状态下无可名状的两性关系本身"⑤,是对人性边界的试探。

而且,上述类型的作品在对社会秩序进行"解构"时,常

---

① 张旻:《海员于强》,《伤感而又狂欢的日子》,重庆:重庆大学出版社,2011。
② 张旻:《顾梅的故事》,《伤感而又狂欢的日子》,重庆:重庆大学出版社,2011。
③ 张旻:《良家女子》,《求爱者》,重庆:重庆大学出版社,2011。
④ 前揭张旻小说集《求爱者》。
⑤ 张旻:《我的爱情故事》,《小说界》,2000年第4期,2页。

常在冷静客观的叙述背后暗藏杀气。长篇小说《邓局长》①（原名《谁在西亭说了算》）将前述中篇小说的各个元素悉数容纳，表现得更为丰满。作品以女主人公文昕与三个男人的感情纠葛为线索结构故事。文昕的第一个男人是丈夫金钟。二人貌合神离，长久没有性生活，金钟宁愿到外面找小姐，也丝毫不碰文昕美好的身体，但奇怪的是，他却死也不肯与文昕离婚。金钟每天按时接文昕下班，发现文昕出轨后不动声色，要不是感觉到被拆散的危机，他宁可这样维持下去。但就是这样一个窝囊的男人，最后杀死了财大气粗、西亭黑道上响当当的人物刘德清。文昕的第二个男人是金钟的表哥、邓局长"我"。在帮助弟媳找工作的过程中，"我"与文昕渐渐产生了感情，可正当两情相悦渐入佳境时，却因一场误会而分手。文昕的第三个男人是西亭黑道老大刘德清。此人骄蛮粗鲁，与文雅的文昕形成鲜明对比，二人的关系始于轻浮与厌恶的对抗，却终于爱得死心塌地。刘德清的死后，文昕曾将对凶手的恨转嫁于"我"，原因是她认为刘德清做了"我"的替罪羊。作品结尾，虽然"我"疯狂的追求攻势再次征服了文昕的身体，但与她的感情却怎么也回不到美好的当初了。

作品中，凡是符合世俗道德的两性关系比如"我"与妻子、文昕与金钟，都在平静的外表下显出扭曲的本相。金钟对

---

① 张旻：《邓局长》，上海：上海人民出版社，2009。

妻子的沉默、排斥、跟踪与莫名地纠缠，"我"的妻子对待婚变不可思议的冷静与不动声色地偷情报复都是明证。相反，婚外的两性关系却在性爱的燃烧中透出深情。对此，张旻依然给出了解释："男女之爱是最热烈、也是最容易让人深信不疑的，但实际上这种爱的反面又是最苍白、冷漠和乖戾，是最不值得人信以为真的。"① "我对婚姻、对男女关系的态度一般来说是比较悲观的。"② 他的这些作品都是从常规的两性关系中剥离出骇人的本质，将对两性关系的思考扩展到了十分深入和广阔的领域。

林舟认为张旻的作品之所以把常人不齿和痛恨的凶杀、通奸、纵欲作为审美对象，是将之作为"生命现象不容避讳的部分"，"是作为勘察与透视人作为生命个体的存在"而存在的③。小说对它们的叙述，揭示了"人作为人的全部复杂性和多种可能性是如何地首先在于人自身，人作为文化的创造者同时又是被造物，却如何地难以用文化的规定性去阐释"④。张旻在创作谈中也这样诠释，他说自己在现实生活中的态度与常人无异，"但进入小说后，以小说的视角去看，情况就有可能不一样。小说会作出它自身的回答，可以肯定那不是以通常的是非

---

① 林舟：《张旻——欲望在舒展中消解》，《生命的摆渡——中国当代作家访谈录》，深圳：海天出版社，1998，107页。
② 同上。
③ 林舟：《生命的追怀》，《犯戒》"跋"，北京：中国华侨出版社，1996，427页。
④ 同上，427页。

原则、道德规范或法律条文为依据的。我渴望的是一种舒展，爱欲的舒展、生命的舒展"①。

因此，张旻这类小说的可贵之处正是他文本的审美风格带给我们的疑虑、不安和虚无，就是他那种对处于现实和虚幻之间"临界点"②的"第三种状态"③的表达。这"逼迫我们去真诚地面对"④，"看到了自身通常不愿看到而以为不存在的东西"⑤。从这个意义上讲，张旻小说在坚硬冷峭的外表下其实充满了对人类的"宽容"和"怜悯"。

除了上述类型以外，张旻还通过"文革"、"知青"、校园题材的作品表现人性的阴暗面。"知青"题材小说《审查》⑥讲述了"我"（一个知青）与公社民兵营营长刘贤审讯通奸犯的故事。在刘贤的引导、暗示和威逼利诱下，女知青吴一欣和大队支部副书记杨宝德分别对一男两女非常态的性爱情节进行了细致入微的描述，从而极大地满足了审讯者的感官欲望。一个审问的过程充分暴露出审讯者对他人隐私窥视的心理。这部作品也许会让很多人再次诟病张旻对性爱情节的过度表现，但实际上，正是这"过度"与"疯狂"，最能表现"文革"那个疯狂的

---

① 前揭林舟：《张旻——欲望在舒展中消解》，106—107页。
② 前揭林舟：《张旻——欲望在舒展中消解》，110页。
③ 张旻：《一种状态》，《作家》，1995年第2期。
④ 前揭林舟：《生命的追怀》，《犯戒》"跋"，427页。
⑤ 同上。
⑥ 前揭张旻小说集《犯戒》。

年代以及扭曲的人性。在校园题材作品《市区人李清泉和我》①中,"我"在捉弄李清泉的过程中所体会到的无限快意,同样揭示了这种心理的扭曲和变态。李清泉行为怪异,为人孤僻,却与人无益也无害。"我"与他并没有利益冲突,却总因看不惯其行径而不断刺激和捉弄他。明知他最在乎工作调动这件事,"我"就在关心的幌子下不断地挑拨他的不满与怒气。当意外发现他偷偷自慰的秘密后,"我"故意按兵不动,择机给了他一个致命的惊吓。在捉弄李清泉的过程中,"我"一边不断地反省自己阴暗的心理,一边欲罢不能地享受其中的快意。

李清泉的形象在文学史中并不鲜见。从鲁迅《孤独者》中的魏连殳到刘心武《我爱每一篇绿叶》中的魏锦星,一脉相承,但在不同的时代传达的主旨不同。魏连殳的苦闷与消沉,指向的是"国民性"的痼疾与思想启蒙者的悲哀;魏锦星被流俗视为"怪物"和迫害,表现的是"新时期"初"拨乱反正"与个性解放的主题;而与他们同样遭遇的李清泉这一人物的塑造,则是为了对人性的阴暗面进行暴露。因此,作品看似是写李清泉,其实是对"我"的人性的拷问。无论是《审查》还是《市区人李清泉和我》,这类作品都有彼此对立的两种人物,一种是道貌岸然的正义代表者,一种是不容于世的被批判者。张旻的使命,就是展现前者如何借助世俗话语立场的优势对后者

---

① 张旻:《良家女子》,北京:中国文联出版社,2004。

进行道德的绑架和欺凌,通过这一展现揪出藏在前者光鲜外表下的"小"来。

多数情况下,论者都发现了张旻作品的复杂性,但由于他喜欢将故事固执地设置在某一个封闭的空间,例如自己偏安的郊县师范中学或者其他,因此常常导致对他的误读①和忽视②。对"题材狭窄"和"欲望化景观"的关注,使几乎所有论者都注意到了他小说单调的一面。张旻对此的回应透露出缺乏知音的遗憾③。此外,"个人化"、"欲望叙事"④、"第三种状态"也几乎成为他作品风格的定论,然而在这些驳杂而又统一的声音中,却缺少对他作品的深刻解读。张旻说自己"不回避任何引起我特别关注的性现象和性关系"⑤,他认为性描写对他来说,"就如同和故事进程及人物关系无关的风景描写一样"⑥,那么,究竟是张旻想得太简单,还是研究者想得太复杂?我认

---

① 对于张旻作品,论者多集中在"题材狭窄"、"欲望化"、"个人化"等方面的研究或者批评,却鲜有对这一现象背后含义的挖掘。参见张钧、张英、林舟的访谈录和黄发有、程德培、李劼、王晓明等的评论文章。参见陈思和、杨扬《90年代批评文选》中关于"晚生代"的评论,北京:汉语大词典出版社,2001。
② 从笔者对相关资料的查阅来看,关于张旻作品的研究评论文章与其他知名上海作家相比甚少。
③ 很多学者认为张旻作品题材狭窄,张旻对此的回应可见其认为这根本不是个问题:"且不说我是个什么样的人,我想说明的是,小说风格应该是天然的,它没有什么理由。作家的为人处世和生活状态,和他的小说风格之间应该不存在必然的因果关系。""文学的丰富性是由作家的创造力决定的,而不是简单地由题材的多样性来决定。"张英:《清醒的文学梦——张旻访谈录》,《作家》,2001年第2期,8页。
④ 前揭黄发有《恍惚的逃走》以及程德培《冒犯的悖论——张旻小说的文本脉络》,《上海文化》,2009年第4期。
⑤ 前揭张英:《清醒的文学梦——张旻访谈录》,10页。
⑥ 同上。

为还是林舟的评价最为中肯。他描述张旻的作品"甜而不腻"、"哀而不伤"、"乐而不淫"①,"在对看似微不足道、极易为人忽略或否认的情感褶皱的审美观照中,瞥见了人之存在的某种真实处境,使人感到这位强调小说的'私人性'的小说家,一直在以他的小说构成个体生命与世界的对话"②。张旻的小说,在展现人物的欲望、冲突、悬疑、暴力和变态的过程中,不断探底人性的广度和深度。

2. 张怡微作品中"异化"的家庭关系

张怡微 1987 年出生于上海,毕业于复旦大学,是正统教育体制培养出的作家,曾两次在"新概念作文大赛"中获奖,到台湾访学和攻读博士期间又获得了许多文学奖项。这样一个年纪不大却收获了颇多荣誉的作家,却十分喜欢在作品中表现市民或者世情的悲苦。相对于其不那么接地气的爱情小说,其专注于家庭关系的一系列作品给人留下了深刻印象。在这些作品中,她以少女的视角对父辈进行审视,写出家庭关系中的"亲人之累"。

中篇小说《最慢的是追忆》写少女夏冰冰生活在一个重组家庭中,却感受不到任何的亲情。她只看到自私的母亲、色眯眯的继父、无情冷漠的奶奶以及大家族的貌合神离, 其中最让人震撼的,是面对母亲与新父赤裸裸的情欲和新父的觊觎时,理智和情感上受到的双重考验。理智上,她察觉到了继父虎视眈眈

---

① 前揭林舟:《生命的追怀》,452 页。
② 前揭《张旻——欲望在舒展中消解》,103 页。

的危险,却又不断用理智告诉自己"周叔这个人,也并不是坏极"①;情感上,当夜间熟睡的她隐隐听到的母亲与父亲的苟且之事,一方面恶心倒胃,另一方面却被激发出少女的春情。张怡微将少女的单纯善良和矛盾痛苦表达得真实而沉重。"每日凝视太阳升起的时候,是最绝望不过的。"②"清晨至少是属于她的,她可以在他们面前做任何事,他们却无意识,看起来对她丝毫没有情感,置她的生死于不顾。不是母女,也不是任何必须相处的男人。"③作品深刻地写出畸形家庭下一个少女煎熬的内心。最后在她下体取出的钢丝绒是一个引人深思的意象,暗示夏冰冰想要狠狠地清除掉自己身体和内心的肮脏和罪恶。

《岁除》也重复出现了上述意象。作者借助"除夕"这一具有象征团圆意味的时间,反讽亲情关系的虚伪与不可靠。母亲的软弱隐忍、小姨的张狂虚伪、外婆的虚情假意、父亲的冷漠无情,都让少女罗清清感到喜庆的"岁初"对她而言毫无意义。"整个新年她没有做成一件她想做的事。"④这不同于一般意义上的沮丧,这种感受逐渐升级为了绝望和梦魇,最后,当她再次被利用、成为大人之间博弈的工具时,终于忍不住地嘶叫反抗,那是她对于亲情最后一丝渴望的崩溃和坍塌。然而,

---

① 张怡微:《时光,请等一等》,上海:上海文艺出版社,2011,26页。
② 同上,15页。
③ 张怡微:《时光,请等一等》,上海:上海文艺出版社,2011,24页。
④ 前揭张怡微:《时光,请等一等》,2011,57页。

"罗清清喊到无力……她的眼泪被偷偷从门缝里溜来顾盼她的凛冽颤颤地风干。母亲却在隔壁沉沉睡去,她能够置喧嚣于不顾,也许是因为心里有更重要的东西。是那些东西主宰了罗清清的生命,她无法抽身,亦无可挑剔。"[1] 这是对既憎恨又无法挣脱的血亲宿命的点题。

《妮妮》写出了主人公妮妮对父辈既归顺又逃离的心理。妮妮无父无母,不知自己的身世,糊糊涂涂地与外婆和姨在上海相依为命。然而这个只有女性组成的世界却是变形的。外婆和姨一个守寡,一个终身未嫁,生活在无亲无故的上海,心无所属的她们唯有依托金钱与男性子嗣才能找到精神的支柱,以确认、维系和传承与上海这个城市的联系。她们对男性继承人的喜爱和追求近乎疯狂和变态,做出许多令人发指的愚蠢行为。她们不惜违背人伦,将男孩天天从常州老家骗来,对之极尽宠爱,甚至为争夺天天的洗澡权而争吵不休。为了守住男孩与金钱,他们甚至鼓动妮妮弃学与天天结婚。她们变态的心理与《活动变人形》中的姜氏母女以及《金锁记》中的七巧非常相似,最后,忍无可忍的妮妮决意冲出家庭的枷锁,通过离家出走表达与"父辈"决裂的决心。

但实际上妮妮的决裂并不彻底,作品通过疾病的隐喻表达了这种不彻底。因为身上没有外婆和姨代表家族血统的"美尼

---

[1] 前揭张怡微:《时光,请等一等》,2011,58页。

尔"症，妮妮始终缺乏安全感，无从确立自己与家族的联系。她对溃疡病扭曲的痴迷就来源于此。所以，当得知自己与太外婆、天天有着同样的溃疡病时，她非常高兴，好像终于发现了一条勾连血亲的隐形纽带。

同样，《婚事》中大喜当前的罗肃却高兴不起来，因为隐藏在婚礼表面喜庆之下的，是母亲对父亲的仇恨、父亲与儿子的隔阂以及通过朋友韩槟照见的婚姻的绝望。于是热闹的大喜之事成了折射日常生活的镜子，镜中反射出的都是令人失望的人生常态。

在张怡微这一系列表达亲情的作品中，总有一个在"审父"的、心灵被流放的孩子。这个孩子生活在剑拔弩张的家庭关系中，父亲另有新欢、不负责任，母亲总是在喋喋不休地宣泄痛苦，低俗而琐碎，而其他家庭成员也都是冷漠隔阂的。其实，"审父"的主题曾频频出现在从"五四"到"80年代"的文学作品中。《狂人日记》中宣讲"易子而食"的"大哥"、《小二黑结婚》中的封建家长"二诸葛"、《创业史》中做着发家梦的"梁三老汉"、《活动变人形》中被儿子审视的"倪吾诚"、《奔丧》中的"父亲"……这些人物都是文学史中被批判、被改造甚至被遗弃的"父辈"的代表，作者在表现他们愚昧落后的同时，也寄予了超越他们的期待。相较之下，张怡微这类"审父"主题的小说更多表现出的是逃离、抛弃，而不是超越，它们更接近的文学谱系是当代女作家一系列表现母女关系的作品。例如在方方的《落日》，陈染的《无处告别》《另一只耳朵的敲击声》,铁凝的《玫瑰门》《大浴女》,徐小斌的《羽蛇》以及赵玫等作家的作品中,作为慈爱化身的传统"母亲"形象被颠覆,成为丑陋的、无情的、子女(常常是女儿)们的对立面。更极端的是,她们有时甚至成为子女不幸命运的渊薮,身为女儿必须在规避、逃离甚至自残的精神和肉体折磨中才能获得涤荡原罪的救赎。

张怡微笔下何以诞生如此凄厉绝望的家庭关系?她在作品中表现出这个年纪罕见的、与父辈或者历史决绝的态度,也许可以从她对故乡上海的认识中索解。在《最慢的是追忆》这部中篇小说集的"后记"中,她写道:"对于我个人的成长经验来说,似乎从来都很难找到所谓的'乡情'。……我的家在上海,我记忆中的一切如今业已,或正在努力被推倒和重建。没有挪不走的山,没有填不了的河。"[1]她又说,"在这个世界上,最广泛的自由,也就与无家可归之感无异。……而身为八十年代后的我们,却除了比上一代增添了无数'自由',同时也承担了更多因自抉而随之产生的风险。……但仿佛是,花了更大气力,却不曾得到更明晰的解脱。尤其是关于人心,关于爱情"[2]。最后,她发出"没有故乡,我们也能互相取暖的"[3]的感慨。

这是一个生于上海、长于上海的本地人面对故乡发出"无

---

[1] 前揭张怡微:《时光,请等一等》的"后记"。
[2] 同上。
[3] 同上。

根"之感的喟叹。或许由此可以认为，上述作品传达了她对故乡欲罢不能又难以亲近的无奈，表达了本地人在国际大都市的上海无可奈何的自我"异化"。张怡微的这一系列作品将上海文学都市性的某一个侧面以沉重的方式诠释出来。

张旻生于1959年，曾参加过1998年10月朱文发起的"断裂"行动，属于"晚生代"的一员。他的写作背景执着于某个密闭的地理空间，却通过性主题的表达走向宽广深邃的人性空间。他的写作与90年代甚嚣尘上的"身体"书写判然有别，在90年代以来的上海小说中独树一帜。他的确是具有"断裂"气质的作家[①]。

张怡微是学院出身的"80后"作家，在对亲情的描述中，有着超越自身年龄的老成练达。她的作品成功地将血缘亲情转化为"亲人之累"，用冷峻的态度拨开国际大都市家庭成员之间其乐融融的假象。

二人的作品都是对传统婚姻、家庭、道德等社会秩序的怀疑和解构，是他们以自己的方式和同时代上海对话的结果。虽然这种解构和对话早在王朔"顽主"小说和先锋文学出现的80年代就开始了，但无论是王朔的调侃还是先锋文学的"零度"

---

① 1998年10月的《北京文学》全文刊登了朱文发起、整理的《断裂：一份问卷和五十六份答卷》。从设计的问题来看，内容涵盖了对老作家的权威、作协体制的质疑，对当代文学批评以及学院当代文学研究的质疑，问卷发放的对象包括了朱文、韩东、鲁羊、刁斗、张旻等被文学教科书上定义为"新生代"或者"晚生代"作家群的主力军。上海作家西飏和张旻赫然在列。《北京文学》，1998年第10期。

感情，都代表了对充满纯情和理想色彩的 80 年代的反叛，带有悲壮的意味。而张旻和张怡微的"解构"，则是他们插入现实生活的冷峻的一刀。他们通过对情爱世界和家庭关系的解剖，剥离出长在国际大都市内部的毒瘤，从这一方面讲，堪称两代人的作家在精神上达成了共鸣。他们的作品，与王安忆、陈丹燕、李肇正等人的作品一样，同样有力地照亮了 90 年代以来上海都市的灵魂。

下编

都市时空转换与上海文学的人物谱系

〔第一章〕
王安忆小说中的上海人物形象

王安忆的写作沿着两条脉络延伸开去。

从70年代末的少作《一个少女的烦恼》（1979）开始，她就借助两个女孩不同的生活道路展开对生命意义的思考。80年代，在《雨，沙沙沙》（1980）、《我的来历》（1985）、《六九届初中生》（1986）等一系列作品中，她又通过对自身来历的追问或"雯雯"不可名状的烦恼表达对生命过程的端视和质疑。这种对少女感性的烦恼的认真体察，使得"雯雯"形象在稚拙单纯中透出某种深刻。1982年《流逝》发表，在这部中篇小说中，王安忆的"直指本心"表现得更为成熟，主人公欧阳端丽不再囿于少女的忧思，而在持续的生之困惑中完成了思想的蜕变。1985年前后，在"寻根"思潮的影响下，王安忆对存在命题的追问转化为对民族文化之根的探源，写下了《小鲍庄》。到了写作《叔叔的故事》（1990）、《流水三十章》（1990）、"精神三部曲"（陈思和语，见《精神之塔》）、《歌星日本来》（1991）、《乌托邦诗篇》（1991）、《纪实与虚构》

(1993)、《伤心太平洋》(1993)的90年代，写作《启蒙时代》(2007)的新世纪后，以及《天香》发表的2011年，王安忆的"寻根"手法日益老成练达。只是那时无论是寻自我来历之根还是上海城市之根，都显得用力过猛。跳跃的文本结构、晦涩的呓语抑或长篇大论的考证，都无法有效回应那深不见底的追问。

王安忆这一路数的写作继承了现代知识分子启蒙精神的思想传统，也与作家自小出入于上海的动荡生活经历以及敏感多思的性格有关，表达了作家对生命存在的疑惑。

然而王安忆的写作也有着对人生笃定的一面，那就是她对于上海城市精神的诠释——这是通过一系列人物形象的塑造实现的。她的笔下诞生了上海淮海路世界的各色人物群像，并在长于白描的笔墨中高度移情了自己对上海城市精神的理解。虽然上海的多元文化传统使她的写作必然不能覆盖上海所有的文化空间，例如以浦东为代表的郊区就从未出现过，但无论这个文本上海是否完整，是否有一厢情愿之嫌，她笔下的一些人物形象都强有力地表达出上海文学"都市性"的一个侧面。

〔第一节〕王安忆小说的上海人物谱系

王安忆小说的上海人物谱系以淮海路的弄堂世界为中心向外辐射，其中既有边微（《窗外架起脚手架》）、米尼（《米尼》)、王琦瑶(《长恨歌》)、妹头(《妹头》)、郁晓秋(《桃之夭夭》)所代表的"弄堂女儿",也有陈传青(《逐鹿中街》)、李同志(《好婆与李同志》)、阿康妈妈(《米尼》)、笑明明(《桃之夭夭》)这样的中年妇女;既有好婆、小妹阿姨(《鸠雀一战》)、奶奶(《富萍》)这类寄生在弄堂的外乡人,也有刘德生(《悲恸之地》)、刘建华(《民工刘建华》)、医院护工(《保姆们》)这样的外乡人群体,当然,还包括王伯伯(《一千零一弄》)、古子铭(《逐鹿中街》)、赵志国(《"文革"轶事》)、阿康、欧伯伯(《众声喧哗》)等众多难忘的男性形象。她有时候会溢出得更远一些。在《月色撩人》这篇"例外"之作中,围绕着提提、潘索、子贡、简迟生、呼玛丽,我们得以进入上海的另一种文化空间。

弄堂历史变迁的见证者,最早出现在1984年发表于《上海文学》的短篇小说《一千零一弄》。这部作品也是王安忆将弄堂推向文本前台的首发之作。在这之前,无论是《一个少女的烦恼》《雨,沙沙沙》等早期作品,还是小人物系列的《庸常之辈》《分母》以及《流逝》《窗外架起脚手架》等,弄堂都只是作为故事的背景而存在,尚未具有独立的审美价值。即便《流逝》因为需要表现欧阳端丽的思想发展过程而涉及不少弄堂生活的细节描写,但作者用力的方向显然并不在此。

在《一千零一弄》中,弄堂首次成为主角。作家将它与作为闯入者的新工房进行对峙,通过老弄堂人王伯伯和阿毛娘的内心感受，凸显时代变迁下弄堂居民们不可名状的复杂心理。开篇作者满怀深情地描述了长定路一千零一弄的原貌，对其中的物事如数家珍，最后总结，这是"清清爽爽的一条弄堂"①。然而，作为闯入者的新工房破坏了弄堂的格调。小石子路变成了平庸的马路，而后一切都开始变得"马马虎虎"了。王伯伯、阿毛娘等老弄堂人虽未将闯入者视为洪水猛兽，但他们还是遗憾地感到了气氛的不和谐。这种新建筑"一到夜里，所有的矮平房的窗口都亮了，独独两座高房子，黑洞洞地立着，显得威严而傲慢"②。终于逐渐有人住进来了，但"灯光隐在各色各样的窗帘后面，依然显得很矜持"③。"威严"、"傲慢"与"矜持"，就是弄堂人眼中新工房人的形象。空间拉开了心灵的距离，而淡漠和不讲究，又令双方的文化格调无法调和，但是，随着新工房一并进入的先进方便的生活方式，却搅乱了弄堂人的心。王伯伯的两个儿子为争夺房产大打出手，唯一解决的途径是新工房的再造。阿毛娘的儿子阿五头待业在家，希望获得新工房保洁的工作。作品的深刻之处就在于以弄堂人的视角，一方面让他们感受新事物带来的不适，一方面让他们体会自身命运与之的胶着，并在这种欲罢不能的复杂情绪中，展现新旧交替时代上海弄堂文化的变迁。而王伯伯、阿毛娘等一系

---

① 王安忆：《一千零一弄》，《上海文学》，1984年第12期，21页。
② 同上，23页。
③ 同上，23页。

列人物形象,则成为了直面弄堂命运转变的先驱。之后,在好婆①(《好婆与李同志》)、欧伯伯②(《众声喧哗》)等人身上再次表现了这种变迁带来的阵痛。

在另一类人物身上则充分体现出弄堂艳丽风情的一面,代表者前有《长恨歌》中的王琦瑶后有《桃之夭夭》中的笑明明③。这类人在弄堂做女儿时就种下了玫瑰色的梦,出走弄堂后的生活都是围绕着这玫瑰梦大做文章。她们往往性情聪敏、外形出众,年轻时得到各种机缘的眷顾,人生好比搭上了一辆命运的顺风车,一路高歌前行,不料刚刚渐入佳境还未到达命运的巅峰就急转直下,再次跌回弄堂的平凡生活。她们的人生是分两段过的,但重心却在前半生,不甘心之下,后半段的人生只是对前半段的努力复制。她们满腔都是追忆,对眼前和未来却没有丝毫寄托,只可惜在今非昔比的环境中,那复制的日子还是走样,看似精致实则潦草,也辜负了眼前的人、物和时代。王琦瑶在惊天动地的"文革"中营造和坚守平安里的小天地、如走马灯般变换身边人,却都填不满内心的空虚;过气的

---

① 好婆与李同志的两人微妙的矛盾体现了时代变迁之下,弄堂原住民与作为闯入者的南下干部的生活与思想方面的差异。
② 《众声喧哗》开篇就写了欧伯伯居住的弄堂洋房在时代变迁下的解构变化,以及在这之中欧伯伯从居住于正屋的一家之主变为孤独地在汽车间开纽扣店来缓解内心苦闷的落寞的老人。
③ 《桃之夭夭》一开始就写了女主角郁晓秋的母亲、旧艺人笑明明大起大落的人生。她的聪明、才华、对爱情的向往和自我奋斗的过程以及最终被命运抛弃的人生,与王琦瑶一样具有令人嘘唏的"传奇"色彩。

前朝名伶笑明明在剧场谈笑风生、风情万种，但面对现实的家时却内心无比荒凉，面对亲生的三个孩子，她只有畏惧或者嫌恶。王琦瑶或笑明明身上与生俱来的"传奇"气质，以及她们那再也回不去的弄堂，都是上海都市独有的奇景。

与这类人形成对照的，是弄堂中一批恪守本分的中年妇女形象，如《逐鹿中街》的陈传青、《米尼》中的阿康妈妈、《"文革"轶事》中的大嫂嫂胡迪菁。这类人青春韶华已逝，如今步入中年，或拥有体面的工作，或在家坚守为人妻母的本分，然而，当某种外来的机缘打破了这种程式，作品表现的对她们人性底线的触碰颇耐人寻味。米尼妈妈"向来为人师表，很注重表现，事事又很忍让。这一回，她却在和米尼的吵嘴中尝到了甜头。她坐在自己的房里，心头涌上了很多道理和措辞，她后悔方才没有将这些都讲出去，那将是很有力的。她兴奋得红了脸，有些坐立不安，立即就想跑出去，再和米尼吵一场"①。儿子阿康因偷盗坐牢后，母亲却怀着置对方于死地的心理与怀孕的儿媳明争暗斗，这很难完全用心理学的"恋子情结"来解释。那种因争斗而起的兴奋和快感，揭示了深埋其人性中痈疽，特别触目惊心。

王安忆曾撰文描述上海中年女性："上海女性中，中年的女性更为代表，她们的幻想已经消失，缅怀的日子还未来临，更

---

① 王安忆：《米尼》，昆明：云南人民出版社，2009。

加富于行动,而上海是一个行动的巨人。正是在命运决定的当口,她们坚决、果断、严思密行,自己是自己的主人。"①这种行动力在《"文革"轶事》中大嫂嫂胡迪菁身上表现得很显著。这一形象很容易让人联想到《金锁记》中的曹七巧。两人在少女时代都有过炫丽的梦,嫁为人妇后这梦尚有残余。胡迪菁对待赵志国就好比曹七巧对待三少爷季泽,当与假想的恋人无利害冲突时就展现出女性柔媚、娇美的一面,以及对爱情的憧憬,然而,一旦与对方有了利害冲突,她们就瞬间变成了可怕的悍妇,那少女般的玫瑰心立刻碎成一地。胡迪菁初见赵志国时,一边看轻她"到底是乡下人"的出身和见识,一边不由被他白兰度式的外貌所吸引,随着时间推移,竟越陷越深。之后二人若干次的独处,不由令她浮想翩翩,两个小姑子也无意中成了她的假想情敌。可正当渐入佳境时,一个触及现实利益的换房事件,让她立刻恢复成了精明的主妇。她果断斩断情丝,将赵志国、张思蕊、张思叶统统出卖,直接断送了三个人的前程。这部作品的精彩之处就是将胡迪菁一波三折的心理变化写了出来,令人唏嘘不已。

此外,还有一类群体,就是像小妹阿姨、好婆、奶奶等寄生弄堂的保姆们。她们虽然是外乡人,却俨然已将他乡作故乡,对上海的淮海路世界甚至有着比雇主更强烈的归属感。对

---

① 王安忆:《上海的女性》,《繁华与落寞》,长沙:湖南文艺出版社,1998,23页。

这类人群的分析在"异乡人"群像章节专门阐述①。此处想强调的是，对"寄生"这种关系和心理的特殊表达，本身就是上海文学"都市性"的独有体现。

尽管王安忆更偏爱对上海女性的表现②，但她的文本还是记录下许多令人难忘的男性人物形象。例如在发表于2012年的中篇小说《众声喧哗》中，欧伯伯和保安囡囡就是两个颇具时代特征的男性形象。欧伯伯是儿孙满堂却内心孤独的弄堂空巢老人，囡囡是年轻俊朗却有口疾的商品房保安，在王安忆之前那些相对封闭的描写弄堂生活的作品中，这两个年龄悬殊、生活环境迥异的人不可能产生交集，但王安忆敏锐地捕捉到了新时代催生出的这两类城市"多余人"，通过描写他们两个世界的碰撞，表现新时代的上海文化变迁。

欧伯伯就是老龄化社会中那类被社会和亲人从精神上抛弃的"多余人"，而从小泡在女孩儿堆里、学业无成的囡囡，长大后做了被人欺负、地位低下的保安，也是一个"多余人"。两人都口讷。作品动人地描绘出他们之间在近乎于无的语言交流中营造出的禅意的语境。他们在"不可能的呀！"与"就是讲

---

① 见本编第四章"'异乡人'群像"。
② 在散文《男人和女人，女人和城市》中，王安忆从哲学的角度阐述了女人在生命的厚度和体量上相对于男性的优势，这也许可视为她偏爱在作品中表现女性的根本原因。陈惠芬：《繁华与落寞》，长沙：湖南文艺出版社，1998，1页。此外，在《上海的女性》这篇散文中，她则更为直接地赞美上海的女性，认为她们才是上海的"英雄"，"要写上海，最好的代表是女性"。同上，21页。

呀!"的一来一往中,走入对方的内心,给各自悲凉的生活增添许多暖意。

两个"多余人"的思想碰撞和变化所展现的上海的都市世界,已然不同于以往的任何类型。这个作品若到此为止,则不管那禅意的对话部分多么精彩,也不脱两个世界碰撞的主题,但作者在作品后半部插入了另外一个人物——打工妹六叶,她的出现使文本的境界更加开阔。六叶来自东北,离家出走来上海讨生活,她泼辣能干,靠批发贩卖七浦路的衣服为生。在租借欧伯伯纽扣店的那段时间,她的伶牙俐齿、精明能干与瞎话连篇,同那两个口拙的男人形成了鲜明的对比。她身上裹挟的江湖气息,不仅给欧伯伯和囡囡造成了极大的心理冲击,更给原来的禅意世界注入了江湖气息。欧伯伯、囡囡、六叶三个人的碰撞和交融所展现的文本世界,不仅在王安忆的弄堂写作历史中具有深远的意义,而且表现了上海多元复杂、相斥相生的人际关系。这恐怕就是王安忆所着意通过小人物打造的丰富杂乱但自有生气的"众声喧哗"的上海[1]。上海文学的都市性在这些小人物身上表达得异常鲜活生动。

在写于 2000 年的《上海是一部喜剧》中,王安忆借上海的

---

[1] 王安忆在接受采访时谈到这篇小说时这样解读:"我个人比较喜欢边缘的人物,他们不是被格式化的,不作为社会的潮流。你很难把他们归纳到任何一种思潮、生存形态里去,他们就是独自的一个。艺术其实就是做个体。"孙若茜:《王安忆:〈众声喧哗〉》,《三联生活周刊》,2013 年第 3 期。

滑稽戏表达了对上海的看法,"这些男和女,在一处上演的必是喜剧无疑了。剧情呢,大致是像《新民晚报》'蔷薇花下'栏目刊登的那种。"① 这不禁让人联想起1931年鲁迅关于上海文学演讲的名篇《上海文艺之一瞥》②,在这篇文章结尾,鲁迅悲观地认为,当时上海的文艺皆等于空虚,还不如《申报》上一个女人控诉自己丈夫鸡奸更能展现当时上海的真相。王安忆同鲁迅一样在上海小报的夹缝中看出了世事的真相,不同的是,她看到的是上海城市蓬勃的生命力。"勃勃然地,出些小洋相,又无碍于你我。"③"滑稽的人生里,也是含有世事的苍茫,但绝不因此而凄凉下来,而是热心热肺热肚肠。"④

这一视角决定了她笔下人物的性格,并由此延伸到对整个上海城市的书写,因此,在她一系列关于上海人物的书写中,都荡漾着一种明显的乐观情绪。无论主人公的生活多么困顿潦倒,无论她们品行多么不端,在王安忆眼中都是一种生命力的体现。她对自己无比熟悉的淮海路世界进行审美化的书写。米尼的堕落、提提的迷失、妹头的泼辣、王琦瑶的传奇、洗头妹的饶舌、民工李建华的倔强、富萍的心机等等,都是王安忆的赞美对象,这让人不禁感叹细细小小的弄堂、绿荫覆盖的淮海

---

① 王安忆:《上海是一部喜剧》,《中学生阅读(高中版)》,2007年第11期,38页。
② 鲁迅:《上海文艺之一瞥》,《鲁迅全集》第四卷《二心集》,1981,291页。
③ 前揭王安忆:《上海是一部喜剧》,39页。
④ 同上。

路，竟有那样饱满丰饶的人生。以弄堂人生为主，兼及周围的各色生活，构成了王安忆上海城市写作的完整谱系，其中若干类型的人物形象塑造，奠定了她作品鲜明的"都市性"品格。

〔第二节〕"弄堂女儿"

弄堂女儿，是王安忆上海人物谱系的神来之笔。虽然80年代以来，包括王晓玉、王晓鹰、陆星儿、唐颖、程乃珊、棉棉、卫慧在内的许多作家笔下都诞生了不少动人的上海女性形象，但从未有像王安忆的"弄堂女儿"那样，将作者的空间感受与人物性格结合在一起，并最终定型为上海地标性的文学形象。

是女儿而非女性，就对她们的年龄、身份进行了限定。王琦瑶、妹头、米尼、郁晓秋、张思蕊等都是这类人的代表，甚至在历史题材作品《天香》中，虽然小说的时间背景拉回到了明代，文字也充满了古意，但其中小绸、希昭、蕙兰等女性也都与当代弄堂女儿们无异。作家换个角度仍是为其心中的上海女性立传。

这些弄堂女儿多是待字闺中，在周璇的"四季调"和对好莱坞电影片段的憧憬中长大，有着莫名的少女心事。她们又"往往是家中的老大，小小年纪就做了母亲的知己，和母亲裁衣料，陪伴走亲访友，听母亲嗔叹男人的秉性，以她们的父亲作活教材的"①。她们在家中不一定是受待见的那一个,却是最能干的那个。她们在做梦与做事中长大,单纯而又势利。

早在80年代的《一千零一弄》《好婆与李同志》等作品中,就表现出了淮海路弄堂与外界的不同,突出两个世界人物心灵的碰撞。1993年发表的《"文革"轶事》,本意是表现上海的"日常性"对"文革"意识形态的暗中抵制,突出上海都市文化的独特性和复杂性,但其中对弄堂生活的赞美不自觉地溢出文字之外。文中写赵志国作为一个外来的"他者",甫一闯入张思叶小姐家的时候,"他只看一眼,便从张思叶家那些身穿蓝布罩衫,梳着齐耳短发的女人身上看出超凡出众的气质。"②这种超凡出众的气质来自于从弄堂日常生活中提炼的诗意,日后,将在《长恨歌》《天香》《富萍》《妹头》等作品中再次出现。

1995年的《长恨歌》是王安忆用更为铺张华丽的语言对弄堂女儿的这一特点进行铺叙的作品。她用通感的手法将弄堂、闺阁和王琦瑶合而为一③。

这种"诛心"法将弄堂女儿的内心隐私和盘托出,也把因此而来的力争上游的心表达得淋漓尽致。王琦瑶从"沪上淑媛"到"上海小姐"再到爱丽丝公寓寓主的变迁来自这样的

---

① 王安忆:《长恨歌》,北京:作家出版社,1999,21页。
② 王安忆:《王安忆自选集 第三卷》,北京:作家出版社,1996,427页。
③ 本书"上编"第二章第二节对此进行了论述。

心,米尼冲破一切誓与惯偷阿康结合来自这样的心,妹头最终飞向布宜诺斯艾利斯还是来自这样的心。

不甘现状、力争上游之下,"出走"就成了"弄堂女儿"的母题。出走的心绪其实可以追溯到王安忆1983年《窗外搭起脚手架》的主人公边微身上。边微是王琦瑶们的鼻祖,她的"痊夏"是王琦瑶们"闲愁"的渊源。同王琦瑶们一样,边微也是"铺满紫罗兰的窗帘"后面的弄堂女儿,她总是没来由的"痊夏"——一种弥漫身心的懒散和烦躁无着无落,更无从对症下药。但伴随着脚手架工人林师傅的到来,以及随之而来的他身上的粗粝气息,就如同一股突如其来的凛冽的风,将边微的颓废情绪一扫而空。边微总能从林师傅肤浅的言语里读出深意,粗糙中看到力量,她懂他的幽默和含蓄。可另一方面,对于自己的追求者大为和川川,却感到非常滑稽和无趣。她站在林师傅身边,感到"一股热烘烘的气息扑面而来。这是混合着汗味、烟味、人体的特殊味儿的一种气息,标准的男人味儿"[①]。然而,经过一番虚与委蛇的试探之后,边微与林师傅终究还是桥归桥、路归路,但此时的边微却好比经历了情感上的脱胎换骨,对大为重燃起兴趣。当她以未婚妻的名义泪眼婆娑地挽留大为时,其实眼泪中不仅包含了比较后的私心,而且藏着她试图挣脱现状未果后的妥协。由于短篇小说的篇幅限制,我们无

---

① 本书"上编"第二章第二节对此进行了论述。

法看到边微之后的人生道路，不知那年复一年的"痊夏"是否因为出走而不治自愈，但在日后的"弄堂女儿"王琦瑶、妹头、米尼身上，我们看到了历史的覆辙。

"弄堂女儿"的另一大特征是她们野草般顽强的生命力。妹头是一个具有泼辣性格的"王琦瑶"。她精明刁钻、无畏果敢，最善持家。在物资匮乏的童年，她靠着自己的机灵买到物美价廉的东西，是家中最好的帮手，成年后，在处理家务上展现出有条不紊、游刃有余的气度。她筹备婚房是全然不用长辈们操心的，妥妥帖帖地在方寸之地造出一个独用卫生间，并游刃有余地在房管部门与施工队间斡旋。这类女儿全然依靠自己的双手打造想要的生活，体现了"弄堂里的中等人家"[①]女儿的生存原则——这里面"综合了仪表、审美、做人、持家、谋生、处世，等等方面的经验和成规"[②]。这样的一个活泼喧腾的妹头，无论如何是不会与安静的书生小白天长日久的，她最终飞向了那代表着机会与财富的布宜诺斯艾利斯。

米尼的生命力则表现在对阿康百折不挠的争取和在摔打中练就的皮实的心。阿康对相貌平平的米尼本不起劲，但她的聪敏和有趣又让他并不反感。米尼对阿康却深深着迷，得不到誓不罢休。无论是阿康妈妈的嘲讽，还是为了配合阿康而被迫沦

---

① 王安忆：《妹头》，北京：北京联合出版公司，2014，12页。
② 同上。

为小偷与娼妓,都不曾令她有半点退缩。她与阿康妈妈决战,面对阿康的再三绝情也不放弃,即使屡遭侮辱也顽强坚持,有着惊人的抗摔打力。另外,米尼幼年在缺少爱的家里练就了钢筋铁骨,她幽默、快乐又自私,天然地不允许别人破坏她的好心情,即使与相依为命的祖母在一起,也总是以打击和折磨对方为趣。从她与祖母形同水火的关系中,看不到一点血亲关爱的痕迹,所以,当家人与之断绝关系时,她只不过报以轻蔑的微笑。

王安忆分明对米尼、妹头身上这种难以进行道德判断的复杂心性充满了赞赏。她写米尼"那么快乐,又很自私"①,写妹头"狐狸。吊眼梢,尖下巴,鼻子细长,嘴,阔而扁。这种脸相的女孩子,大都聪明活泼,但是也有些叼,口齿尖利,不怎么好相处"②。她写她们性格中如沙子般的种种粗粝,是为了突出那种酣畅淋漓的生命元气。

《桃之夭夭》中的郁晓秋则更多融入了人性向上的光辉,寄托了作家美好的愿望。郁晓秋的出身暧昧而不光彩,她从小在妈妈的耳光、兄姐的冷漠、旁人的流言中长大,却从未放弃向上的动力。幼年的生活尽管孤独,她却有着自得其乐的超凡能力。街坊邻居一边散播着关于她出身的流言,一边被她的快乐乖巧所打动。她小小年纪就征服了弄堂,使这里成为她的世

---

① 王安忆:《米尼》,北京:北京联合出版公司,2014,18页。
② 前揭王安忆:《妹头》,124页。

界。她每次在弄堂中穿行一遭,就好比进行了一趟跌宕起伏的远行,长了见识、得了馈赠、满载而归①。她像一头小兽穿梭其中,知道哪里可以绕道、哪里可以觅食,哪里能够增长见识。弄堂的日子还教会了她精打细算和苦中作乐,使得她以后无论面对家庭的变故还是世事的变迁都能最终胜出。小说结尾,在姐姐因难产去世后,她承担了抚养外甥的责任并最终与姐夫结合。仔细分析,她人生的传奇性丝毫不亚于王琦瑶,虽然不如后者那般艳丽,但其中蕴含的在逆境中向上生长的力量,更让人感动。

《米尼》《逃之夭夭》《妹头》《"文革"轶事》《长恨歌》《天香》中诸多的女性形象都是对《长恨歌》中"王琦瑶"一章的注释。这些"弄堂女儿"孤芳自赏,泼辣实际,好强勇敢,自欺欺人,自私冷漠,对爱情飞蛾扑火。米尼、郁晓秋、妹头、王琦瑶,张思蕊的每个人身上都多多少少包含了其中的某些方面,将之放大,成就了她们个性的差异。

旖旎的梦想与凌厉的生命元气,构成了王安忆弄堂女儿的复杂深刻处。这样的性格特质和命运安排,使她们的人生可能朝向王琦瑶、米尼、妹头、郁晓秋所指示的不同方向延伸。正如王安忆用"流言"对上海弄堂的比兴:"流言其实都是沉底的东西,不是千淘万洗,百炼千锤的,而是本来就有,后来也

---

① 王安忆:《桃之夭夭》,北京:北京联合出版社,2014,38 页。

有,洗不净,炼不精的,是做人的一点韧,打断骨头连着筋,打碎牙齿咽下肚,死皮赖脸的那点韧。"①"然而,这城市的真心,却唯有到流言里去找的。无论这城市的外表有多华美,心却是一颗粗鄙的心,那心是寄在流言里的,流言是寄在上海的弄堂里的。"② 她同样把对弄堂乃至上海的理解化入她塑造的人物形象中③,于是这些女儿们与弄堂也形成了互文的关系。

这种空间与人物交融的关系在现代文学史的上海书写中并不少见。 1927 至 1936 年,鲁迅寓居上海,可谓"十年居上海,每日见中华",他近距离地"拍摄"上海的众生相,其中既有上海的少女、上海的儿童、江北人以及阿金所代表的令人厌恶的下人等小市民,也有堪称"民族的脊梁"的知识分子或创造社这类"才子+流氓",还有史莫莱特、伊罗生、萧伯纳这些国际人士,展现"烦扰"却别有"生气"的上海。 30 年代"新感觉派"代表作家施蛰存、刘呐鸥、穆时英将主观感觉融入描写对象中,他们笔下那些摩登时尚、妖冶迷人的舞女,是殖民地、半殖民地畸形繁华的上海都市在他们心中的折射。 40 年代张爱玲让葛薇龙、白流苏、曹七巧们在滚滚红尘中颠沛流离、机关算尽,展现女人之可怜以及乱世上海的苍凉。

---

① 前揭王安忆:《长恨歌》,9 页。
② 前揭王安忆:《长恨歌》,10 页。
③ 王安忆对上海城市精神的理解概括起来说就是"日常"和"小人物"中见真精神,这在其一系列小说、散文和谈话录表现出来。

王安忆承其续，然而从雯雯、欧阳端丽、张思叶、张思蕊、胡迪菁，到米尼、王琦瑶、妹头、郁晓秋，人物却开始显现越来越明显的类型化趋势，甚至在淮海路以外的郊区和外乡人等文学形象上，以及在历史题材小说《天香》中的一系列女性人物身上，那种心机、世故、精明、务实和闺阁友谊，也都与弄堂女儿并无二致。这当然与王安忆一再挖掘并强调的、在上海女性和上海的"日常"生活中所蕴含的城市真精神有关，但这种做法却多多少少有悖于她反复重申的"四不"原则[①]。况且，类型化也的确具有两面性，它一方面达到了力透纸背、捕获人心的效果，另一方面，也不由得让人怀疑这种对弄堂女儿的定格是否完全靠得住？然而无论怎样，以王琦瑶、妹头为代表的"弄堂女儿"深深地打上了上海城市的烙印，成为上海文学人物谱系中继葛薇龙、白流苏等之后最为动人的女性形象。

〔第三节〕《月色撩人》的别样人生

在多元文化并存的上海，从 80 年代起，王安忆就对弄堂以外的生活予以关注，这里既有《窗外搭起脚手架》《悲恸之地》《保姆们》《民工刘建华》《一千零一弄》《发廊情话》《富萍》

[①] "四不"即王安忆在 1988 年提出的小说写作理想：不要特殊环境特殊人物；不要材料太多；不要语言的风格化；不要独特性。王安忆：《小说的物质部分》，《王安忆自选集之四·漂泊的语言》，北京：作家出版社，1996，330—332 页。

《众声喧哗》《骄傲的皮匠》展现的底层外乡人世界，又有《月色撩人》展现的另类世界。在对底层外乡人世界的表现中，不乏《悲恸之地》这类极具爆发力的优秀作品，但其他绝大部分作品都只是主人公生活横断面的截取，在作者目力和篇幅的限制下，对其内心世界的表达总是显得"隔"①。即便是写于2000年的《富萍》，很多论者从王安忆的转型角度给予了较多阐释和赞扬，但从人物形象来看，其中"奶奶"所传达出的意蕴仍然不脱早在《好婆与李同志》《鸠雀一战》中就奠定的保姆形象的窠臼②，而富萍则不脱王琦瑶、妹头等"弄堂女儿"的性格特征。

中篇小说《月色撩人》却打开了洞悉上海都市内涵的另一扇窗口，是一篇突破性力作。王安忆在作品中讲述了一个外乡来沪的女孩子提提的故事，塑造了一批迥异于弄堂世界的人物群像。故事一开始，画廊老板潘索把一个名叫提提的外乡女孩从一群来沪的打工妹中拎了出来。他以艺术家的敏锐发现了提提身上的特别之处。在月色中的陶普画廊，提提开始跟随潘索进入夜上海的幽深处。潘索从提提身上看出了这个女孩非同寻常的生命力，提提也为潘索身上的艺术家气质深深着迷，两人的关系若即若离，无法用纯粹的恋人或朋友关系来界定。然而，当提

---

① 例如《发廊情话》《民工刘建华》《骄傲的皮匠》等作品中，作者长于通过白描展现人物的个性，但往往在对这类人物的内心世界挖掘得深度不够。
② "奶奶"与"好婆"、"小妹阿姨"一样，都是自居高等的淮海路原住民生活方式的捍卫者。

提发现自己逐渐爱上潘索时,潘索却在某天毫无征兆地不告而别,留给了她无尽的隐痛。夜上海给提提上了第一堂课。

接着,提提被传递到了美男子子贡手里。子贡与潘索一样气质不凡,他美而智慧,跟潘索一样是"超现实的"存在。他外形极美:"他在你的注视下渐渐放出光芒,将其他的脸都映暗了,因为其他的脸有现实感,而他是超现实的。"① 他又是极端智慧的,能参透所有事物的本质。他也是超现实的,只是他不似潘索那样是个大虚空。子贡同样发现了提提的不凡处,两人如兄妹如知己。在自贡的带领下,提提又轮转到了简迟生那里。

与潘索和自贡相比,简迟生是个大俗大雅之人。他的年龄几乎能做提提的父亲,但具有强壮的体魄和谜一样的历史厚度。作者将其描述为具有开国元勋气象的人物形象。他的身躯,旺盛的精力与智慧,他在整个历史和时代、甚至私生活中翻滚搏击的风姿,都让他身上有着古典主义的英雄气象。"那种禁欲时代的正直的产物,可在那苦行僧似的清简的外表之下,藏着原始的本能。"② 他的气象在现实甚至衰老面前都未受到丝毫折损,并在岁月的浸透下透出独有的性感。简迟生再次令提提着迷。

故事中,提提带着"寻常"的人间感情辗转于这些"非常"人的世界中,借助她宿命般的悲剧,展现了上海都市的千

---

① 王安忆:《月色撩人》,《收获》2008年第5期,6页。
② 王安忆:《月色撩人》,《收获》2008年第5期,30页。

变万化。第一次在潘索处受伤后,子贡安慰失意的提提曾一语道破了潘索的本质。他说潘索就是个"大虚空",环绕于他的莺莺燕燕虽然个个不俗,但"这些女孩子都是过眼烟云,而潘索天长地久"①,就算"提提,铆足了劲,小脸都绷青了,也还是够不上潘索的一个小手指头"②。因此,提提投射过去的人间女子的爱情,注定被这"虚空"化解。而提提之所以受伤就在于她始终没能参透潘索的虚空。其实,她没参透的何止潘索的虚空,第二次,她带着受伤的心以为能在简迟生那儿驻足,却不料有一天终于发现简迟生其实是与他的前任女友呼玛丽配套而生的,"那客厅壁上的陶瓷器皿,个个都是配呼玛丽的身量和气势,简迟生这个人也是配呼玛丽的身量和气势——不仅在外形,更在内涵,他对呼玛丽流露出的严肃性,在提提从不曾有过,他与提提之间的一切都是轻松佻达"③。可能连简迟生自己都没意识到,对他而言提提不过是抵抗衰老自我救赎的一件心爱的工具。他的爱情,早已在呼玛丽身上消耗殆尽。所以,在与提提所有的爱情游戏中,简迟生最不喜欢的就是"出走"这个节目。"他不喜欢出走这一出里'惦记、等待、担心,出走的人回来免不了要有的缠绵和激动'"④ 这些属于饮食男女的情绪。

---

① 王安忆:《月色撩人》,《收获》2008 年第 5 期,19 页。
② 同上,19 页。
③ 同上,50 页。
④ 同上,50 页。

作品中有一幕颇耐人寻味。潘索与提提恋爱时曾一同逛家具店,当潘索面对那些市井生活的道具时,如梦初醒,落荒而逃。虚空化身的他根本无力承担生活的"实"。其实,潘索、子贡和简迟生都不是为承担结实的人间生活而生的,提提不小心闯入他们的世界则注定失败。

作品处处揭示出这个虚空的世界与提提所在的现实世界的碰撞。如果说少年时甩向那个懦弱的中学教师的耳光,充分表现了少女提提敢爱敢恨的非凡勇气,那么,当她在上海遭遇始乱终弃、爆粗口骂潘索是带"膻"味的"大尾巴羊"时,暴露的却是人间弃妇寻常的痛楚。可惜,这个"虚空"铸就的世界不是寻常的人间烟火,她与潘索之间也不是一个寻常的爱情故事。正如小说开场所言:"她,一个叫提提的女人,是谁拾到他们餐桌上来的?事情已经有些模糊了。似乎是,一个人拾起她,交给第二个人,再传第三个,最后,到了简迟生这里,落了座。"[①] "拾"与"传递",写尽了提提在这城市的命运悲剧。在上海这座城市中,有千千万万个提提;这座城市的月色中,有无尽的诱惑吸引提提们去飞蛾扑火。简迟生最后的感觉承载着无限的深意,它指向了提提身后由无数"超现实"的男性主宰的这个看不透、讲不清的城市。

如果说王安忆笔下的弄堂生活是一幅写实的工笔画,那么

[①] 王安忆:《月色撩人》,《收获》,2008年第5期,5页。

《月色撩人》所描述的世界,则如同一幅写意的中国山水。它虽然缥缈,却不再浮于上海的"怀旧"情调之上,而是通过意蕴丰富的人物形象,力图揭开城市神秘的面纱,展现另一种风姿的都市生活内容。通过对潘索、自贡、简迟生等男性人物形象的塑造,王安忆小说的人物谱系更加丰富,上海文学的都市性内涵也更加多样、深刻。

〔第二章〕
李肇正作品记录小人物的"灵魂的深"

　　当八九十年代之交，上海作协领衔的上海文化界经常召开关于本地作家创作的座谈会，对本地文学创作力的疲软、优秀作品的缺失现象进行研讨时，它旗下的重要文学杂志《上海文学》也屡次表达了这种忧虑。每当外地一个新的文学现象和文学新人出现的时候，它就常常流露出羡慕和希冀[①]。那时能够慰

[①] 1992年11月《上海文学》特设"四川文学院作品小辑"，在杂志篇首"编者的话"中对这一作家群体大加赞赏，认为他们的写作真正表现出90年代的时代气息。"本刊非常推重四川省作协文学院的工作以及发表在本期上的该院作品小辑。他们在一个省的范围内，一举推出那么多的青年实力派作者，这些作品又体现着对于改革开放时期当代人的新的理解、新的关照尺度、新的情感投射，这样的举措与成果，在全国文坛上确应令人刮目相看的。"1996年2月《上海文学》"编者的话"谈到95年都市文学兴起时说"现代都市作为独立的审美对象，重新进入中国的现代小说系统。我们之所以说'重新进入'是因为在30年代与40年代的海派小说家笔下，现代都市生活曾经是重要的审美观照对象，于是产生丁刘呐鸥、穆时英、施蛰存等人的新感觉派小说，以及张爱玲、徐訏、苏青等人的洋场市民小说。1949年以后这一路小说的血脉由于受'兴无灭资'的改治文化氛围钳制，因此未能在当代小说中得以延续与发展。但在95年比较活跃的邱华栋（北京）、张欣（广州）、唐颖（上海）等人的'新市民小说'创作中，我们又重新读到了中国现代都市独特而又富有魅力的身影"。"有意思的是，当年海派小说的艺术资源至今已为非海派的都市作家所共享"。1999年1月的《上海文学》在"读·写·编"栏目中刊发名叫方雨桦的上海读者来信，说："理想中的《上海文学》应该是一本一流的文学读物，易读耐看。（转下页）

藉上海文坛的代表作家是王安忆、陈村、唐颖、陈丹燕、尹慧芬、孙颙、王晓玉、程小莹等,大家对他们的创作寄予厚望。但除了从新时期初走过来的王安忆和凭借"上海三部曲"在"怀旧"风潮之下大火了一把的陈丹燕,其他几位作家虽然也有足够长的创作经历,但鲜有人能够持久地在全国产生较大的影响力。

然而就在同一时期,上海位育中学语文教师、业余作家李肇正却进入了他的创作井喷期。从1993到2003年的十年间,李肇正创作了两部长篇小说、八十余部中、短篇小说,共计300多万字,无论从作品的数量还是质量来看,他都应该引起当时上海文坛足够的重视。可惜在那个时候,他呕心沥血的作品却极少刊登在《收获》《上海文学》《小说界》等上海本地的文学杂志中,而为其赢得声誉的几部重要作品如《女工》(1995)、《城市生活》(1998)、《石库门之恋》(1999)、《亭子间里的小姐》(1999)、《傻女香香》(2003)等,也都不是发表在上海的刊物中,关于他的评论,更是极少见诸上海评论家的文字。可以说,当时李肇正的创作并未正式进入上海文坛的视野[①]。

(接上页)在本地稿源不济的情况下,介绍一些优秀的港台、国外小说也绝不是降格以求。一如五星级商厦的作派,辟出空间,开设国际名牌专卖,既为彰显格调,又能激励本地人士急起直追。"

[①] 赵长天写于2004年的李肇正中篇小说集《城市生活》的序中说:"我们常常抱怨上海缺少好作品,缺少表现上海生活的好作品,缺少贴近现实的好作品。可眼前李肇正的小说恰恰就是这样的好作品!"言语间表达了对上海文坛错失这位作者的惋惜。李肇正:《城市生活》,上海:上海文艺出版社,2005,17页。

真正对李肇正开始重视是从他去世的 2003 年后开始的。2003 年 9 月，时任《上海文学》主编的陈思和在当月的杂志上不仅编发毛时安、阮海彪两篇追忆李肇正的文章，更在"编委会报告"中组织了一场对"李肇正写作现象"的讨论。讨论的中心除了对这位才华横溢的作家表示敬意，更重要的是对他生前的被忽视表示惋惜[1]。然而，抚今追昔，李肇正的文学成就仍然未能在这些事后的研究中[2]得以正名。就在大家迫不及待地为其从文学史的坐标中寻找位置，将他或者他集中而明显的都市底层社会题材作品归类为"平民文学"[3]、"平民生活的叙事者"[4]、"'现实主义冲击波'的代表作家"[5] 时，其实并未准确地概况出他对当代文学史的意义。

李肇正最强有力的书写发生于 90 年代。那是中国文学环境

---

[1] 毛时安在纪念文章《平民生活的叙事者》中写道"李肇正在上海文学界是一个除不尽的'余数'，是一个文学观、文学趣味与主流不尽相同的'异数'"。《上海文学》，2003，75 页。杨扬说李肇正的作品："有着非常丰厚的生活积累。这是上海作家中少有的，这才是底层文学。另外，对他的过世，的确，像很多文学界人士所讲的，传媒过于冷漠了。"罗岗认为："他是一位'潮流'之外的作家，他的作品像煤一样朴实，可是在今天这个需要霓虹灯的闪烁和聚光灯的照耀才能领'潮流'之先的世界里，或许从他拿起笔来写作那一刻起，就已经注定了被遗忘的命运！"以上均节自"编委会报告"，《上海文学》，2003 年第 9 期，112 页。
[2] 这些事后的研究还包括 2003 年 12 月 5 日《文汇读书周报》钱定平《关于"李肇正现象"现象》以及 2005 年毛时安主持对李肇正作品的整理，最终结成中篇小说集《城市生活》，这是李肇正唯一的作品集。
[3] 前揭杨扬文。
[4] 前揭毛时安文。
[5] 黄柏刚：《有境界者自成高格——李肇正、郁达夫"落魄文人与女性"作品之比较》，《当代文坛》，2004 年第 3 期。

正经历着"变脸"的时代。商品大潮摧毁了旧有价值体系和理想主义，80年代那种"拨乱反正"后一波高过一波的国家文学大合唱在市场经济的冲击下逐渐式微，文学四顾彷徨，开始呈现"驳杂"的局面。此外，随着市场经济第一轮的实践成果在北京、上海、广州等几个大城市首先显现，描写城市乃至都市生活题材的文学作品大量出现，历史性地呈现出与乡土文学并驾齐驱的态势。张欣通过对广州的书写，开启了都市小说写作潮，然而她笔下的这个改革开放的前沿城市，所见到处都是对金钱顶礼膜拜的男男女女。"女性写作"则显然更多受到了西方女权主义的刺激，男女两性开始呈现出大面积的敌对关系，而两性战斗的结果是女性对男性的抛弃和由此建立的一个自足的女性世界。在陈染、林白以及后起之秀卫慧、棉棉等女作家笔下，男性的雄性特征被阉割得几等于无，结果便是女性开始在《一个人的战争》《私人生活》中营造一个密闭的私人空间，在"私人化写作"的世界中自得其乐。"新写实小说"从细部表达了对这个时代人生的绝望，好处是帮莫名烦躁的人们找到了烦躁的根源，坏处却是让人更加烦躁和绝望。而河北"三驾马车"领衔的"现实主义冲击波"则本质上同"新写实"一样对生活的阴暗面进行暴露，只是尽管触碰到了当时最为棘手的体制改革问题，但与"新写实"干将相比，他们的笔力明显不足，缺少前者在暴露时的从容和幽默，更多时候，"冲击"出的作品更像是无关痛痒的报告文学。以上这些文学潮流轮番登场，形态各异，却都在讲述日益膨胀的欲望都市。就连新历史主义作家莫言、苏童、叶兆言、余华也未能幸免，《红高粱》《妻妾成群》、"夜泊秦淮"等作品都通过民间视角对历史切入，但构筑的却千篇一律是一个权利、物欲和性欲组成的欲望的历史空间。在90年代驳杂的文学外观中，有一个不变的"欲望"主题。

其实，这样的写作是天性敏感的作家对当时社会现实的忠实反映。"欲望都市"的确是对那个时代表象的准确归纳，只是，文学的意义应不止于对表象的捕捉，更在于对人云亦云表象背后的质疑和探寻。鲁迅在《〈穷人〉小引》中通过对十九世纪俄国作家陀思妥耶夫斯基作品的评述表达了对现实主义的理解。他说真正的现实主义不是对人物面目的摹写，应当是对"灵魂的深"的刻画[①]。上述文学潮流虽然都触摸到了时代的脉搏，却都未做到对人物"灵魂的深"的刻画。

从后人的追记中，李肇正跟以上这些文学潮流都产生了关系，有人说他是"现实主义冲击波"的干将，有人说他是都市小说作家，还有人因为他作品的叙事题材集中于对上海底层市民的书写，将之归入"平民小说"的作家行列。但这些总结都未能切中肯綮地道出他对当代文学史的意义。郜元宝讨论李肇正作品时曾以外国作家类比："我觉得我们中国就缺乏像海涅、

---

① 鲁迅：《鲁迅全集·集外集》，北京：人民文学出版社，1981，103页。

赫尔岑、梭罗那样随想录的文章，这一类的文章，也谈事情，社会的，文化的，文学的，政治的，经济的，历史的，但首先它让你感到是一个活生生的独特的人在谈论这些事情，你不仅可以看到这个人对这些事情的思考，还能——而且是主要地能——看到他在谈论这些事情时流露出来的更多东西。"① "光谈事情而没有作者身体、人格、灵魂的到场，这是专家学者的文章，我们现在多的就是这一类文章；既谈事情又有身体、人格、灵魂的到场，这是诗人的文章，是更加接近文学或者说就是文学性的文章"②。他认为李肇正的小说是诗人类型的文章。

李肇正作品的意义，在于对十九世纪俄国现实主义的致敬与回归，在90年代的中国，这种现实主义是对欲望都市的有力刺破，并继而抵达那个时代小人物的"灵魂的深"。

〔第一节〕对《阿Q正传》的模仿——《石库门之恋》

尽管李肇正没有像鲁迅写《阿Q正传的成因》那样做一篇关于此文的成因，也没有写过相关的杂文供人互文见义，但不妨碍我们看出《石库门之恋》对《阿Q正传》的模仿。

如同鲁迅通过阿Q的性格刻画展现辛亥革命前后中国农村社会的全像，中篇小说《石库门之恋》围绕一个绰号叫"阿

---

① 前揭"编委会报告"，《上海文学》，2003年第9期。
② 前揭"编委会报告"，《上海文学》，2003年第9期。

胡"的上海底层小市民，对90年代转型期的上海底层市民社会进行全景式地呈现。

"阿胡"这一人物形象诸多的性格特征与阿Q高度相似，他身上寄托的作者对底层市民性格的理解，与鲁迅通过阿Q对中国国民性的解剖如出一辙。阿胡与阿Q都处于转型期中国社会的最底层，都是既奴性又虚荣、既懒惰又贪婪，属于被大多数人唾弃的那类人。当人生没有产生变故前，他们都是漫无目的地过日子，阿Q游荡于乡野、偷鸡摸狗、得过且过，阿胡是弄堂小混混，钞票和女人是他全部的追求。当他们感受到社会风暴的来临，第一反应都是想投机倒把，趁机大捞一笔。阿Q跑到城里去"革命"是想鲤鱼翻身抖威风，结果虚惊一场，只好做贼偷些衣服贩卖，回来还趾高气昂沾沾自喜；阿胡下岗了，却不屑于做扛大包的苦力，整日美美地做着发财梦。他投机股市、贩卖黄碟，都是想不费什么力气"吃吃白相相"，就能"赚大钞票"。"阿胡像只快乐的打苍蝇，热烘烘地朝灯火照耀处扑去。"①

阿胡与阿Q一样，是充了气的纸气球，外表虚张声势，内心充满了奴性，只是阿胡的奴性更多表现在对金钱的膜拜，他的情绪随着与金钱关系的亲疏而变化多端。比如他幻想自己将成为股市大亨，迅速膨胀，就迫不及待地买了西装、拷机，在

---

① 前揭李肇正中篇小说集《城市生活》，74页。

街坊"党委书记"和保安面前洋洋得意。他幻想着自己有钱,就真的要进到夜总会潇洒一番。他对美芳用情深厚,得知美芳当了坐台小姐、又成了张老板的"金丝鸟"后,恨由心生,然而最终也并未在行动上有所作为,因为他深知自己不是"金主"张老板的对手。金钱是阿胡活着的第一要义,为了它,阿胡可以违法,可以放弃人格、尊严、爱情和廉耻。

同鲁迅一样,李肇正也用漫画般夸张的笔法描写阿胡的"精神胜利法"。比如描写他在幻想中飘飘然的景象。他对美芳垂涎而不得,骂自己骂到狗血喷头,之后就觉得"酣畅淋漓,好像他是个英雄救美的角色,就有了许多满足感和迫切感"①。他想象自己有钞票,就真的觉得自己有钞票了,于是就心安理得、理直气壮地到夜总会开洋荤。再如写他的"健忘"。阿胡骂了车间主任之后,饭碗危在旦夕,然而他却浑然不觉,在麻将桌上赢了两次,打了一场保龄球,就把骂主任的事忘得干干净净,又高高兴兴地"白相相"去了。还有他错把"彬彬"西服当"杉杉"西服被嘲笑,一时尴尬,但很快自我解嘲:"管他呢,西装是我自己穿的,只要我把它当做杉杉就行了!"② 股市蚀了本,他不免悲怆地赌咒发誓,但"赌咒发誓似乎是很用力气的,阿胡马上饥肠响如鼓,昂首阔步地走进点心店要了一碗大肠面。大肠像口香糖一样有咬劲,还有一股骚气,阿胡走

---

① 前揭李肇正中篇小说集《城市生活》,70页。
② 前揭李肇正中篇小说集《城市生活》,65页。

了几条路还是余味难尽。太阳真好,像玻璃一样光亮。"①

李肇正对待阿胡就跟鲁迅对待阿Q一样,努力夸张地写他们身上的缺点,目的是为了将其身上的劣根性暴露到极致。但李肇正对待阿胡又不同。鲁迅对阿Q灵魂的暴露以诊断为目的,而非以疗救为方向,李肇正却始终努力为阿胡寻找人生的出口。在阿胡经历了投机股市、倒卖黄碟、痛失爱人等一系列的失败后,作者让他将救命稻草抛向了体制。阿胡最终在居委会大姐(着重号为笔者加)所代表的党组织的拯救和关怀下找到了出路,靠着一片小店找到了归宿。文中写了阿胡改头换面的新气象,也借阿胡爸爸的口抒发了小人物重归体制后的感恩戴德:"人民政府好,社会主义不会饿死人,我家阿胡终于开店了!"② 居委会大姐所代表的党组织给"流民"阿胡提供了安身立命的出路和保障。这样还不够,为了追求结局的完美,李肇正还给了阿胡一个幸福伴侣小玉。她的意外出现,弥补了美芳出走对阿胡造成的心灵打击,使阿胡最终过上了平凡美满的生活。

李肇正深知阿胡灵魂痼疾的无可救药(时代和历史的产物),却为他添加亮色的尾巴,是否经历了同鲁迅一样叫醒铁屋子里人的犹豫?我们不得而知,但可以肯定的是,他虽然认清

---

① 前揭李肇正中篇小说集《城市生活》,75页。
② 前揭李肇正中篇小说集《城市生活》,95页。

了底层人物无法摆脱的宿命,却终于不忍像鲁迅那样让阿Q走向末路,而是选择向"孩子、老婆热炕头"的中国传统小农经济模式妥协,使阿胡在这种模式下至少获得人生的安稳。李肇正在自我内心"翻滚的心潮"①下选择让阿胡们继续沉沉睡去。从《石库门之恋》来看,李肇正循着鲁迅的道路进行了类似的思考,却最终在决断上与鲁迅分道扬镳。

除阿胡以外,作品另一主要人物、阿胡爱慕的邻居美芳是支疆"知青"的后代,父母拼了命把她送回上海,却只能让她做一个底层的上海人。在这个城市,美芳茕茕独立,唯有那小小的亭子间可供取暖,因此她人生的唯一目标就是待价而沽,将自己以大价钱卖出去。可惜,她能想到的唯一方案就是靠出卖身体依附于男性。当她为此两次被骗而落得千疮百孔,从一个把阿胡指挥得团团转、"红艳艳的喇叭花"②般的少女变成了"驼背"着"踽踽独行"③的落魄女子时,我们看到的不仅是这一类底层女性的人生悲剧,更是一个时代对她们的抛弃。

李肇正写阿胡、美芳等深不见底的穷困和在这中间的不断堕落,同时不忘追究这穷困和堕落的根源;写他们下岗后迫于生计投奔股市、倒卖黄碟、沦落风尘的悲苦,也不忘写他们身

---

① 前揭李肇正中篇小说集《城市生活》中的《坚守与苦熬》中自述写《女工》时的心情,400 页。
② 前揭李肇正中篇小说集《城市生活》,54 页。
③ 前揭李肇正中篇小说集《城市生活》,99 页。

上小市民的庸俗、虚荣、投机和奴性。他如实地写出阿胡、美芳们由于出身、经历和眼界限制无法具有更高的觉悟和跨世纪的本领,没有改变自己命运的机会和能力,也写出社会转型、工厂下岗、股市风云等大时代的变革让他们轻而易举地沦为牺牲品的惨烈真相。他们这类人人数众多,也最经得起牺牲。他们的悲剧隐藏在历史之下,廉价、不为人觉察却又比比皆是。作者通过以一当十的手法表达了对他们的同情,更写出了现实之下这类人物"灵魂的深"。

〔第二节〕不虚美、不隐恶——对小人物的尊重

90年代市场经济的一系列改革措施和成果最先体现在城市中,并且随着广州、上海、北京等几个超级大都市的形成,表现都市生活的文学作品大量涌现,一改"新文学"以来人们对乡土题材的专宠。在表现都市生活的作品中,有浓墨重彩地对都市物欲生活进行表达的张欣以及后来者卫慧、棉棉,也有着力将日常生活庸俗化的"新写实"作家池莉、方方、刘震云等,还有将视线集中到社会转型大事件,描写工厂改制、文人下海等经济体制改革的"现实主义冲击波"。

李肇正表现都市生活独辟蹊径。作为一个优秀的现实主义作家,他并不回避大都市中人们对欲望愈演愈烈的追逐,他作品中的人物基本个个都被心中欲望的魔鬼折磨得死去活来。《石

库门之恋》里阿胡和美芳为了金钱一个放弃了人格,一个被摔得粉身碎骨。《城市生活》写物欲如何拆散了杜立诚和宋玉兰这对夫妻,并将妻子人性毁灭的过程拆解出来一步步演示给我们看。《亭子间里的小姐》的亭子间女儿小玉绝不同于王安忆笔下的弄堂女儿们,她是那么软弱无力,在似乎触碰到了城市上层生活的边缘后,又被命运无情地拉了下来。《啊,城市》中来沪读书的农村大学生文东一开始就被身着连衣裙的女同学宋小宛照亮了内心世界,但不幸这是一个黑色的预言,预示了他最终卷入都市诱惑的深渊中无法自拔。

然而,李肇正写这些被欲望摧毁的人生和人性,却不是那种张嘴见喉咙地直接对体制进行抨击,而是通过对人物深的灵魂的体察把这种摧毁表现得无比震撼。从某种意义上,说他是底层人物的代言人并不准确,因为他的视角从来都不是居高临下的代言人式的旁观,而是与人物融而为一①,唯其如此,他对于物欲纠缠中的人物总是透出一种深深的同情。

《啊,城市》中的文东是另一类被城市欲望吞没的人。他是人们常说的来自农村的"凤凰男",背负着母亲和全家的希望到大城市读书,希望借此跳出农门,改变自己和家族世代扎根农村的命运。然而他在骄傲与自卑的纠缠中种下了欲望的心魔,这种心魔随即与他身边的两个人发生了化学反应,一个是

---

① 李肇正说自己写《女工》时"泪水沾湿了最后一页稿纸"。前揭李肇正:《城市生活》,400页。

文东刚入校就偶遇的"女神"宋小宛,对文东来说,她是纠缠他一生的性诱惑的象征;另一个是他的室友、城市"富二代"子良,他是物欲的象征。二人一个镜花水月,一个近在咫尺,一起将文东引向万劫不复之地。文东对宋小宛日思夜想,求之不得辗转反侧。如同《红楼梦》中"贾天祥正照风月宝鉴",幻想中的宋小宛对他而言既是高贵的女神,又是吸干其精血的妖怪。文东终于在自慰和意淫中抽空了身体。"官二代"子良则带着文东去见识城市生活的潜规则,让他渐渐知道考试成绩可以买卖,写黄色小说比文学作品更加有人气和赚钱,而这一切都遵从着市场经济的买卖法则。在子良的诱导下,文东逐渐丧失斗志,不务正业,沉迷于看黄色录像和写市侩小说的快感中。虽然文东最后没有像贾天祥一样绝精而亡,却在这中间被抽空了志向,夺去了精神,以至最后沦为房东老板娘的泄欲工具。

  李肇正这部小说表现了一个积极向上的青年是如何被城市毁灭的,这令人想起了法国作家司汤达《红与黑》中的于连。于连在自我奋斗与毁灭的过程中,为了实现伟大的梦想、保护虚弱的自我,给自己带上了沉重的"人格面具"[①]。在"人格面具"的保护下,他能够游刃有余地扮演各种角色,轻松地玩弄德·雷纳夫人和玛蒂尔德小姐的感情,借以掩饰面具底下的自卑、敏感与脆弱。文东同样是带着"人格面具"一步步丢失信

---

① 出自荣格的精神分析理论。

念，堕落下去。这部作品对城市与外乡人关系的描述超越了90年代以来上海文学中的同类题材——那种外乡人对上海大都市千篇一律的钦羡心理——而是回归自20年代"新文学"发生时就形成的城市"侨寓人"人心态。对这些"侨寓人"来说，庞大的城市如同吞噬外乡人的怪兽，与其说他们生活在城市，不如说在自卑和自尊筑成的外壳中与城市为敌。文东堕落的原因在于与城市搏击后的失败，正如他的妈妈文秀嫂的深刻体会："在这座城市里生存，就要凶，就要狠，就要如狼似虎，不然就会像水秀那样，撅着屁股跑回乡下，或者像她，灰溜溜离开城市。"① 城市在这部小说中的形象一点都不美好，恰如20年代"恶狗"② 意象的再现。

如果作品止步于此，最多与抨击社会制度的"冲击波"作品无异，但作品现实主义的深刻处在于它不只对悲剧制造者抨击，更对受害者进行人格剖析。作品结尾文东在参加子良和宋小宛的婚礼时，在宋小宛耳边道出了自己的心声："我这辈子最重要的事儿，就是证明你的选择是错误的。"③ 这阴险的语气让人震惊，但更为震惊的是宋小宛的回答。听了文东的耳语，宋小宛答非所问地说："我第一次看见你就留下了难以磨灭的印

---

① 李肇正：《啊，城市》，《当代》，1997年第1期，86页。
② "上海是一条狗，当你站在黄浦滩闭目一想，你也许会觉得横在面前是一条恶狗。狗可以代表现实的黑暗，在上海这现实的黑暗使你步步惊心，真仿佛一条疯狗跟在背后一样。"梁遇春：《猫狗》，《梁遇春散文》，吴福辉选编，杭州：浙江文艺出版社，2001，162页。
③ 李肇正：《啊，城市》，《当代》，1997年第1期，86页。

象,不是你模样儿土得出奇,而是你阴鸷的眼光。"① 宋小宛有着十分厉害的读心术,她用"阴鸷"一词精准地概括出文东这类"凤凰男"的心理,直指文东迷失的根源。文东正是在这种迷失中将宋小宛的影子幻化成风月宝鉴,也是在心魔的控制下自以为参透了城市的游戏规则,结果却赔上了整个人生。"阴鸷",是他们悲剧命运的渊薮。

此处,李肇正的写作立场值得尊敬,因为他不是以自上而下的审视视角将文东写成一个值得怜悯的外乡人,不以城市人居高临下的优越感对外乡人抱有那种同情式的温情脉脉,而是在表达同情的同时,也批判他身上潜伏的劣根性,将他作为一个平等、独立的个体对待。而这才是对平凡人生真正的尊重。

这样的视角也同样表现在《勇往直前》中的阿芳身上。这部中篇小说通过阿芳与张先生的夫妻关系,探讨了女性如何在婚姻中自处的问题。阿芳与张先生两人的婚内地位极其失衡,对于张先生来说,阿芳只是替他养儿子的女人,她除了拥有妻子的名分和每月从丈夫那里得到的一笔可观的生活费之外,没有任何"人"的尊严。张先生的冷落、侮辱乃至明目张胆的出轨,都一次次被阿芳含泪隐忍。

显然,阿芳是一个令人同情的角色。但是,李肇正在阿芳身上投射的不仅仅是同情,还有对她自身性格的批判。阿芳悲

---

① 前揭李肇正:《啊,城市》,86页。

剧的部分原因在于其"不争"。她之所以能一次次吞下张先生的人格侮辱,是因为爱慕虚荣和懒惰,这使她无法挣脱对男性和金钱的依附。李肇正对阿芳劣根性的暴露幽默风趣却一针见血。例如写她雇佣两个佣人做事,"别人都喊保姆,阿芳只叫佣人。……阿芳大声地支使佣人,让一弄堂都听到。……她很少尝到支使别人的愉快,所以她一有机会就要愉快愉快。"① 写阿芳捉到张先生通奸,本来理直气壮的她被张先生的一句"离婚"吓傻了,接着"像气球一样飘了出去"②。李肇正通过这些戏剧性的场面暴露出的是一个沉重的社会问题。正如鲁迅在《阿金》中将一向报以深深同情的女性丑恶的一面展现出来一样,李肇正对待女性的态度从来都是平等的,因此对待受压迫的她们也不是虚伪地洒几滴眼泪了事,而是从社会和人性的角度对她们自身的痼疾进行深入的剖析。他对小人物和女性这种不虚美、不隐恶的态度,是真正意义上的尊重。

此外,在构造故事的过程中,李肇正总是将他人物的命运置于历史大事件当中,比如《城市生活》中的"知青"返城、货币化分房、文人下海,《兼并》《石库门之恋》中的工厂改制、工人下岗、股市开放,《语文语文》中的教改,《秦小姐》中的中外合资企业等等。他以历史大事件为经、小人物沉浮为纬,在曲径通幽处抵达历史的深处。

---

① 前揭李肇正:《城市生活》,148页。
② 前揭李肇正:《城市生活》,164页。

这种深刻可能与作者本人出身上海的贫民家庭有关,"父母亲都谨小慎微,日日掰着钱过日子"①,直到已经在文坛小有名气的 90 年代,李肇正还为母亲的医药费无法报销而发愁。这些使他能够深入体察城市底层生活的困顿和底层人物的辛酸。"生活就在你身边,亲身经历的是生活,口沿相传的是生活,过目不忘的也是生活。自己是小人物,耳濡目染的也是小人物,那就写小人物吧!这是造化,可遇而不可求。"② 这是李肇正在追逐 80 年代"现代派"、"寻根"文学流派告败后的肺腑之言③,他于是决定回归现实主义的写作道路,并且用作品事实证明了在这条路上走得扎实和长远。

〔第三节〕并非苦难叙事

因为都是描写城市小人物的日常生活,而且故事也大都以悲剧结尾,因此李肇正很容易被拿来与"新写实"作家以及以描写苦难著称的余华、刘恒等作家进行比较。

在"新写实"作家那里,作家往往把生活琐碎、庸俗的一面放大展现给人看,将他们这种对生活缺乏诗意的理解总结为生活的意义推送给读者。于是,当池莉将男性描写为只会侵占

---

① 李肇正:《漫漫文学路》,《飞天》,1997 年第 2 期,102 页。
② 前揭李肇正:《漫漫文学路》,105 页。
③ 同上,可见李肇正自述自己的文学道路。

女性身体的恶魔，爱情就被消弭了；当刘震云将社会基本单元的家庭生活描写为一地鸡毛，那渗透在平常、安稳中的温情就被消弭了；当《活着》《张大民的幸福生活》中弱者面对灾难的坚持被刻画成弱者的苟活理念时，蕴于其中的悲壮就被消弭了。这些书写带来的后果，就是文学本身对人格向上的提升功用被消弭，作品唤起的不是人们的悲悯情怀和充满希望的努力，而是对生活加倍的绝望。

李肇正却不是这样。例如在《秦小姐》《亭子间里的小姐》《姐妹》《石库门之恋》等描写两性关系的作品中，尽管女性也往往被写成被欺凌与被损害者，却不像池莉的《不谈爱情》《来来往往》《烦恼人生》《生活秀》等将两性置于激烈的敌对状态，在描写男性丑陋肮脏嘴脸的同时告诫女性男人之不可救药与爱情之不可信赖。

《亭子间里的小姐》中写一个弄堂亭子间的女儿柜台售货员小玉，她因生活所迫在女友的撺掇下到歌厅兼职，在这里遇见了气度不凡的客户白主任。白主任风度翩翩，爱与小玉谈哲学与人生，"白主任叫'皮夹子'去订潇湘馆。白主任说他喜欢出污泥而不染的林黛玉。白主任当仁不让地点了小玉。"[①] 尽管直觉告诉小玉，白主任对她的厚爱本质上与那些酒囊饭袋对她的垂涎并无不同，都是用金钱来买断感情，例如每次白主任

---

① 李肇正：《亭子间里的小姐》，《城市生活》，117页。

与小玉倾谈后,都会让"皮夹子"多付 500 元小费,但是在白主任玉树临风的外表和温文尔雅的气质下,小玉还是彻底沦陷了。她知道白主任有家室,是官员和博士,也明白自己高攀不起,就甘愿做白主任的地下红颜知己。然而偶然有一天小玉见到了白主任的太太,她终于"在庆幸中肝肠寸断"①。庆幸的是这一见让自己从那种毫无怨言地、奉献式地痴情中清醒过来,明白之前那种白费力气的痴情多么幼稚,肝肠寸断的是这清醒的代价太过沉重。

毫无疑问,作品将白主任塑造成一个自私、虚伪的情场老手,他利用小玉的纯洁满足自己的猎奇欲望,靠着从小玉这里获得的温情弥补面对妻子的自卑。他从来没有打算对小玉付出真心,所以每一次满足了欲望后就用金钱填补良心的不安。本质上他与其他嫖客无二,甚至更加虚伪。还是歌厅老阿姐一语道破真相:"小玉和白主任是风花雪月,白主任老吃老做了,小玉却动了真情。"② 在这场爱情的游戏中,男性显然是作家批判的对象,但目的却不是为了引起女性的仇恨,而是展现女性的悲剧。

李肇正写小玉这类亭子间女儿,从空间的逼仄写到她们的性格。这种写法与王安忆《长恨歌》中"弄堂"、"闺情"等篇章相似,所以小玉与王安忆笔下"弄堂女儿"性格的某些方

---

① 李肇正:《亭子间里的小姐》,《城市生活》,138 页。
② 李肇正:《亭子间里的小姐》,《城市生活》,132 页。

面非常相像①，然而，王安忆是将这种性格特征诗化，并将它提炼为上海城市精神的"底色"，李肇正则更专注于思考这种性格与女性悲剧命运的联系。作品中，小玉如莲花般的美丽、单纯，对爱情执着与有节制的追求等美好的一面被极大地展现，但同时，"亭子间"性格也成为她们悲剧的根源。"亭子间的小姐因为自己穷就最看不起穷人，这看不起里不免加缠着自卑自叹，于是就迫切地想在这新旧房夹出的一线天里凌空而起，还未飞翔却先有了折翅坠落的惊恐，所以为之幻想的难以成真而自怨自艾。这样的小姐没有眼界没有眼光也没有眼线，看着脚底下的一点点空间就迷迷糊糊地去探索和追求"②。李肇正写出这种人性的美好和无力改变命运的反差，特别令人动容。

同样，《石库门之恋》中的美芳、《姐妹》中的宁德珍和舒小妹、《傻女香香》中的香香也都是这类美好却不幸挣扎于底层的女性。美芳为了走出亭子间辗转于各类男性，希望从中找到安身立命的依靠。宁德珍虽然知道"城市就是个巨大的圈套，

---

① 李肇正写道："亭子间做小姐的闺房还是比较适宜的。小姐总会有几分娴静，目光散漫的时候，老白的墙上斑迹会漫润开来，正好让她看到海市蜃楼。小姐把一片混混沌沌的情意默默地酝酿成醇厚的米酒，醉倒了茕茕孑立的她自己。木楼梯绕个弯直冲到门口，却又一盘一曲地撇开去扶摇直上，脚步声'空空'地从楼底下响上来，好像是直奔你来，要送你一片火热的激情，却又转个弯昂扬而上，把不屑一顾留给你慢慢咀嚼。"前揭李肇正：《亭子间里的小姐》，104页。李肇正曾在《坚守与苦熬》中说自己喜欢王安忆作品，因为"她使我美丽地伤感"，从这段的描写可见他对王安忆风格的学习。
② 李肇正：《亭子间里的小姐》，《城市生活》，104页。

而且这圈套就是她的根柢。无论是如狼似虎,还是阳痿,男人都不能让她做真正的女人"①,但为了获得都市的身份证她还是义无反顾往下跳。精明的外来妹香香虽然在与城市白领刘德民的博弈中最终获胜,逼婚成功的她却驱赶不了内心的屈辱,因为在这场不平等的婚姻中,她注定永远处于被施舍的地位。这些故事都反复讲述了那些美好的底层女性的原罪,李肇正将深深的怜悯渗透到他的人物中去。

此外,面对灾难,李肇正也并非让他的人物像《活着》中的"富贵"或者《张大民的幸福生活》里的"张大民"那样张扬弱者的苟活哲学。余华让富贵经历了亲人一个个死去的悲痛后又让他一个人苟延残喘地活着,目的不是为了显示他的坚强不摧,而是彰显苟活的意义。张大民的生活困顿如是,竟还能不断饶舌贫嘴,可是并不能让人感受到人性中的坚强乐观,反倒是自我麻痹、得过且过、甘于下位的妥协。李肇正在《女工》中刻画的精业羊毛衫厂女工金妹,其人生惨烈的程度丝毫不亚于富贵和张大民,作者给她的却不是苟活或自我麻痹的药方。李肇正直抒胸臆地写出女工命运的悲惨和当权者的冷酷无情,对当权者杀人不见血的冷酷进行斩钉截铁的批判。作品结尾的那副对联是对女工一生悲惨命运的写照和控诉:

"毕生辛苦牛马数十年富贵在天

---

① 李肇正:《姐妹》,《城市生活》,385 页。

一朝得病鸡狗几个月死生安有命

横批：悲我女工！"①

回望十八、十九世纪西方批判现实主义文学思潮，司汤达、福楼拜、巴尔扎克、陀思妥耶夫斯基、托尔斯泰、狄更斯、果戈理等作家在对现实揭露的过程中，从来都没有动摇过心中爱与崇高的信念，也并不与同时代的乔治·桑以及雨果的浪漫主义情怀相抵触，他们的批判因此显得高贵、有力和善意。在列夫·托尔斯泰的《复活》中，我们总能看到人与人之间的爱与宽恕，而这部分在那个惨烈的年代甚至比批判与暴露更能打动人心，聂赫留朵夫"灵魂的扫除"②正是这种力量的表现。学者路文彬认为正是因为怀有这种浪漫主义理想情怀，这些作家们"才避免了批判冲动的无限放纵，从而保全了其批判性质的尊贵善意"③。

然而，中国90年代出现的不少文学潮流尽管都显示了立足当下、向现实主义传统的回归，但这种现实主义更多着眼于对社会阴暗面恶狠狠地暴露和批判，眼界狭窄、庸俗、缺少激励

---

① 李肇正：《女工》，《城市生活》，50页。
② "他所谓'灵魂的净化'是指这样一种精神状态：他生活了一段时期，忽然觉得内心生活迟钝，甚至完全停滞。他就着手把灵魂里堆积着的污垢清除出去……从那时起到现在，他有好久没有净化灵魂了，因此精神上从来没有这样肮脏过，他良心上的要求同他所过的生活太不协调了。他看到这个矛盾，不由得心惊胆战。"列夫·托尔斯泰：《复活》，草婴，译，上海：上海译文出版社，1996，119页。
③ 路文彬：《"恶意"冲动迷失下的写作情感依赖》，《文艺理论与批评》，2005年第6期，114页。

人心向上的力量。那些曾出现在 80 年代《哦，香雪》《老井》《爱，是不能忘记的》等作品中、带有爱与美的理想主义情怀的现实主义作品，再也难觅踪迹。

李肇正的底层叙事却不是那种完全摒弃了浪漫主义情怀的，对现存秩序鲜明、强烈揭露和批判的"批判现实主义"，也不是充当意识形态"弥合剂"的"现实主义冲击波"。有论者认为他的一系列中篇小说显示出"重返'中心'的努力"[①]。"所谓'重返中心'不是指文学重新回到经典现实主义所强调等同于意识形态权力话语的生活本质，而是指文学恢复了'现实精神'，即对现实人生进行审视和批判的精神。"[②] 的确，李肇正的作品在当时一片驳杂的文学形式中远眺西方十八、十九世纪批判现实主义和新文学伟大先驱鲁迅的批判主义传统，在深刻体察人物的喜怒哀乐、休戚与共的基础上，对其怀有着深厚的同情和悲悯，在对社会、时代和市民性批判的基础上抵达人物"灵魂的深"。李肇正现实主义的意义，在于昭示一个文明社会中，除了应该有弱肉强食、优胜劣汰的法则，更需要有对弱者的人文关怀。他的作品在一片展示苦难的底层叙事当中，由于不回避人的"劣根性"并怀有对爱、美和崇高的敬意，而显得弥足珍贵。

[①] 赵万法、陈振华：《重返中心的努力——评李肇正的中篇小说创作》，《合肥教育学院学报》，2000 年第 3 期。
[②] 同上。

〔第三章〕
与现实博弈的知识分子形象

纵观现当代文学的百年发展长河，90年代小说中的"知识分子"形象系列也是特征鲜明的"异数"，即使排在"新时期""知识分子"形象艺术长廊里相比也显得扞格不入。我们就从这个时期开始回顾一下，这个时期的"知识分子"到底"膈应"在哪里。

从卢新华的《伤痕》，刘心武的《班主任》，宗璞的《我是谁》，张贤亮的《灵与肉》到王蒙的《春之声》《海的梦》《杂色》，张洁的《爱，是不能忘记的》等频频出现在80年代中国当代文学作品中的"知识分子"形象来看，他们共同的特点就是将对个人命运的反思融入对中国历史、政治的宏大叙事中，因此，尽管表面上看来，这些作品中知识分子的精神特质与"五四"时期及90年代后的知识分子一样，都体验着内心的痛苦和灵魂的煎熬，但他们最终总能将这种原本个人化的情绪和思考上升为一种集体性的道德使命感。在这些知识分子身上，任何出于一己私欲的猥琐、人性的低下都无处遁形，因为它们总能被一种带有集体话语的崇高精神所感化。《灵与肉》中,一生都无力做出自主人生选择的"右派"分子许灵均最终靠着精神上的升华,放弃了生父指给他的享乐的生活前景,坐着马车回到大西北那用灵与肉筑成的小土屋了;《爱,是不能忘记的》中,女作家钟雨靠着对爱情崇高的信念,将人性中最美好的感情压抑一生,这一方面展示了至深的爱情,另一方面何尝不是暴露出80年代道德对人性的束缚?因此,在80年代诸如此类的叙事中,很难真正见到知识分子对个人命运的深入思考以及在幻灭和挣扎中展示的灵魂内部的搏杀。这都源于90年代的小说作家没有的人生经验,以后的作家恐怕也不会有的人生经验方面的宝贵资源。

  此外,王蒙、张贤亮等出生于30年代的"右派"作家,有着"少共"的情怀,因此,他们反思的出发点必然较少关乎知识分子的个人命运,而是关乎国家、历史命运的宏大主题。再如,上海作家卢新华和陈村,前者的《伤痕》和后者的《死》虽然都是写知识分子(后者有傅雷的影子),但卢新华写作时还是复旦大学的一年级学生,成名后即退出文坛去经商,陈村则是返城的"知青",严格意义上他们都不属于纯粹的知识分子群体,因此他们小说的视角就总是不由自主地溢出知识分子群体之外。由于诸如此类的作家们本身就面临着知识分子身份的模糊和尴尬,从而使得80年代工人和回城知青小说中并没有出现大量的知识分子人物形象。

在上述文化与人生经验被巨量使用之后，所有这一切在从80年代末到90年代初，突然失去了"文学效应"，或者用王蒙的话来说，失去了"轰动效应"——无效了。90年代写小说的作家面对的是一片新的美学天地。文学作品中知识分子形象的精神特质随之发生了根本性的变化。那种在80年代文学中秉承传统士大夫人格精神特质的知识分子形象逐渐淡出，取而代之的是一类面对社会转型期迷茫无措，彷徨于坚守人格独立与向世俗妥协两难境地的知识分子形象。通过这类人物形象，展现出的是他们的书写者——同样是知识分子的作家们面对新时代的自我身份认同危机。这当然与90年代初当中国全面进入物质实践阶段之后，知识分子所面临的精神立场的分化密切相关。"在90年代复杂的文化语境中，由于社会现实的变动以及文化空间的重新分割，知识分子的社会角色和文化功能在逐渐'边缘化'。不仅知识分子与政治意识形态之间的互动与荣誉共享不复存在，而且在'以经济建设为中心'的时代，由于人文知识分子不可能走上经济的主战场，对生存和精神处境的焦虑和失重感也随之产生，并导致了知识分子自身深刻的危机意识。"[①]

"危机"同时也意味着"转机"。这个持续阵痛的过程至今也没有结束，从阵痛中诞生的是本时期知识分子群体另类文化经验的大量的新的开拓。例如，90年代初贾平凹《废都》的横

---

① 董健、丁帆、王彬彬：《中国当代文学史新稿》（第2版），北京：北京师范大学出版社，2011，384页。

空出世,以及"告别革命"、"人文精神讨论"、"躲避崇高"、"抵抗投降"所引起的蔓延全国的一系列争论,不光具有历史标志性的意义,也是全新的一种知识分子文化经验的全新书写。相对平稳而暧昧,当时难以自我命名甚至现在也无法准确把握的所谓"新状态"、"后新时期"、"无名"的"90年代",就这样展示着自己的文学风貌。

90年代的文坛探索着自己的文化资源与生机活力,逐渐涌现了一些新的主要不再以政治文化理想而是姑且以年龄和性别划界的作家群体;与此同时,市场这只看不见的手也越来越发挥其惊人的伟力。所有这一切的合力很自然地抹消了80年代作为中国文学主体的知识分子的激昂慷慨,而使得整个90年代中国文学笼罩在集体的苦恼和忧郁的精神氛围中。90年代以来文学中的"知识分子"形象,不再是政治和阶级的概念,而充满变数,但无论他们呈现怎样的万般变化,在精神上与现实世界进行博弈,并在此过程中深陷"苦难"、"苦恼"或"忧郁",成为了他们共同的文化标签和精神内核。上海文学中的知识分子形象也不例外。

〔第一节〕"苦恼"与"苦难"中的知识分子

所谓转型期所带来的阵痛与不适,普通群众并没有明显的感觉,或者他们即使有感觉也缺乏表达的语言,但是知识分子群体则清醒地意识到、并由此而逐渐在他们的精神世界里滋生出一种噬人的痛苦。

赵长天写于90年代初的长篇小说《天命》以某地社会科学院评职称的事件为背景,表现了社会转型期知识分子世界的变化。作品中有两个主要人物,一个是在学术上颇有建树的助理研究员丁章。他性格内敛,不善交际,本应是中级职称评选中炙手可热的候选人,却最终败下阵来。另一个是他的同事钱伦理。这人在学术上投机取巧、乏善可陈,却在职场上长袖善舞、善于钻营,在与企业、社会团体和政府的交往中,为单位争取到了许多实实在在的利益,帮助转型期的文学所渡过难关。这两人在职称评定上的竞争将新时代对旧的学术评价体系提出的挑战推向前台。这个重要的职称指标,究竟是应该给名副其实的学者丁章,还是给文学所的"救星"、"能人"钱伦理,就成为了一个挑战理智与情感的时代难题。最后,当所有人举棋不定、无计可施的时候,大家选择了一个荒唐透顶的解决方案,那就是继续延聘现任所长,使本应空出的职称名额蒸发——就是谁也别想得到好处。

小说写了坚守学术阵地的书呆子丁章是如何受到残酷现实的重重打击的。在评选职称前,为了让自己叫好不叫座的学术专著在商业化一枝独秀的形势下顺利出版,他不得不委曲求全,花钱请客疏通与出版社的关系,甚至书名也差点儿被改成《色戒》这样一个充满情欲色彩的名字。他顶住了这样的侮辱,却不得不放下知识分子的身段到企业拉拢关系,请求为对方撰写赞歌式的报告文学,顺便为自己难产的著作寻找出路。在现实面前,他所谓"对一个人来讲,顶顶重要的是自尊心"①的信念一步步坍塌。丁章非常苦恼。尽管最后对于那个荒谬的结果他表现出了看淡一切的"真君子"风度,但面对儿子与自己相反的人生选择却换来立竿见影的实惠时,他怎么都无法释怀。儿子放弃高中就读烹饪职业学校,在个体户那里打工实习来钱很快,不久就让父母吃上了在那个年代还属于奢侈品的火腿,但是美味当前,内心苦涩的丁章却无论如何都下不去筷子。

  当然,作品中现任文学所副所长秦维宏也很苦恼。他年富力强、家庭稳定、为人正直,正处于事业上升期,是文学所呼声最高的所长接班人,但是在面对错综复杂的人事关系时,他遭遇了与丁章同样的心灵拷问。社会转型动摇了以往坚不可摧的职称评定标准是他所不情愿的,但社会转型带给学术机构的生存压力也只能依靠钱伦理这样的人去解决。秦维宏的人生价值体系受到了前所未有的挑战,他同样是"苦恼"的。最后,他亲自请示上级将职称评定事宜延滞,实在是无奈之举。此外,在个人的感情生活中,年轻同事施宁的主动示爱唤醒了他的内心,使他突然意识到自己的家庭生活早就徒有虚名。各怀

---

① 赵长天:《天命》,上海:上海文艺出版社,1993,7页。

心思的三口之家早已空洞乏味，然而，尽管在施宁那里找到了精神的寄托，但他还是找不到最终的人生出口。

《天命》中，秦维宏和丁章的"苦恼"都是具体而有形的，但他们对酿成这"苦恼"的根源却缺乏清晰的认识。借用作品中某人点拨秦维宏的话："现在的事情，跟我们过去不一样，说不清楚，也不能太顶真。"① 这种含混的态度其实也投射出作者赵长天对现实的看法同样没有把握。赵长天塑造钱伦理这一人物形象时，一方面让他的八面玲珑在知识分子的世界中显得庸俗不堪，另一方面又写他真是玩转新时代的"能人"。作品结尾，当文学所策划成立的学术界新闻界企业界联谊会遭遇到阻力时，所有人又都寄希望于"看钱伦理的了"②。

赵长天1976年从军队复员进入工厂，1982年进入作协体制内成为专业作家，他的一系列作品都紧贴现实生活，是对时代的反映。用他自己的话说："我们这一代人，伴随着社会政治生活的起伏跌宕，画出40多圈年轮，我们身处动荡变革的社会，我们从骨子里形成了对社会生活的关切。"③ 这部作品也不例外。作者敏锐地发现了转型期知识分子世界的风气之变，但他显然并没做好应对的思想准备，故而显得迷惑和苦恼。因此，在作品的"后记"中，赵长天强做乐观地将凡此种种理解

---

① 前揭赵长天：《天命》，100页。
② 前揭赵长天：《天命》，230页。
③ 前揭赵长天：《天命》"后记之二"，232页。

为转型期昙花一现的学术怪相,认为这个"奇怪"而"荒诞"的故事"几十年以后大概不会有了。那时候的人们如果想了解他们的父辈所经历过的这件多少有点奇怪的事情究竟是怎么样的,可以找到一篇小说来看一看"①。可见,他是怀着写"历史"的态度去记录当时的"当下"的。没想到的是,如今当作为读者的我们早已对此类现象见怪不怪、习以为常的时候再来重温这部作品,就会发现渗透于这部作品内外的"苦恼"心绪,正是对那个时代知识分子精神开始发生本质性裂变的珍贵记录。

出生于50年代的"知青"作家孙颙在90年代写了《雪庐》《烟尘》《门槛》三部小说,希望表现一个世纪知识分子的精神历程。其中,《雪庐》的时间跨度最大,从辛亥革命一直写到90年代,共计八十多年。这部写于90年代初的作品通过林金洋、林若希等林家四代人物的命运沉浮,展现乱世中知识分子的精神反思。第一代知识分子林金洋学贯中西,与妻子一起积极参与推翻帝制的运动,他的身上带有中国清末民初以康有为、梁启超为代表的一代知识分子的精神特质。当革命遭遇挫折,林金洋的妻子和岳父一家惨遭杀戮,他带着子嗣逃命到了上海。修建"雪庐",是经历了血的洗礼后的林金洋对现实与命运的重新思考。他希望"雪庐"成为自己家族的精神丰碑,让

---

① 前揭赵长天:《天命》"后记之二",233页。

自己的子孙后代从中源源不断地汲取力量,在风云万变的乱世中保存独立的人格。林金洋临终前对林若希的一席话是理解作品的关键:"要想自立于乱世,便要不求闻达,不攀龙附凤,唯靠自己实力奋斗。经济家的资本是钱,读书人的实力是知识。可居庙堂之高,也可处江湖之远,进退自如,方为本事。"① 因此,他的儿子林若希尽管在"文革"中背负沉重的包袱踟蹰前进,但当岁月稍稍安好,"雪庐"显示出一点太平迹象之时,就手书"国家恢复方略"再次谏言。

然而,从林若希以外的林家的其他子孙的命运来看,对"雪庐"精神的传承何其艰难。林金洋的另一个儿子林若白在1927年革命陷入低潮后被列为国民党的通缉对象,被迫流亡日本,最后竟沦为一个日本饭店女老板的情欲工具。第三代"聿"字辈的林聿修才华横溢,在年轻时就显现出势不可当的发展势头,但在60年代的动荡岁月中,他阴差阳错地被扣上了漏网"右派"的帽子,使大好的前途沉沙折戟。第四代"家"字辈的儿孙们则在"文革"中干脆被剥夺了受教育的权利。

这四代人不尽相同的"苦难",表面上似乎是作者刻意书写的一部"雪庐"的衰落史,其实未必如此。通篇来看,《雪庐》的基调不仅不悲伤而且颇为振奋。原来,以上种种"苦难"都是在为之后的"希望"做铺垫。林家第三代人林聿修就是这个

---

① 孙颙:《雪庐》,《雪庐 烟尘 门槛——知识分子的一个世纪》,上海:上海文艺出版社,2005,15页。

希望的化身。作品的结尾,遭受不公命运的他终于被海外的林家姑爷廖空发现。虽然健康原因阻碍了他重放异彩之路,但是在他精神的感召下,原本浮躁的林家第四代儿孙们幡然醒悟,重新拿起书本,以各种方式续写新时代的"雪庐"精神。

《雪庐》在大跨度历史书写中展示的林家数代人一以贯之、挥之不去的精神苦难,本应是作品最有分量的部分,然而,隐藏在"希望"中的明朗基调稀释了这份沉重。作品中,林金洋、林若希的经历和思考被简化为流水账般的记录,他们的人生感悟虽令人动容,却显得充满优柔的诗意而缺少悲剧的力量。

其实,《天命》也好、《雪庐》也好,其中所表现的知识分子的"苦恼"或"苦难"虽然像"包藏在这么一个渺小的躯壳里,就连白天打着火把也看不见"① 那般暗暗地啃噬人心,但其实都源自一种对所处时代宏大集体话语的回应,带有很强的集体性经验。可惜,无论是秦维宏、丁章还是林家的子孙,都未曾想明白这些痛苦源于何处?于是这进一步带来了他们个人情绪上的焦虑,有的时候甚至表现为失意的怨气。他们的"苦恼"和"苦难"是缺乏深度的,既少了一些对时代深度的精神回应,也少了个人犀利而深刻的自省意识,因此显得浅薄而空洞。正是在这个意义上,《雪庐》中与"苦恼"相伴而生的"希

---

① 契诃夫:《苦恼》,《契诃夫精选集》,李辉凡编选,济南:山东文艺出版社,1997,35 页。

望",也同样是空洞而乏力的。

〔第二节〕"忧郁"的知识分子

90年代以来上海文学作品中不同的知识分子形象,说明作家们采取不同的策略应对这个无可名状的时代。当赵长天、孙颙让笔下知识分子的"苦恼"和"苦难"是那么的欲说还休时,与他们同龄或更早的一些作家比如杨剑龙、王智量则让笔下的知识分子绕过这些说不清道不明的现实"烦恼",将视线投向历史。他们从自己丰厚的"知青"和"右派"经历中汲取养分,在长篇小说《汤汤金牛河》和《饥饿的山村》等作品中再续"知青"和"右派"文学的书写,并使之呈现出亲历性、拷问人性的新时代特征①。相比于现实的纷乱复杂,他们更愿意回到与自己有血肉联系的"知青"岁月,选择更有把握的历史展开思索。

然而,对于一些"60后"作家而言,充满了政治文化激情的80年代才与他们有着特殊的血缘关系,因为这个时代承载了他们全部的青春记忆。如果说出生于四五十年代的作家心中尚且有一个更早的历史记忆可以用来抵抗虚无的现实,那么对于在"文革"中虚掷了少年时光的"60后"作家而言,80年

---

① 之所以说是新时代特征,是因为这些作品既不像80年代梁晓声、韩少功、张承志的"知青文学"那样充满理想主义,也不像刘醒龙、李锐等的新历史主义叙事,而是更注重在平淡的情绪中进行深邃的人性拷问。

代,就是他们应对新时代精神危机唯一的历史凭借。但是对于80年代的追忆一方面带给他们精神安慰,另一方面却让他们更加强烈地感受到90年代以来的现实带来的不适,于是,在上海一些"60后"学院作家笔下,诞生了一类看起来与90年代的时代气氛格格不入的、具有"忧郁"气质的知识分子形象,而他们在某种程度上也是作者自身精神危机的写照。

格非《欲望的旗帜》就是围绕这样一群人展开的。哲学系副教授曾山的一篇论文《阴暗时代的哲学问题》在导师贾兰坡的阻挠下无法在权威哲学会议上发表,这使二人心生罅隙,形成了一种微妙的师生关系。而实际上,除了与导师,曾山与父母、妻子、女儿、情人张末等人的关系也都令他沮丧。父母畸形的恋爱,与妻子无爱的婚姻,与张末虚虚实实的恋爱,这一切令他的世界充满了陌生、谎言、猜忌。曾山对"存在"本身产生了怀疑。他长期遭受失眠的煎熬,无论白天还是黑夜,都处在一种"抑郁而失重"的状态中。"他不知道,除了可以预知的死亡之外,还有其他什么方式能够帮助他摆脱肉体、情感以及意志的羁绊,挣脱那些他所憎恶的人,所有的人。"[1] 他寄希望于在这次哲学会议上能解决一些人生哲学上的困惑,却最终证明是徒劳的。导师自杀、师兄疯狂、会议赞助商邹元标被捕,一场声势浩大的哲学会议最终以闹剧的形式告终。最后,

---

[1] 格非:《欲望的旗帜》,沈阳:春风文艺出版社,2005,107页。

曾山来到自己从未亲近过的女儿珊珊那里，希望从父女亲情中寻得一丝温暖的希冀。

曾山的情人、浪漫主义者张末也是这样一个"忧郁"的生活的失败者。她从小就幻想着心中爱情的模样：一个看不清面孔的男人朝她走来，一声不吭地握住了她的手，说走吧，我们回家。在这样的幻想中，音乐教师、药剂师、曾山和邹元标都先后被对号入座，但都以失败告终。就像梦中的她始终买不到心爱的背带裤一样，她永远无法在现实中找到那个梦中的男人。张末最后成了一个充满自我矛盾的、孤独的人，尽管深深眷恋着曾山，却始终不愿与他的肉身相见，而只愿在书信中满足自己对爱情的畅想。

曾山的师兄子衿以及导师贾兰坡的"忧郁"则是深埋在开朗的外表之下的。子衿始终无法分辨真实和幻觉，因此不得不生活在谎言的世界中，最后自我分裂而疯狂。德高望重的贾兰坡教授深深受到理智与欲望的纠缠，在电影院中，他一边与年轻的女资料员调情，一边为电影中的贝多芬交响曲泪流满面，这种无法自拔的分裂使他最终走向自我毁灭。曾山、张末、子衿、贾兰坡一边不断遭受欲望的蛊惑，一边在自我觉醒中对这种欲望和庸俗进行抵抗，但是就如同人类企图揪着自己的头发逃离地球一样，这种抵抗注定是徒劳的。他们是"欲望"挑战之下的"困兽"，以悲剧的结局证明了凡夫俗子的悲哀。就如同这个被商人邹元标操控的哲学会议所隐含的讽刺意味一样，格非通过作品表达了对人类一些努力的嘲讽,并在嘲讽中寄予了深深的同情。在这种浓郁的悲剧气氛的映衬下,格非最后赋予张末和曾山的那些带着些许暖意的玫瑰花、旧磁带、幼儿园的琴声和儿童的游戏等元素,就显得十分牵强。

在新世纪第一个十年的尾声,同济大学中文系教授张生出版了长篇小说《倾诉》(2010),这部作品通过"忧郁"的知识分子形象,表达"60后"知识分子对80年代"黄金时代"的缅怀。张生是一个很高产的作家,而且总喜欢在作品中将80和90年代叠印在一起,但在这一点上,做得较为成功的还是《倾诉》。

《倾诉》的主人公颜回显然借鉴了鲁迅"狂人"的意象。"狂人"在发病时看到满纸的"吃人"二字,病好后却深悔当初,远赴他乡追求仕途经济。失踪前的颜回也是物欲时代郁郁不得志的另类,他因为对80年代理想主义岁月的无限追怀而陷入彻底的苦闷和绝望,于是终日在酒色欢场中挥霍生命。"在这个假货市场里,他(颜回)就是那个想买到真东西的人。他没有意识到,他手里的那点钱已经不足以买到真正的东西。也可能,他手里根本没有这个时代所需要的钞票,甚至连一枚分币——用上海话来说,连一个角子也没有。"[①] 那些代表着80年代的物象——西蒙·丹佛的唱片、"汉译世界名著"、《鲁迅全

---

① 张生:《倾诉》,北京:中国青年出版社,2007,219页。

集》以及一直伴随他左右的樟木箱,都指向被迫陷入物欲时代的颜回这个孤独而骄傲的灵魂。他终于被人视为"疯子"送到了精神病院。而在上海那五光十色的欲望欢场中,这样一个旧时代灵魂的消失,除了引起爱慕他的乡下妹子一荼的紧张外,没有吹起其他任何人心中一丝一毫的涟漪。这个曾经的"云霄里的王者"注定要被嘲笑他的时代弓手打败。果不其然,三个月的药物,治好了"狂人"颜回,让他顶着一个同常人一样麻木而迟钝的脑袋重返现实生活,他说"不想再像过去那样混了"①,并厚颜无耻地接过了老赵递过来的一张可透支无限物质欲望的信用卡。至此,我们知道那个曾经的"狂人"真的已经死了,唯有那头上抹不去的一缕白发,为这个曾骄傲战斗的灵魂唱着最后的挽歌。

与之相对,"我"——张生(作者喜欢在作品中使用自己的真名),却在寻找颜回的过程中、在与金人美和林珊的两性关系中,重新发现了自我。金人美是张生曾经的恋人,承载着张生对80年代的美好回忆。她的再次出现,让张生明白自己在多年的浪荡生活中并没有忘却初心,但是,在世俗的映照下,金人美的形象却显得极不真实,"我觉得照片上的那个她比现实生活中的她更为真实"②。长久麻木而世俗的心一时间无法适应金人美所代表的美好。后来,当张生逐渐从金人美和颜回身上找回

---

① 张生:《倾诉》,北京:中国青年出版社,2007,349页。
② 张生:《倾诉》,北京:中国青年出版社,2007,122页。

赤子之心，并寄希望于到普陀山整饬心情时，却得到了金人美的死讯。金人美的死，代表了她身上所蕴含的理想主义时代的爱与牺牲永远逝去。结尾，张生站在码头，意外地看到了林珊与现任小男友幸福的背影。林珊身上体现的无疑是与金人美相反的、90年代最潮流的生活方式和最经济的幸福选择。作品留下了一个悬念，面对这样的结局，张生是会在"铁屋子"中继续颜回未竟的事业、独自反抗无处不在的虚空？还是像颜回一样逃向疯人院，洗心革面，与众生一起满足地昏昏睡去？

"张生"和"颜回"的"忧郁"，来自"重返80年代"而不得的心绪，是他们所代表的60年代出生的知识分子用来抵抗90年代愈演愈烈的物欲挤压，守护精神家园的一剂虚弱的药剂，但是，在强大的世俗现实面前，金人美的死亡、颜回的"新生"、一茶的崩溃、林珊的离弃，都明明白白指向与理想背道而驰的路。对张生、颜回以及由其所代表的整个"60后"知识分子而言，"忧郁"气质所承载的，是如同"to be, or not to be"一样纠缠哈姆雷特的母题。

顺便指出，作为一个小说家，张生在"学艺"阶段曾经是"南京青年作家群"一分子。但他的作品几乎一律纠缠于80年代转向90年代漫长的几乎无法终结的痛苦转型，这使得他的作品难以踏踏实实落到90年代上海生活的地面，总是悬在半空，从而与他的"南京青年作家群"昔日的伙伴或师友们的风格大异其趣——后者最大的特点就是出色地描写了90年代至今失去精神和物质双重优势的落难知识分子,也就是后来所谓的"屌丝一族"与当代南京市民气的世俗生活的高度融合,从而在90年代以来的中国文坛挺立起一道不容忽视的风景。而从南京来到上海的张生虽然想进入90年代上海的现实世界,但空间的巨大转换带来的不适令他不得不继续沉溺于昔日伙伴和师友们纷纷克服了的、由80年代到90年代的时间转换的不适。空间转换的不适反过来导致时间转换的不适在张生作品中被无限拉长,他的作品在内容上因为缺乏上海城市生活的具体细节而显得苍白虚假,与之相对应的则是他仍然深陷于80年代的某种文学趣味,特别是后期南京青年作家们迅速与之"告别"的"先锋文学"的形式游戏。无法设想如果张生继续留在南京会是怎样,但我们在现实中看到的确乎是"南京青年作家群"一份子张生"转会"到上海之后始终无力摆脱甚至难以诉说的悬空和错位的苦闷。但这也几乎意外地造成了90年代以后"上海文学"的一个很不错的象征。

别尔嘉耶夫曾诠释"忧郁"所揭示的是"对日常世界的神圣的不满和对另一个更高世界的渴望"[1],"忧郁是指向最高的世界,并伴随着地上世界的毫无价值、空虚、腐朽的感觉。忧郁面向超验的世界,但同时它又意味着不能和超验世界汇合,意味着在我和超验世界之间存在着鸿沟,为超验世界而忧郁,

---

[1] 别尔嘉耶夫:《论人的使命》,张百春译,上海:学林出版社,2000,235页。

为与地上世界不同的另一个世界而忧郁,为超越地上世界的限制而忧郁。它也影响到在超验世界面前的孤独。这是我在这个世界的生活和超验世界之间达到最紧张程度的冲突。忧郁可能激起神的意识,但它同样也是被神抛弃的感受。"[1] 以上作品中人物的"忧郁",正是他们以不肯合作或无法合作的态度抵抗世俗社会的方式,他们在这种不合作中一方面品尝了无法想象的痛苦,另一方面也使得自己至少在虚幻中抵达个体的精神自由。从这种意义上说,上述这些"忧郁"的知识分子虽然在现实中都是失败者,但也许有一天真的能迈向人类高贵的精神阶梯。

〔第三节〕从"堂·吉诃德"到"多余人"

"张生"、"颜回"以及上述曾山、张末身上所具有的"忧郁"气质,在20世纪第一个十年的新文学干将身上普遍存在。"在新文学第一个十年,笼罩于整个文坛的空气主要是感伤的。新作家们很少不曾表现苦闷感、孤独感、彷徨感。以小说而言,初期最有影响的'问题小说',如冰心的《超人》、许地山的《命命鸟》、王统照的《沉思》、叶圣陶的《隔膜》、庐隐的《海滨故人》等等,在追求探讨人生究竟时,也都诉说着感伤

---

[1] 别尔嘉耶夫:《论人的使命》,张百春译,上海:学林出版社,2000,231页。

的情怀。后起的'乡土小说'如彭家煌、许杰、蹇先艾、许钦文、王鲁彦等人取材故乡生活的作品,虽然偏于写实,但也都无不隐含着乡愁。以郁达夫为代表的'自叙传'抒情体小说,如《沉沦》,以及冯沅君(淦女士)的《隔绝》,王以仁的《孤雁》等等,表现当时知识分子精神的追求与痛苦,更是不厌其烦地咀嚼伤感。"① 彼种"忧郁"与此种"苦闷"、"孤独"、"彷徨"的气质异曲同工。

  90年代上海小说中这些具有"忧郁"气质的知识分子形象大都出自上海的学院作家之手。格非和张生都在90年代大学毕业后留沪任教,此外,上海大学葛红兵《沙床》(2003)中的诸葛、复旦大学王宏图《风华正茂》(2009)中的刘广鉴、复旦大学谈峥(谈瀛洲)《灵魂的两驾马车》(2015)中的长根以及原复旦大学教师、现为自由撰稿人廖梅《象牙塔下》(2012)的林健康等,也都是这类"忧郁"的知识分子。这些作家长期在大学校园生活,对身边绕不开的世俗生活有着切肤之感或切肤之痛,然而与新文学干将那些具有"自叙传"性质的作品所透露出的个人主体意识崛起的"忧郁"气质相比,他们笔下知识分子的"忧郁"更多是杨柳扶风式的悲戚。

  葛红兵在那部畅销却引起很大争议的作品《沙床》中,塑

---

① 钱理群、温儒敏、吴福辉:《中国现代文学三十年》,北京:北京大学出版社,1998,26页。

造了一个"白天不上街、晚上不看新闻"[1]、"不大容易被那种所谓的大时代气息感染"[2]的诸葛教授。他所在的哲学系在男女比例失调的情况下将进行一场人事改革,在这一过程中,尽情暴露出知识分子龌龊丑陋的嘴脸。所谓人事的去留,不过是靠学术垃圾的数量和个人在错综复杂的关系网中的位置来决定的,对此,诸葛教授深感无聊和绝望。另外,来自家族遗传的肝病像幽灵一样缠绕着他,对死亡的恐惧使他惶恐而焦虑,"我的心在黑夜的荒野上,指路的明灯并没有出现"[3]。王宏图《风华正茂》中的刘广鉴是外文系的副教授,他一边亲身参与老同学、现任学院领导张伟戈的学术腐败游戏,一边不时因内心的纠结而在公开场合屡次拆台。对于自己的女友兼情人莉莲的商业市侩气,他也诸多看不惯,但在情欲的召唤下又欲罢不能。文本中不时用黑体字插入这位蒙田专家与自己内心的对话。在小说的题辞上,作者引述莫扎特《魔笛》中的诗句:"喔,黑夜,你何时消失呢?我何时能够在黑暗中找到光明呢?"[4]

同样,廖梅在《象牙塔下》塑造的林健康是高校历史系的学术新秀,他对同事、知名学者贾路道的自私虚伪深恶痛绝,然而尽管多次反抗,但面对已然形成的庞大的学术官僚机制还

---

[1] 葛红兵:《沙床》,武汉:长江文艺出版社,2003,1页。
[2] 同上。
[3] 前揭葛红兵:《沙床》,162页。
[4] 王宏图:《风华正茂》,上海:上海文艺出版社,2009。

是感到缺少同道的孤单和无力。工作环境的黑暗、与妻子的隔阂，尤其在经历了妹妹健花的自杀、哥哥健壮与妹夫的畸形恋爱后，林健康处于崩溃的边缘。为了逃避，他选择到日本访学，并在这里爱上了留学生张虹帛。可惜他根本承受不住对方在青春期黑暗历史中累积的负面情绪，结果落花有意，流水无情，对于这位网上著名的"粉红高潮姐姐"张虹帛而言，林健康只是报复男性、寻找丢失的性高潮的众多试验品之一。张虹帛最终在对性高潮的探索中暴毙。绝望的林健康又来到了美国，结识了博士后江来，再次坠入情网。在江来的爱与宽容中，他终于重新燃起生活的激情。但不幸的是，脱胎换骨的"新人"林建康回国后却连续遭受一系列的打击，课题申请受挫、前妻陈小兰在网上受到攻击成为众矢之的，自己也莫名其妙地卷入一场学生策划的青春残酷游戏中，最后死于非命。林健康最终还是失去了美好的江来（谐音是"将来"）。

在《灵魂的两驾马车》[①]中，长根的精神轨迹向我们展示了一个孤独的知识分子被现实摔打得头破血流的惨相。怀抱着对文学的热爱和理想主义情怀的大学著名教授长根被琐碎的日常生活淹没，在日复一日的做饭、带孩子中耗费掉了所有的时间、激情和灵感。面对与妻子素芬日益加大的精神隔膜，他感到生活的无意义，但是又无法挣脱，直到遇到女作家文艳。文

---

① 谈瀛洲：《灵魂的两驾马车》，上海：上海文艺出版社，2005。

艳身上有着长根所缺少的对生活目标义无反顾的追求，这令长根为之心动，但是后来，长根发现文艳身上曾令他兴奋的一切另类的文化元素都只不过是她贴在时髦消费生活上的标签，于是大失所望。长根主动提出分手，却遭到了文艳各种卑劣手段的报复。而另一方面，出轨的败露也加速了他与妻子素芬的分离，夫妻双方以精神折磨度日。面对人生的遭际，无处逃避的长根偶尔与同事谷薇交流苦闷的心事，并逐渐发现这个温柔智慧的女子身上的魅力，然而屡次受挫的他不敢也不想再涉足爱情。作品结尾，面对谷薇的真情告白，犹豫再三的长根还是决定再给自己一次冲破自我的机会。长根是一个戴着镣铐在世俗生活中跳舞的人，他屡次为摆脱枷锁付出努力却最后还是深陷世俗的泥潭中。

　　面对现实的困境，诸葛、刘广鉴、林健康、长根们始终缺乏应对的能力，他们只是悲悲戚戚地哀叹，却找不到一条适合的自我救赎之路。长根远渡加拿大的妻子皈依了宗教，他却无法从牧师的讲经中获得人生的启示。长根一方面在怀疑中遭到众教徒的厌恶，另一方面又无法借助任何力量冲破生活的重围。刘广鉴对自己的弱点看得很清楚："看看清楚，我是个混蛋，是头蠢猪，大笨熊——你还是在躲躲闪闪，最主要，最主要的是，你是个懦夫，一个浑身长着软骨头的懦夫。"[1] 而面对

---

[1] 前揭王宏图：《风华正茂》，83页。

随时可能到来的早逝，知识分子诸葛教授既没有老庄"无为而治"的达观、孔子"朝闻道，夕死可矣"的胸怀，也没有郁达夫自我剖白的勇气，更没有鲁迅笔下"黑色人"与"过客"那种绝望而决绝的战斗姿态。

也许正是如此，他们于是不约而同地想到通过情欲和性作为"反抗压抑的手段"①，通过这种"至高无上的律令"②，让自己笔下困兽般的知识分子找到解开人生枷锁的钥匙。

这些知识精英身上总是散发出颓废和放纵的气息。诸葛、林健康、刘广鉴等无一例外都耽迷于女色，但显然，这个性爱的出口也无法通向慰藉心灵的彼岸世界。欲望就像一个个没有尽头的黑洞，将他们纷纷送往绝望的末路。诸葛在张晓闻、裴紫、罗筱等人之间穿梭，却始终无法找到心灵的寄托，他觉得"做爱并不能解决什么问题！那一刻也许是好的，过后，茫然还是茫然，孤独还是孤独，伤感还是伤感"③。刘广鉴一方面对莉莲的世俗气息不能忍受，一方面对其身体的诱惑无法抵抗，在这不清不爽的关系中，之前看不惯张伟戈的他最后与之同流合污，同样禁不住女色的诱惑而中了圈套，落得被劫持的下场。林健康与庸俗的妻子离婚后，在日本遇到留学生张虹帛再次坠入情网，对方那谜一样的经历和气质深深地令他沉醉。他

---

① 葛红兵：《为二十世纪中国文学写一份悼词》，《芙蓉》，2000年第1期。
② 王宏图：《都市叙事与欲望书写》，桂林：广西师范大学出版社，2005，173页。
③ 前揭葛红兵：《沙床》，35页。

疯狂地追逐，甘愿沦为对方实验"性高潮"的工具，但换来的却是感情再一次的幻灭。对长根而言，无论是草率地与素芬成婚、还是出轨文艳，其实都是他试图奔向精神自由的努力，体现了他精神的高贵，可惜，这种高贵在现实生活中无处安放，它要么被平庸的日常生活收编，要么被低级的情色诱惑利用。无论对素芬还是对文艳，性对于长根而言都始于相许以身的高贵的爱情，却终于彻底的失望。"苦难未被认清，爱情未被学习"①，里尔克的这句诗拿来为这些"忧郁"的知识分子画像再合适不过。

显然，这些"忧郁"的知识分子与90年代"人文精神大讨论"的语境形成或远或近的呼应。若干年后，当这场大讨论的发起人王晓明回顾这场讨论时说："社会的巨大变动，和与这个变动联系在一起的知识界的非常深的困惑和怀疑，这就是当时人文精神讨论的基本的社会和思想背景。"②"第一，是一个基本判断：当时中国的文化状况非常糟糕，可以说是处在严重的危机当中。第二，作为这个危机的一个重要的方面，当代知识分子，或者就更大的范围来说，当代文化人的精神状况普遍不良，这包括人格的萎缩、批判精神的消失，……第三，为什么精

---

① 里尔克：《致奥尔弗斯的十四行（之十九）》，《里尔克诗选》，绿原译，北京：人民文学出版社，1996，515页。
② 王晓明：《人文精神讨论十年祭》，《上海交通大学学报（哲学社会科学版）》，2004年第1期，12页。

神状况这么差？从知识分子（文化人）自身的一面看，主要问题就是丧失了对个人、人类和世界的存在意义的把握，也就是说在基本的价值观念方面两手空空，自己没有基本的确信，因为没有基本的确信，所以精神立场是东倒西歪的。"①

比起其他省份的作家例如贾平凹、李锐等人，上海的学院作家对90年代知识分子精神危机的描绘显然缺乏深度。贾平凹的《废都》通过庄之蝶的性爱经历、周敏的埙声、收破烂儿的老头儿的谚语和被剥了皮的老牛，还有对一大批与庄之蝶尔虞我诈又彼此吸引的"文化人"，以及庄之蝶周围众多女性形象的塑造，共同构建的是西京这个无可救药的"废都"。身处其中的庄之蝶在强烈的感官刺激下沉沦与挣扎，却终于无法摆脱失语后的绝望。"庄之蝶一心要适应社会到底未能适应，一心要有作为而到底不能作为，最后归宿于女人，希望他成就女人或女人成就他，却谁也成就不了谁，他同女人一块都毁掉了。"② 庄之蝶的悲剧某种意义上投射的是贾平凹的悲剧："贾平凹的悲剧也不在于他只能在这种绝境中、在中国当代灵魂的毫无希望的生存状态中'安妥'自己的灵魂，而在于他无论如何也还是想要使自己的灵魂在世俗生活中寻得'安妥'这一强烈的愿望本身。这也就是对那曾经一度那么妥帖辉煌、而今早已被废弃的

---

① 王晓明：《人文精神讨论十年祭》，《上海交通大学学报（哲学社会科学版）》，2004年第1期，13页。
② 贾平凹：《十年一日说〈废都〉》，《美文》，2003年第4期，66页。

灵都的无限留恋、无限伤怀。只有在这种留恋和伤怀中，他才感到自己内心仍然保留着一股温热的血脉，一种人性的赤诚，一番超越当下不堪的现实之上的形而上的感慨。"① 因此，作品是深刻的。

对照来看，诸葛教授们的形象却与他们塑造者的文学宣言大相径庭。曾与整个20世纪中国文学较劲的葛红兵在那篇掀起轩然大波的《为二十世纪中国文学写一份悼词》中，把从鲁迅、丁玲、沈从文到钱锺书、赵树理、贾平凹、张承志的所有作家逐个批评，所持的标准其实只有一个——人格的低下不配拥有高尚的文字。与之对照，他发表于《小说评论》1999年4至6期的长文《世纪末中国的审美处境——晚生代文学论纲》中，在批判了"晚生代"作家颓废、慵懒的"午后的审美"趣味之后，正面表达了自己理想中的知识分子形象，就是那种在"文学文本的有限性中让我们看到历史的无限意志，并且同时让我们看到自己在其中的宿命以及对于命运的悲剧性抗争。"王宏图在诠释自己这一代人时说："我们身上的浪漫情怀在这个大规模数码复制时代不可避免地会被人视为无可救药的堂·吉诃德式的幻梦，一种散溢着浓重的腐朽气息的怀乡病，仅供博人一笑。但也正凭借着这种情怀，在某些时刻，我们顽强地保留着

---

① 邓晓芒：《废弃的灵都》，《灵魂之旅——九十年代文学的生存境界》，武汉：湖北人民出版社，1998，78页。

说'不'的权利。"①

可惜的是，当他们提起笔来想要笔下的人物做一个物欲时代的堂·吉诃德的时候，却一不小心得到了一个时代的"多余人"。诸葛、刘广鉴、林健康、长根们哪一个没有"卓越的才能"和"伟大的抱负"？可惜，当他们看出现实的弊病、在事业和爱情上屡屡受挫的时候，这"才能"和"抱负"却完全失去了效力，不仅不能激发出他们的智慧来寻求改造社会和解救自我的突破口，相反，却给了他们愤世嫉俗中堕落的借口。带着这种特有的精神创伤，他们的耽迷性爱看似是一种"高贵"的堕落，实则充分暴露出这类人的软弱，所谓"思想上的巨人，行动上的矮子"。

而某种程度上，这些人物形象之所以从"堂·吉诃德"滑向了"多余人"，与作家的心态不无关系。同鲁迅在《在酒楼上》和《孤独者》中塑造的吕纬甫和魏连殳这两个"多余人"相比，上海的这些热衷写知识分子的学院作家缺乏的是前者无情的批判精神。在《沙床》的结尾，裴紫将匕首插入自己的心脏，陪同无药可救的诸葛教授一同死去，这种殉情的结局虽然惨烈，却是作者竭尽全力给予这场爱情的一个最好的交待，恰恰是这剂看似悲壮的精神毒药，暴露出作者对诸葛煞费苦心的最后的拯救。《象牙塔下》的林健康最后死了，但"江来"腹中

---

① 王宏图：《关于我们这一代人》，《上海文学》，1997年第11期，80页。

的孩子却预示着他的精神得以延续。《灵魂的两驾马车》的结尾,作者还是愿意再给屡遭爱情挫折的长根一次机会,所以,当长根接受了谷薇的表白、决定留宿她家的那一刻,就意味着作者对长根的精神力量仍抱有希望。这些作者始终不忍心对自己作品中的"多余人"痛下杀手。正如王宏图所言:"从精神上来说,我们特有的经历使我们格外地犹豫不定。生活对我们像是一场梦幻,有其不可承受之轻。从某种意义上说,我们是多余的一代人。"①

郜元宝在与廖梅关于《象牙塔下》的通信中委婉地对作品进行了批评。他说这样的写作只是浮泛地描述了"高校温吞水的人情世故",而对于知识分子世界"灵魂深处不敢轻易表露而转化为每天的内耗这一实情",缺乏对"人性拷问应有的残忍"。至少从作品看,包括格非、王宏图、张生、廖梅等在内的上海学院作家关于知识分子的写作,都因为缺乏对"人性拷问应有的残忍",而同他们笔下那些羸弱的知识分子形象一样,不具备那种走出困境所应有的坚韧绵长的力量。

---

① 王宏图:《关于我们这一代人》,《上海文学》,1997年第11期,80页。

〔第四章〕
"异乡人"群像

〔第一节〕追梦的"女孩们"

在关于上海"异乡人"群体的描述中,最常见的就是那类带着一腔镀金和增值的心来到上海、从底层开始打拼的"异乡人"群体,在这中间,那些前来逐梦的女孩儿们尤为醒目。她们本身的阴柔之美以及在逐梦过程中从乡野气到时尚风的身心蜕变,体现了上海文化非常重要的一个侧面。

1994年,其时风头正健的中国第五代电影导演的领军人物张艺谋看中了江苏作家毕飞宇,请他担任《摇啊摇,摇到外婆桥》的编剧,于是这部在1995年斩获多项国际大奖、票房成绩骄人的热门电影的剧本,成就了毕飞宇写作生涯一个饶有兴味的"插曲"——小说《上海往事》的诞生。在这部作品中,毕飞宇顺应90年代中期人们对于上海的"怀旧"想象,将上海写成一个"天堂"与"地狱"并存的大都市,对于想要进入其中的"异乡人"来说,危险、神秘、又充满诱惑。作品中那个至高无上、若隐若现的"老爷"就是"上海"的化身，无论是聪明妖娆的小金宝还是年轻强干的宋约翰，都被这个"上海"的化身轻而易举地玩弄于股掌之中。张艺谋选题的成功，在于迎合了当时人们关于上海的集体性想象①，其中"上海"化身的"老爷"被妖魔化地处理了，表现出殖民地时期光怪陆离的上海的另一个面相，不脱当时"怀旧"的主流。而以"小金宝"为代表的那些到上海追逐金钱和欲望的单纯的姑娘们，则成为上海文学中"异乡人"群像中一个重要的类型。

上海作家蒋丽萍写于1998年的《水月》则讲述了一个小镇女孩水月的故事。水月天生丽质，艺术禀赋超群，受到越剧名师汪友兰赏识而收为弟子。她成名后来到上海，为了在上海的戏剧界占有一席之地，竟投靠到恩师的宿敌门下。后来因为戏剧发展不景气，水月开始进军歌坛，终于大红大紫，但因此也深陷名利、情色的旋涡。水月最终登上了名利的巅峰，受到了乐坛权威邵泓清的赏识并与之相恋，不料却发现自己竟是邵与恩师汪友兰的女儿，在巨大的打击下，她黯然离开了上海。与《上海往事》一样，作品都是写一个淳朴的外地女孩被大上海改造的过程。这其实是个平庸的主题，但在90年代的文学语境中，这种类型的上海故事被一再呈现，却不单单是对一个现实

---

① 90年代关于上海的集体性想象是"怀旧"和"欲望叙事"，就是将当时的上海与三四十年代的上海对接，将之想象为一个"东方巴黎"、"冒险家的乐园"，充斥着财富、摩登、机会与阴谋的奇特的空间。

中的人物群像的描述那么简单。这类故事的一再出现,其实是作家有意无意地配合官方意识形态对殖民地时期上海形象的重塑。从这个意义上讲,这种讲述"追梦"女孩们梦碎的故事,不仅不是对"权力"、"妖魔"化身的上海意象的批判,反而是一种"赞美"。当张艺谋用《摇啊摇,摇到外婆桥》中的上海意象迎合西方看待东方一贯的审美眼光,上海本地作家蒋丽萍等则为上海的"怀旧"潮流添柴加薪。

作品中,初到上海的水月是兴奋的:"她觉得这里是一个新的世界,这里的一切都显出一种见多识广的雍容,这里的气氛里含有一种莫名其妙的令人兴奋的因素,使你产生大展宏图的冲动。"① 大上海带给水月与小金宝同样的感受。随着一步步走登上名利的巅峰,她感觉背后有一双无形的手在推动自己:"我的一切的事情都不是我自己做主的,走出一步是一步,对与错、福与祸,都是身不由己。虽然有了一些名气,可每每到了什么关口,也是举目无亲的感觉。"② 水月始终不明白,她与上海的关系其实是消费与被消费的关系。水月利用大上海的机会获得了她曾经梦寐以求的名利,但也付出了女子最宝贵的纯真与爱的代价。这不禁令人想起30年代"新感觉派"作家穆时英的短篇小说《被当作消遣品的男子》中的蓉子形象。作品中,蓉子游刃有余地与各色男子交往,通过将男人当做消费品

---

① 蒋丽萍:《水月》,上海:上海文艺出版社,1999,54页。
② 同上,411页。

而获得成就感，但同时，她也在不知不觉中被男人消费。

这类最终在上海摔得粉身碎骨的外乡女孩的故事，已然成为作家关于上海"异乡人"想象的一个传统。王安忆的中篇小说《月色撩人》中，那个名叫提提的外乡女孩也同样在上海深陷旋涡①。她的故事远离我们看惯了的弄堂或底层打工者生活的空间，而身处神秘的"小资"世界，但这并不妨碍在她与上海的碰撞中，最终落得宿命般的悲剧结局。

小金宝、水月、提提代表了这样的一类异乡女孩群体：她们聪明、勇敢，身上具有异于常人的禀赋。她们孑然一身来到上海，完全凭借自己的能力与悟性与大上海真刀真枪地搏击，但无论她们多么成功能干，大上海对其而言都是身后一个冷笑着的庞然大物，先只手将她们托上云端，再无情地打入地狱。

〔第二节〕底层"异乡人"群体

另一个常见的"异乡人"群体活跃在上海的底层市民中。"底层"本来就是一个意识形态话语，与意识形态在 90 年代以来的变迁联系得十分紧密。这一脱胎于中华人民共和国成立初的"劳动阶级"、并在长达三十多年的时间里风光无限的群体，曾被赋予了极大的话语权，但是从新时期初到 80 年代，当社会

---

① 对《月色撩人》的分析见本编第一章第三节"《月色撩人》的别样人生"。

各阶层都在忙于反思"文革"之殇以及重新呼唤人的主体意识时,"底层"这类代表了旧时代意识形态遗迹的命名则逐渐衰落。当然,在任何一个历史时期,"底层"作为一个社会学上的命名都始终存在,但其中所被赋予的意识形态意义则悄然发生了改变。90年代以来,随着王晓明所谓"新意识形态"[①] 时期的到来,这一群体在新兴的城市发展中重新焕发出它独特的意义。如果说王安忆在80年代写作的《悲恸之地》将孙德生刻画成一个痛恨上海的"外乡人"的话,到了2000年的《富萍》,无论是外乡人"奶奶"还是"富萍",都作为城市发展中不断扩大的新的社会阶层,"极大地改变了上海的经济、政治和文化格局"[②]。

王安忆从80年代起就写了《悲恸之地》《鸠雀一战》《好姆妈、谢伯伯、小妹阿姨和妮妮》等一系列以"保姆"、"民工"为主人公的"异乡人"作品,90年代到新世纪以来,又写了《富萍》《民工刘建华》《保姆们》等,底层市民中的"异乡人"群体,始终是她关注的对象。《悲恸之地》讲山东农民孙德生随同乡到上海卖姜却与同伴失散,迷路后的他误入歧途,穿行在一个个纵横交错的弄堂里如同惊弓之鸟,最终由于躲避追

---

① 王晓明提出90年代尤其1992年以来中国进入"新意识形态"时期。他将城市的社会群体划分为四个阶层,并描述了他们之间的相互影响和交融。王晓明:《九十年代与"新意识形态"》,《天涯》,2000年第6期,4—16页。
② 同上,6页。

赶、扛不住巨大的心理压力从高楼上跳下。这是一个非常悲伤的故事，但比悲伤更可悲的是，孙德生到死都没明白究竟逼他走投无路、步入绝境的杀手是谁？孙德生看到的上海是一个泰山压顶般扑向他的城市："马路上的车就像夏日决堤的河水一般，……太阳晃晃的照耀着，到处被照得发亮，锐利地反光。浩浩荡荡的自行车排山倒海地驶过……上海窄窄的横街，就好比大河湍急的支流，埋藏着小小的隐秘的危险。"① 其实，80年代孙德生的上海与90和00年代的上海殊途而同归，都是暗藏杀机之地。在孙德生面前展开的悲恸之地上海，将在后来李肇正、李春平的笔下继续延伸。

李肇正在《姐妹》《傻女香香》中塑造了一系列梦碎的底层外来妹形象。《姐妹》中的宁德珍和舒小妹在"红旗村"的发廊做小姐，"她们不肯像打工妹那样，在肮脏逼窄的车间里消耗自己的生命，也不能像跳出'农门'的大学生一样，像模像样地出入于国营或外资的大公司当白领小姐。她们甚至不愿到人家做保姆。"② 她们对于靠出卖身体挣钱习以为常，然而她们也是怀着一颗"上海心"的。这块城市边缘的肮脏杂乱的地方被这些外来户们想象为南京路，"南京路是上海标志性的大马路。那么这块民工暂居的小区，就是他们的大上海了，他们踩着垃

---

① 王安忆：《悲恸之地》，《上海文学》，1988年第11期，7页。
② 李肇正：《姐妹》，《城市生活》，上海：上海文艺出版社，2005，363页。

圾,就是走在'南京路'上了。"① 宁德珍的梦想就是找个城市里的男人寄托终身,从此永远告别发廊,再把儿子接过来过幸福的生活,因此在遇到出租车司机常先生之后,她为他的甜言蜜语所感,对其所谓不幸的家庭生活深表同情,并时常从心底生发出可托付终身的感觉。但当自己被人出卖,警察闯入房间抓嫖的那一瞬间,"宁德珍看见常先生,紧紧地贴着墙壁,壁虎似的,脚步没有丝毫声音,朝外面滑出去,常先生把脑袋垂挂在胸前。"② 宁德珍彻底梦碎。她后来接受了表亲的介绍,与一个机关的"科长"结合,而上天却给她开了个最大的玩笑,这个科长竟是个阳痿。这真是个巨大的讽刺,宁德珍为了进入上海而出卖肉体,却最终被上海彻底剥夺了作为女性的生理权利。对她而言,"城市就是个巨大的圈套,而且这圈套就是她的根柢,无论是如狼似虎,还是阳痿,男人都不能让她做真正的女人"③。最后,每当宁德珍与男性擦肩而过时,"她会莫名其妙地兴奋。她想把男人都收揽到石榴裙下,把他们一个个都弄趴下——反正她做不成真正的女人,那么男人也别想成为真正的男人。"④ 宁德珍等代表的"异乡人"通过男女两性的对抗指向了上海人和外地人的终极对决。

---

① 李肇正:《姐妹》,《城市生活》,上海:上海文艺出版社,2005,350 页。
② 同上,390—391 页。
③ 同上,385 页。
④ 同上,386 页。

在李肇正另一篇作品《傻女香香》中，来到上海收废品的陕西女孩香香也是这类女性。与其他外来妹一样，"香香他们都怀有一种乞丐的心态，好像要把城市所有的倒霉事情都扛起来，只是乞求城市给他们一个能撂下身子的地方"。[①] "她们把城市户口看得比什么都重要。她们找不到年龄相当的城市小伙子，宁可嫁个城市里的'爸爸'。"[②] 天不怕地不怕连娘都敢骂的香香利用晚报记者刘德民的好色与虚荣逼迫他与自己结了婚，却不得不放弃自尊，以名为妻子实为保姆的身份才能在这个城市驻扎下来。

与上述人物相比，王安忆笔下保姆们的上海世界则是温和与美妙的。从80年代的《好妈妈、谢伯伯、小妹阿姨和妮妮》到90年代和新世纪以来《富萍》《保姆们》等作品，"保姆"成为王安忆作品中独树一帜的"异乡人"群体。这些保姆是外地人，但由于长期占据了以淮海路弄堂为代表的上海的优势空间，她们身上表现出比本地人更为强烈的身份认同感。他们对于上海的阶级划分看得非常透彻，对于殖民时代遗留下来的生活方式所代表的高贵阶级属性深信不疑，因此，在作品中，我们常常看到这些"有身份的保姆"对自己的东家如何的挑剔，对女主人的装扮乃至生活习惯如何的看不惯等场景。《富萍》里的东家"在奶奶这样的保姆指导下，他们的吃穿起

---

① 李肇正：《傻女香香》，《清明》，2003年第4期，6页。
② 同上，8页。

居很快就和上海市民没什么两样了"①，于是，作品中就总有一个与保姆进行参照的角色，他们可以是来自山东的南下干部、新上海的接管人，可以是好姆妈、谢伯伯为代表的老上海的住户，或者是富萍这样的外地女孩等。《纪实与虚构》里，作为干部后代的"我"对于自己对上海的存在感总不那么自信，"我"对上海的认识最终是通过保姆的引街串巷逐渐深入的。总之，在这类"寄居"上海淮海路弄堂的保姆面前，很多上海本地人反而处于心理的下风。这是上海都市文化独有的现象。

然而，在很多情况下，保姆们心理的上风却是镜花水月，非常脆弱。现实生活中的"异乡人"身份，使这些寄居淮海路大半生的保姆们想要真正融入这个城市还是十分艰难。离开了主顾家的小妹阿姨、这个固执的老太太，为了能在自己劳苦了大半辈子的上海有一个家，寂寥地奔波于上海的大街小巷，机关算尽，最后还是被东家赶了出去（《鸠雀一战》）。同样，在张怡微的短篇小说《妮妮》中，在上海帮佣了一辈子的妮妮外婆拼其一生都是为了洗白自己的外地人身份，"她说到家乡，会不由自主绕开"②，"外婆一生都在故意戒掉这种松散浑浊的血脉"③，

---

① 王安忆：《富萍》，长沙：湖南文艺出版社，2000，15 页。
② 张怡微：《妮妮》，《时光，请等一等》，上海：上海文艺出版社，2011，83 页。
③ 同上，84 页。

"她愿意承认的记忆,就是从西区淮海路开始的。"① 她将希望寄托在男性继承人上面,为此,从常州老家连哄带骗地弄来亲戚家的孙子天天,视若命根,并为了永远地霸占天天,竟想让妮妮与天天结婚。心灵的扭曲是这类保姆坚硬的外壳下脆弱内心的真实写照。

上海的"保姆"群体中,真正的强者是年轻的外地女孩儿"富萍"。这个来自扬州的女孩在"奶奶"强势的威逼利诱下不动声色地规划着自己进入上海的路径。她对东家指派的事情尽职尽责,但绝对不像"奶奶"那样"入戏",将东家的孩子看成自己的孩子,将东家的家视为自己的家。东家孩子的亲近或者疏远,对她而言毫无意义,她依然我行我素。富萍身上很难看到"奶奶"那种对雇主家庭忘我的投入和无限的依恋。对于"奶奶"或明或暗的催婚,富萍打太极式地周旋,从不主动入瓮,面对并不明朗的前途,她清醒地知道自己的人生既不属于老家的"孙子",也不在这寄居的淮海路。从一开始,她与奶奶的审美趣味就大相径庭,相对于奶奶喜欢淮海路的光鲜华丽,富萍更爱小街小巷"劳作着"的市井人生。最后,当她来到位于闸北区靠摇垃圾船为生的舅舅家,在这里遇到了梅家桥的母子俩,"很少笑"的富萍终于焕发出精神光彩。富萍最后在上海这片土地上找到了属于自己的精神家园,比起"奶奶",她才真正将成为上海

---

① 张怡微:《妮妮》,《时光,请等一等》,上海:上海文艺出版社,2011,83页。

的主人。

此外，上海"70后"作家滕肖澜2010年发表的中篇小说《美丽的日子》中，来自江西上饶的女子姚红是个更为厉害的角色。为了嫁给上海的残疾人卫兴国，她使出浑身解数，买通中间人隐瞒自己生过孩子的经历；来到卫家后，百般讨好卫老太卫兴国母子俩，包下所有家务，甘愿做他们的保姆；她虚心向精明挑剔的卫老太学习上海的生活习惯，将木讷的卫兴国调教得会讨人欢心；她大胆挑逗卫兴国，让这个老实本分的传达室工人对自己的身体欲罢不能；她也鼓励卫兴国身残志坚，发挥自己动手能力强的长处，为两人今后的小日子打好基础……姚红的到来的确给这对寡居的母子带来了活泼泼的生命力，但是，精明挑剔、天生有地域优越感的卫老太虽然对她很有好感，却始终不吐口二人成亲的事。情急之下，姚红剑走偏锋，以假怀孕来促成好事，不料弄巧成拙、事情败露，被卫老太驱逐出去。然而姚红不屈不挠、志在必得，她一方面在卫兴国处暗暗用力，一方面对卫老太动之以情，终于使卫老太再次接纳了她。作品中的一幕，当跪在公园地上请罪的姚红被卫老太搀扶起来时，"这一幕是有历史性意义的。扶她之前，她是江西的小女人，扶她之后，她便是上海的小媳妇了"[1]。姚红赢了。结尾写她的下一个计划是要把女儿"满月儿"也接到上海。面对

---

[1] 滕肖澜：《美丽的日子》，《人民文学》，2010年第5期，27页。

可预知的一场风波，现在的姚红显然胜券在握，这个当初的"异乡人"如今已然成了这里的主人。

"异乡人"中的强者既有富萍、姚红这样通过以柔克刚的方式融入上海的女子，也有夏商笔下"崴崴"那种"用拳头说话"的硬汉。在上海作家夏商写于2012年的长篇小说《东岸纪事》中，塑造了一个令人难忘的"外乡人"形象。崴崴是儿时就从云南边陲来到上海的"外来户"，比起他那个精明能干的母亲，他更能抓住落地生根的关键。首先，在他身上发生了令人惊奇的语言转换。崴崴幼时来到上海，是土得掉渣的乡下小子，但没过多久他就能够操上一口几可乱真的浦东土话，为称霸一方奠定了基础。但是，尽管有着"倒拔杨柳"的少年传奇，毕竟曾为"少年犯"的不光彩经历让他始终无法进入正常人的生活，只能混迹于黑道，浪荡度日。一个偶然的机会让他成为了港机厂的临时工，进入体制内的可能性促使这个已然成年的"外来户"竟然二度更改口音，并最终凭借一口流利的浦西上海话与他那来自市区的同事平起平坐。他比常人更能领悟到在上海这块地方，语言所折射出的人群的阶级地位分化。其次，出身的屈辱感使他自卑又冷漠，于是暗暗练就了一身的好功夫、不显山不露水地打理着一个超级赌场，自食其力也称霸一方；他轻而易举地赢得了昔日大学生乔乔的芳心，但最后又离开乔乔、在众人的钦羡中与"厂花"薛美钏结为连理。无论在体能、财富还是婚姻方面，他都做到人无我有，不甘人后。

崴崴与乔乔的分手不能简单地归结为移情别恋。最后他面对乔乔背影木桩般驻足的五分钟,足见真心和不舍。一向花心的崴崴最终选择在薛美钏处永远驻足,不是这个女子真有过人之处,而是当他终于获得了进入上海正常秩序轨道的机会时,就决心与过去的自己告别。斩断与乔乔的情丝,断绝与昔日流氓同伙"黑皮"的联系,迎娶"良家妇女"薛美钏,都是为了撕去人生日历上那曾经的"流氓"、"拉三"岁月。在崴崴身上投射出了每一个上海"外来户"的梦想——告别过去,力争上游,做一个地道的上海人。①

上述可见,奶奶、富萍、姚红、崴崴等这类"异乡人"进入城市的方式,已然不同于水月、小金宝等,他们在"新意识形态"之下对上海文化格局的参与、建设与改变,已成为了上海历史的一部分。

同为天涯沦落人,底层"异乡人"心中的上海也是形态各异的。1995年从陕西来沪挂职的作家李春平写了《上海是个滩》《上海夜色秀》等一系列关于上海的作品,其中在《玻璃是透明的》这部中篇小说中,他借助一个来沪打工的少年表达了对上海的感受。作品讲四川来上海打工的十六岁的小伙子"小四川"怀揣着淘金的梦想来到了上海的劳务市场,"九十年代的

---

① 该部分对《东岸纪事》的论述节选自拙作《异数上海:一曲老浦东的挽歌》,《文艺争鸣》,2013年第10期。

上海成了碗厂,做了许多饭碗等着我们去端。"[1] 他被"风满楼"餐厅的二老板王瑛看中带走,心里很兴奋。"小四川"很快得到了大老板苏先生和王瑛的认可,并获得了同事小丫子的友谊。对他而言,这里的一切都很美好。他学会了勤快,懂得了挣小费的诀窍,见识了王瑛的口恶心善、苏老板的担当,感受到了小丫子的关照。在对小丫子的暗恋中,他渐渐发现了苏老板、王瑛和小丫子三角恋的秘密,并且随着矛盾的升级,这种表面上的和谐逐渐难以维持。终于有一天,王瑛与苏老板决裂,小丫子荣登上位。正当"小四川"暗自庆幸做了老板的小丫子一定会对自己照顾有加时,却意外地收到了被解雇的通知。作品结尾,失去工作的"小四川"再次游荡在上海的大街上,却一点都不沮丧,他看到了刚在三角恋中败下阵来的王瑛与前男友开了一个花店,一副东山再起的样子。

  作品从"小四川"的少年视角出发,叙述语调始终是轻松愉快的,但在轻松愉快的语调下,城市的真相显得更加冷酷无比。对于"小四川"来说,这头一遭的跟头就让他领教了上海的厉害,城市表面的平静之下其实暗潮涌动,你看得到,却把握不住。所谓"玻璃是透明的",就是这个深意。

  走出"风满楼"的"小四川"并没有过分失望,当他游逛在上海灿烂的阳光下,王瑛的花店使他的心中再次燃起了希

---

[1] 李春平:《玻璃是透明的》,《上海文学》,1997年第8期,20页。

望。作品增添的亮色的尾巴表达了底层"外乡人"看待上海的善意目光,这与作者对上海的独特感受息息相关。作为陕西驻沪作家,李春平对上海始终怀有一种深深的热爱①,尽管在上海的生活不乏孤独、辛苦,但他对这个"五光十色的新版图"②中所孕育的机会深信不疑。于是,在这样的感情之下,同样是表达底层外乡人在上海的辛苦,他不像李肇正等很多作家那样重点表现人生的沉重,而是用轻松豁达的语气将这份沉重化为了争取机会、永不放弃的努力。

〔第三节〕沪上学子

大学生是一个有趣的群体。90年代以前,这些来到上海的"天之骄子",不同于其他类型的"异乡人",他们不仅可能成为未来的上海人,还有可能成为未来上海的领导者。然而,90年代之后,被推入市场经济的大学生再也不包分配了,使得这一群体的命运发生了巨大的改变,他们的社会地位急剧下降。就是在这一社会的转型和过渡期,上海文学中诞生了一类兼具

---

① "我很快喜欢上了上海这个庞大的城市。……那种热火朝天的场面,高效快捷的节奏,高亢激昂的情绪,一根火柴就能把上海点燃"。"浦东聚集了三百多万外来人口,闯荡上海滩的故事也从各个不同渠道向我涌来,它让我振奋,让我难眠",戴承元:《李春平自述》,《李春平研究论丛》,西安:西北大学出版社,2007,12—13页。"我对上海的感觉特好,超过对中国的任何一个城市。"《〈上海是个滩〉出版后记》,同上,77页。
② 前揭《〈上海是个滩〉出版后记》,77页。

未来的上海人和地道的外地人双重属性的异乡人群体,记录下他们在过渡时期的"双面人"精神特征。这类人群以李肇正《啊,城市》中的文东①和甫跃辉笔下的顾零洲们为代表。

甫跃辉是上海的"80后"作家,这位来自云南的小伙子是王安忆的高足,大学毕业后顺利进入上海作协优渥的体制保障之内,得以安稳无忧地进行创作。这样的人生轨迹,在当前文学一再被边缘化的社会现实面前,是对作家可持续性创作最好的保障。然而,自身经历的顺遂却与他笔下人物心理的晦暗形成了鲜明的对比,在其一系列表现城市留沪大学生的作品中,都一再表达了主人公的"创伤体验"。

作品中那些本该意气风发的年轻人却完全没有大展宏图的志向,他们的生活轨迹在命运的推手下惯性地滑移,没有半点"凤凰男"励志的痕迹。在他们的心中,早早生出了疲惫厌倦的感觉,却不想付出改变现状的努力。"(顾零洲,笔者加)他很少计划什么,也很少坚持什么,同样,很少思考什么。他的生活就是顺着一条不需要挣扎的轨迹向前滑动。高考、工作、租房,莫不如是。就连和虞丽在一起,他也有这样的感觉。"②顾零洲们在这个城市中的社会关系非常简单,既没有亲人,也没有朋友,即便偶尔出现了一两个朋友的影子,在顾零洲心里也不占什么分量(如《丢失者》),唯有面对自己的女

---

① 见本编第二章对李肇正作品人物的分析。
② 甫跃辉:《动物园》,上海:上海文艺出版社,2013,60页。

友,他们才会敞开心扉,露出与城市为敌的真面目。

《动物园》中顾零洲的出租屋在动物园的隔壁,他选择与动物园为邻,就是希望通过每晚从后窗飘来的气味加强与动物们的联系,因为只有面对大象他才会感到安全和平静。而女朋友虞丽却无法忍受动物的尿骚味,为此,二人展开了一场关于开窗与关窗的暗暗博弈。最后顾零洲胜利了,而忍无可忍的虞丽则离开了他。失去了女友、伤心的顾零洲到动物园寻找安慰,面对大象,他好像看到了自己的亲人,隐忍许久的泪水喷薄而出。小说结尾,自怜、自伤后的顾零洲在回家的路上,心里变得"那么柔软、那么孤独、那么平静"①,却不料发现自己被锁在了动物园里,这一夜,他再也无法(或潜意识里本来就不愿)回到人类世界的家了。

同样的主题在《丢失者》中再次出现。一个陌生女人的来电打乱了顾零洲的心绪,他猜测着女人的来历,幻想着二人之间可能的关系,紧守着手机就好像抓住了一个虚无缥缈的艳遇。不料手机在赴宴的途中丢失,烦躁抓狂、无计可施之下,顾零洲坐上公交车到郊外漫无目的地寻找来电女人的蛛丝马迹,最后在田野旁一棵普通的香樟树下,他一厢情愿地认为那里就是陌生女人曾经驻足的地方。

作品取名为《丢失者》,一方面实指丢失手机的顾零洲,一

---

① 甫跃辉:《动物园》,上海:上海文艺出版社,2013,66 页。

方面虚指在城市中丢失了自己的顾零洲。显然，顾零洲的孤独感在这个城市中已经到了无以复加的地步，他有女朋友，却打心里并不与她亲昵，他也有朋友，却面对他们连丢手机的事都懒得提起。"失语"的顾零洲浑浑噩噩地在城市中穿行，却心系远方那个虚无缥缈的陌生女人。这个女人是作者心中故乡的化身，远离喧嚣的城市，与郊外的美景融而为一，带给"异乡人"顾零洲心灵的安宁。若套用鲁迅的说法，顾零洲们的这种痛苦源自"失去了地上的'父亲的花园'"和"离开了天上的自由的乐土"的纠缠[1]，"父亲的花园"是他那再也回不去的故乡，"天上的乐土"，则是逃避人间的幻想。作品中的顾零洲就好比"秋天的雨，无心的'人'，和人间社会是不会有情愫的"[2]，因此，他一边怀念着再也回不去的故乡，一边对包括自己在内的现实人间恨之入骨。动物园的大象也好、远方的陌生女人也好，都是那个天上的乐土虚虚实实的再现。

有的时候，顾零洲这类"都市夜归人"也尝试走出自己封闭的小圈子。在《苏州夜》中，他随朋友来到苏州，怀着好奇造访了这里的色情场所，并自然而然地与妓女发生了关系，可事实却证明这次走出去的尝试是失败的。嫖娼的不洁感始终如

---

[1] 鲁迅在《中国新文学大系〈小说二集〉导言》中传神地评论了王鲁彦和许钦文的两种不同的"侨寓文学"的精神特质。他说王鲁彦的小说就好比"失去了地上的'父亲的花园'"，"寻得冷静和诙谐来做悲愤的衣裳"，许钦文的苦恼则是"离开了天上的自由的乐土"，要逃避人间的。《中国新文学大系导言集》，天津：天津人民出版社，2009，87 页。
[2] 同上，87 页。

梦魇般缠绕着他,不管怎么清洗,他食指上的怪味总是如影随形地挥之不去。

在另外一些作品中,甫跃辉关注的焦点从顾零洲们的自我情绪中腾挪开来,转移到了主人公与城市生活的短兵相接中,但那景象却是惨烈无比的。短篇小说《巨象》中,毕业留沪的大学生李生被女友抛弃,原因是他这个山里人无法带给女友城市光鲜的生活。内心的痛苦和焦虑使他像困兽一样在出租屋里打转,却连大吼一声都做不到,因为迎面就是十几米之隔的大楼。在这个城市中根本寻不到一处空旷的地方容纳他的吼叫。城市生活幻化的"巨象",不停地通过梦魇钻入李生的内心,让他充满恐惧。为了排解这种恐惧感,李生选择在更柔弱的小彦身上进行发泄,于是,这个来自于更差的大学、其貌不扬的可怜女孩成了李生报复前女友和城市生活的替代品。他一点都不爱小彦,把她精心编织的围巾潦草地塞进宾馆的鞋柜,施虐式地不断与小彦发生关系,而这一切都只是为了"他急切想做点儿出格的事儿"[1]。面对小彦,李生的感受是:"她和他一样是外地人,他凭借早先进入城市的优势,很容易就会把她弄到手。她在一定程度上能够弥补他的失落,又让他怜悯和厌恶自己。"[2] 当他最后抛弃了小彦,与一个有房的本地女同学结合后,小彦则用那个被扔进鞋柜的围

---

[1] 甫跃辉:《巨象》,《花城》,2011年第3期,141页。
[2] 同上,140—141页。

巾上吊了。李生最终进入了城市,但那个被他伤害的灵魂却时时纠缠着他的内心。

与李生形成参照的是《走失在秋天的夜晚》中的李绳。他中学辍学却谎称是大学生骗取了城市女友的爱情,事情败露后被女友抛弃。尽管分手的原因是欺骗,李绳却非常明白真正的症结在于那无法逾越的城乡差别。失意的李绳向老家的初恋情人曹英吐露心声求得安慰,并挥刀杀死了曹英忘恩负义的男友。在杀人的那一刹那,他"觉得自己同时解决了两个人"①。那把杀人的刀,其实凝聚了李绳压抑许久的仇恨,在砍向曹英男友的同时,也在幻想的快意中砍向了城市的女友。李绳对于被城市压迫成哑巴的自己是那么仇恨,只有通过这种方式,他"才能让身体里的哑巴再次开口说话"②。

当寓居城市的顾零洲和李生们没有更弱的弱者供他们发泄时,他们就极尽变态地折磨动物。《饲鼠》描写了出租屋里的顾零洲用一次性筷子折磨老鼠致死的过程:"捅它的眼睛,捅它的嘴巴,捅它的身子,捅它的尾巴……它不过稍微动动身子,没有嘶叫,没有颤抖。他很不满,便加大力度,继续捅它。……他反复戳着它。反反,复复。"③当老鼠死后,顾零洲却认为

---

① 甫跃辉:《走失在秋天的夜晚》,《上海文学》,2009年第10期,52页。
② 甫跃辉:《走失在秋天的夜晚》,《上海文学》,2009年第10期,52页。
③ 甫跃辉:《饲鼠》,《大家》,2013年第5期,84页。

"他不过是以牙还牙"①。顾零洲就是用这样的方式对抗城市的"无物之阵"。

"对城市生活,我始终是有些隔膜的。我所写的这些城市题材的小说,……主人公都是外来者身份,这也是我自己的身份。他们的故事不是我的故事,但他们的情感往往就是我的情感。"② 这段甫跃辉的创作谈常被用来作为解释他小说中的主人公城市"零余人"形象的证据,据说这令人想起郁达夫转世。的确,顾零洲们身上的偏激、愤怒与懦弱的确与现代文学时期鲁迅、巴金、柔石、郁达夫笔下的涓生、觉新、肖涧秋等形象相近。然而,现代文学中的这些人物形象与新时期文学第一个十年中所产生的,例如张抗抗笔下的费渊、王蒙笔下的倪吾诚等"零余人"形象,虽然性格上相近,产生的时代与文化背景却大相径庭。以郁达夫的《沉沦》《茑萝行》《杨梅烧酒》等一系列小说为例,其中"零余人"形象源自主人公爱国的热情无法舒展、觉醒的个性受到压抑造成的绝望、麻痹以致自残,那些物质与爱情生活上的苦闷不过是这种文化、信仰危机的外化而已。 1932 年郁达夫在《达夫自选集·序》里对自己早期"生则于世无补,死亦于人无损"的"零余人"心绪进行解释:"悲怀伤感,决不是一个人的固有私情。"③ 现代文学时期

---

① 甫跃辉:《饲鼠》,《大家》,2013 年第 5 期,85 页。
② 甫跃辉:《两千零两夜》,《西湖》,2011 年第 12 期,34 页。
③ 郁达夫:《达夫自选集》,上海:上海天马书店,1933,3 页。

的"零余人",是社会转型时期文化和信仰危机在觉醒的知识分子身上投射出的时代病症。

然而,我们在顾零洲们身上却看不到这种"忧愤深广"的精神内核。抽取了以大时代为背景的"抉心自食"式的思考,顾零洲们的种种悲伤、痛苦和变态行为只能被理解为一种个人化的对环境的不适应而催生出的变形的"尖叫"。从这个意义上,与其说甫跃辉的文学气质远眺郁达夫,毋宁说他更接近的文学谱系乃是卫慧和棉棉等"宝贝们"对上海的戏谑与反抗。当面对城市生活的变形的"尖叫"被同样变形的商业和文艺体系迅速炒红又迅速流放之后,卫慧的嚣张就只能换成甫跃辉的忍从和孤僻,而这种忍从和孤僻远离了故乡的缥缈安慰,又只能发酵成为忧郁的"屌丝"的漠然。因此,与其说顾零洲们是城市的"零余人",还不如说是当代城市的"屌丝"更为恰当。在《丢失者》的尾声中,顾零洲透过窗户玻璃看到了自己的模样:"头发蓬乱、颧骨突出、眼神呆滞、嘴巴歪斜"以及"那大得有点突兀的鼻子"。这个自以为是、令人讨厌的"屌丝"与郁达夫敏感直率的人物形象实在相去甚远。

〔第四节〕在上海的外国人

"海水有门分上下,江山无地限华夷。"上海的"十里洋场"曾经是东亚最高度世界主义的现代性都市文化的代表。任何其他东亚城市都没有像上海这样张开宽阔的胸襟迎接欧风美雨的时代洗礼。在上海城市人口和文化结构中也特别能体现出这一点。外国人在上海的文化生活与活动是上海文化一个不可分割的组成部分,从开埠之初即是如此,由来已久。对于老上海而言,洋人的所在是非地化的,他们从居住地到生活方式与华人存在着清晰的分界线,而全球背景下的新上海则更为开放,今非昔比。对90年代以来生活在上海的外国人而言,这里既不会有特权租界,也不会像在其他城市那样被当做外来物种打量,上海,成为他们进入中国一个最为理想便捷的门径。当然不可避免的,他们也经历过一个在地化的过程,"在地的文化冲击"和"在地文化被冲击"都不可避免。但正是这一过程他们不再是"外人",逐渐融入上海之海的深处,最终成为这个城市庞大多元的机体内一个有机的组成部分。

根据上海统计年鉴的统计结果,从2000年到2014年,上海的外籍人口数量从4.54万人增长到17.19万人[1],外国人的城市融入问题受到关注。王安忆发表于2002年第4期《收获》的《新加坡人》,是讲述这一融入过程的代表文本。

作品讲述一个富有的新加坡人总是不定期地来到上海,目的却不是为了开展业务,而是为了与上海的各色人等交往。在他通过中间人陈先生组织的各种饭局中,座上客有做服装生意

---

[1] 参见2000—2014年的《上海统计年鉴》。

的女老板、唱沪剧的女演员及其暗恋的琴师、开保洁公司的夫妻及其女儿和女儿的男朋友、快递员、台资公司的文秘、歌手、老年爵士乐队的单簧管手及其老年朋友们等等。新加坡人总是以一个旁观者的目光"观赏"着这些人在自己面前的"表演",尽管没有融入感却乐此不疲。后来,他遇到了一个叫雅雯的上海女孩。雅雯令新加坡人心动,两人情意绵绵互送款曲,但最后还是分手了。再后来,她又遇到了来自北京某外语学院的周小姐。可惜这女孩儿单刀直入的、目的性极强的交往风格让他害怕。最后,新加坡人在一个优雅的妈妈桑那里找到了归属感。作品结尾,新加坡人依然是独来独往,但经过若干女人的洗礼,此时他再也不需要中间人就能游刃有余地在上海穿梭了。在上海,他开始有了自己真正的朋友,言谈举止一改之前的矜持谨慎,表现出从未有过的"开放"和"飞扬"。

作品之所以不交待主人公的姓名,而只用"新加坡人"指代,是为了突出某一类人的精神症候——就是那种在身份上接近西方的文化价值体系,内心却与中国传统文化十分亲近的外籍人士。作品的主题是"寻找",却不是表面上寻找女人那么简单,而是寻找心中的"文化"。作品中新加坡人遍游世界,却最喜欢上海。嘈杂拥挤的环境、平常入味的饮食甚至乡气的面孔,都成为他喜欢上海的理由。"他原先是喜欢香港的,喜欢它的不夜灯火,人潮。这些年,他的喜欢渐渐移到了上海。虽然灯光是要疏阔与乡气,人潮呢,亦很粗鲁。可他似乎就是要这个呢！其中有一种漫无秩序的澎湃，应和着他的从祖先那里流过来，蛮荒热带的血液。"① 作品中有一个细节：一个上海人向他发出邀请，他十分高兴地赴约，却发现宴请地点不是家里而是饭店，就非常失望。他非常渴望了解真正的上海，希望到上海的寻常人家一探究竟，于是，他常常带着一帮闲人到弄堂闲逛，即使被一个老伯当做不速之客一顿抢白，也毫不介意，反而为这老伯会说"private"啧啧惊奇。在上海的新加坡人既出入于上海的五星级宾馆、衡山路的情调酒吧，也对脏乱杂陈的市井生活兴致盎然，他沉醉于那种混合着洋气与乡土、精致与粗糙、不中不洋的暧昧的上海气味。

　　作品表现了"新加坡人"与上海的对视，制造多个场景让二者互相打量。首先是上海人打量新加坡人。三流的女歌手怀着玫瑰色的梦接近新加坡人，却没有得到任何回应；保洁公司夫妇想要获取与新加坡人合作的机会，结果一无所获，不甘之下又把女儿及其男朋友带过来，试图让子女从中获得出国的便利。作品传神地写出这对夫妻急切地将"新加坡人"作为一份"礼物"献给女儿的情景。在"出国热"方兴未艾的上海，这对不能给女儿带来任何海外关系的夫妇"在孩子跟前就矮了半截，自己亲生的女儿，是拿冤家的怨恨的眼睛看他们。这个二十二岁的女孩子，光滑白净的脸上，却已经有了怨妇的表情，

---

① 王安忆：《新加坡人》，《收获》，2002年第4期，9页。

好像被父母贻误了终身,再不能翻回似的。"① "那做父母的明显怕她,有什么话都不敢自己同她说,而是通过男朋友转达,于是,就也变得对那男孩子谄媚起来。新加坡人,是他们向女儿敬献的一份重礼。"② 这对夫妇与女儿微妙而扭曲的关系,暴露出上海这类小市民势利、谄媚的劣根性。从90年代到新世纪初以来,尽管上海表面的快速腾飞让全国乃至全世界刮目相看,但真正进入这个城市的精神内部,就发现大多市民的精神与文化气质并未因此而"现代"一些,他们还跟当初鲁迅在《看萧和"看萧的人们"记》中刻画得那样,看外国人仍是像"看动物园里的动物",或是像"翻检《大英百科全书》"③的心态。

  双方对视的另外一端是新加坡人对上海人的打量,新加坡人看似在其中处于上风。在陈先生组织的饭局中,新加坡人饶有兴味地看着上海的各色人等悉数登场。那做服装生意的女人怎样喋喋不休地讲述被自己的小姐妹欺骗的经历;三级沪剧演员怎样在懵懵懂懂中失去了成名的机会也失去了青春韶华,却仍然对琴师抱有玫瑰色的幻想;开保洁公司的夫妇想从新加坡人这里获取合作的机会,而他们的女儿及其男朋友则妄想将新加坡人当做通往国外的阶梯;未成名就落寞的女歌手对新加坡

---

① 王安忆:《新加坡人》,《收获》,2002年第4期,8页。
② 同上,8页。
③ 鲁迅:《看萧和"看萧的人们"记》,《鲁迅全集》第四卷,1981年,495页。

人是怀有欲念的；老年单簧管吹手和他的老年朋友们身上则有着新加坡人想也想不到的优雅和传奇。饭局中的人生百态，就好像五味杂陈的调料铺子，浓缩了实打实的上海生活，是新加坡人用金钱买来的上海风景，悉数被他心满意足地看在眼里。饭后，新加坡人就带领这样一群乌合之众走街串巷，在正午上海的街头制造出一道奇特的风景。新加坡人走在气势阔大的外滩，穿梭在狭窄逼仄的弄堂，听着身边的闲言碎语，家长里短，在种种强烈鲜明的反差中感受上海粗鄙与文明的交融，发出"这地方真神啊"的感叹。

但是，文本最为缠绕和深刻的地方，不在于表现这种双方的对视，而在于展现貌似处于文化上风的新加坡人不知不觉中被粗鄙与文明交织的大上海同化的过程。在上述看似绝对的强弱势力对比中，其实蕴含着相反的真相。

雅雯出现之前，新加坡人面对饭局中的"人文景观"是一副局外人的姿态。他话不多，微笑而默默地看着，心里满足而欣喜。面对那位三流歌手的撩拨，他即使羞怯，也没有作出任何的回应。他的内心非常坚固。但是当雅雯出现后，新加坡人开始发生一些变化。几次接触，他看出这个女孩出身的低下和因此造成的忍和退让的性格，也看出这隐忍和退让中积蓄着强大的力量。他慢慢竟与她有一点知心了。他的话多了起来，也俏皮了一些，并诚心诚意地想要为这个女孩做点什么。他为雅雯购买贵重的衣服和首饰，并不是要为这艳遇支付费用，而是对这个女孩发自内心的怜爱。后来，当雅雯从自己的生活中彻底消失、他又结识了同样年轻的周小姐时，心里仍不时会浮现出雅雯的身影。这种心灵的驻足对新加坡人来说是从未有过的，它带来的变化被中间人陈先生敏锐地捕捉到了："他看见新加坡人眼里的光，还有他面部的肌肉，紧张而活跃地牵动着，这改变了他的相貌。他变得比平时老，而且，有一种粗陋。他的笑容也较平时尽情，就显得夸张。他的口型迅速改变着，里面跳出一些词意不明的话音。陈先生看着眼前的新加坡人，心里不由恍惚，想：那是同一个人吗？"①

第二个改变是由北京某外语学院的周小姐带来的。这位小姐与雅雯一样年轻而有着充沛的活力，也是个果敢的行动派。她的单刀直入让新加坡人手足无措，结果欲速则不达。对于这位小姐，新加坡人显然没有面对雅雯时的心思，更多时候选择退避三舍。然而，他的内心被周小姐吓住了，却也彻底打开了，此时的他再也无心组织饭局，却似乎心有所属了。"好像，新加坡人已不是昔日的那一个人了，吃饭，对他没多大吸引力了。"②

在新加坡人打开的话匣子里，我们得知了他的难言之隐。原来，在马来西亚安放着他的隐忍的妻子和糊里糊涂结下的无爱的婚姻，这令新加坡人心无所属却又无处遁逃，于是，他焦

---

① 前揭王安忆：《新加坡人》，18页。
② 前揭王安忆：《新加坡人》，26页。

虑地到世界各地"寻找",漫无目的又心急如焚。在上海的饭局中,他不仅为了领略这里的民俗风情,更希望为自己的生活带来转机。雅雯和周小姐的出现让他欣喜,却也倍感压力。"周小姐,对了,还有那个雅雯,似乎,都太好了,年轻,美貌,受过教育,使他感觉压力。然而,当然,他也有那么一些些受挫感呢!"① 面对可能的机会,新加坡人却陷入了复杂的矛盾中。一方面他的身体对与这些女孩很渴望,另一方面,他又受到远方那个有名无实的妻子所代表的传统教化的牵绊,于是,新加坡人的行动和言语中呈现出许多矛盾。此外,在与这些女孩子的交往周旋中,他不断重复着关于"煮饭"的话题,而"煮饭"话题指向的正是他那个无声的妻子日常形象的缩影,默默无言,却像一块巨石,压在他的心头挥之不去。

然而,最终上海成为了新加坡人的救赎之地。我们看到,当经历了雅雯与周小姐的新加坡人再次与一位美丽、成熟、善解人意的"妈妈桑"相遇时,终于获得了内心的自由。半年后,新加坡人改头换面了,他再次来到上海却已不需要陈先生穿针引线。陈先生发现"新加坡人其时是换了一个人"②,变得开放和飞扬,"新加坡人在这城市里有朋友了,这城市的国际朋友里,多了一个新加坡人"③。之前那个在欲望和教化中备受煎

---

① 前揭王安忆:《新加坡人》,26 页。
② 前揭王安忆:《新加坡人》,28 页。
③ 前揭王安忆:《新加坡人》,28 页。

熬的新加坡人竟终于在上海蜕变。

　　在这部王安忆研究者较少的作品中，其实展现出了比在《香港的情与爱》更为广阔和深厚的"异乡人"意境。在《香港的情与爱》中，老魏是美国华侨、逢佳是从上海到香港投奔父亲的少女，两个在香港的"异乡人"展开了一场功利的情爱游戏。尽管老魏对逢佳不时生发出新加坡人对雅雯、周小姐那样的真情，但那灵光一闪的动心不足以撼动整个作品"等价交换"的主题，从根本上讲，作品表达了新时代一种势利的两性关系和社会现象。《新加坡人》的境界则深广得多。这部作品表面上讲的是新加坡人在上海"寻找"女人的故事，其实却无关风月，而是讲处在西化与中国传统文化夹缝中的外籍人士如何在上海自处，以确立精神根柢的主题。作品更深邃的主题是上海对外籍"异乡人"的改造。

〔第五章〕
身份模糊的都市漫游者

穆时英作为 20 世纪 30 年代"新感觉派"的圣手，曾在《白金的女体塑像》《夜总会的五个人》《上海的狐步舞》等作品中，表达了人在都市生活的丧失感和虚无感。《夜总会的五个人》中曾有这样的咏叹："陌生人啊！从前我叫你我的恋人，现在你说我是陌生人！陌生人啊！从前你说我是你的奴隶，现在你说我是陌生人！"它表达的是被抽离了思想与灵魂、而只剩下情欲关系的都市男女在对彼此身份的界定上产生的困惑。失却了从都市中获取精神滋养能力的他们彼此之间徒剩陌生感，于是，一类身份模糊的漫游者就在都市中诞生了。这类人身份不明，面目不清，眼光游离，没有坚定的信仰和可依赖的精神支柱，却又在与他人的交往中渴望通过漫游、"偶遇"和灵机一动的闪念捕捉和体验友谊、爱等这类长情的东西，结果只能再次陷入虚无。

穆时英的这类作品在上海"左翼"和通俗文学的反衬下凸显了上海文学强烈的"都市性"特征——"上海人"隐身于都市

迷宫中模糊的身份以及同样模糊的面孔——这个特点是一种典型的都市生存方式。20世纪90年代以来，穆时英作品的这种特点则被孙甘露、丁丽英、西飐等作家继承。

西飐、孙甘露、丁丽英都生于60年代，上海本地人，他们的作品既没有重振雄风、乘风破浪的大上海气势，也没有向殖民时期致敬的"怀旧"气息，亦无对底层市民悲惨境遇的刻画。他们的写作与当时上海主流的都市气象格格不入，也与主流意识形态话语的文学表达判然有别，在他们关于时代或者上海都市的叙述中，上述那些"上海性"特征剥落，聚焦为在都市迷宫中出没的、身份或面目模糊的一群漫游者。

〔第一节〕西飐作品中"偶合"的人们

西飐的文风温软黏滞，常常通过开放空间中人与人的"偶合"关系，使作品呈现出与众不同的流动性，郜元宝将之称为"逛街小说"①。这种"逛街小说"的气氛是氤氲而充满诗意的，语言带有某种"中国古典戏剧之美"②，然而其中却蕴含着深刻的命运的悲凉。

---

① 郜元宝：《西飐的逛街小说》，《不够破碎》，长春：吉林出版集团有限责任公司，2009，220页。
② 冯敏转述牛玉秋的评价，《大都市的呼吸与心跳（序）》。西飐：《河豚》，石家庄：花山文艺出版社，2001，3页。

"偶合",是西飏作品中人与人之间最为常见的连接方式。这些"偶合"的人们有着相似的性格特征,他们大多是一群在城市的街道中游荡的年轻人,所具有的包括婚姻、家庭、工作单位等在内的身份标签,在这种游荡和"偶合"中变得非常模糊甚至消解殆尽。"出来(通常是'逛街')和回家(以及日常'在家'),本来是都市生活两个互相补充、缺一不可的方面,但在西飏制造的'上海'一项中,却只有'逛街'而没有'在家'","'家',似乎被有意回避了。"① 例如中篇小说《聚散》② 讲的是一群交情深浅不同的青年男女因为一个无关紧要的原因相聚在一起,很多时候"在一起简直没有任何事做",甚至有些人并不怎么说话,但他们还是乐此不疲地结伴辗转于城市的一个又一个角落,吃饭、喝咖啡、找找平庸的乐子。他们之间既没有什么实质性的交谈内容,也没有什么实质性的接触,即便其中个别男女眉目传情,也始终擦不出什么火花。这种慵懒的聚会即便偶尔出现某个小高潮,也只不过给大家带来转瞬即逝的兴奋感,并不改变这种松散关系的本质,但他们就是爱这种没什么意义的抱团取暖,并在其中消磨掉自己的时光。

如果说80年代是用浪漫的爱情、稳定的婚姻和世俗的道德

---

① 郜元宝:《西飏的逛街小说》,《不够破碎》,长春:吉林出版集团有限责任公司,2009,220页。
② 西飏:《青衣花旦》,北京:中国华侨出版社,2000。

成功捏合起大都市的生活,那么"偶合"就意味着这种生活样式在 90 年代被打破。对于这些年轻的、游荡的灵魂来说,"偶合"本身所暗示的暧昧关系及其对常规生活秩序的突破,是他们欲罢不能的原因。在通过"偶合"对人与人关系的重塑中,新的生活方式产生了。

在小说《圣诞时光》①中,临时结成的四人小分队在平安夜相约到郊外的游乐场玩。他们之间要么本来相熟,要么通过朋友介绍才认识,在去游乐场的路上,互相开着无关痛痒的玩笑,或者听某一个人讲述与己无关的经历,时不时发表一点毫无意义的看法。大家表面上放松随意、漫不经心,其实都憋着一股劲儿,期待在这次偶合中擦出妙不可言的火花。于是,尽管游乐场拙劣的节目表演和嘈杂的环境让人失望,他们却毫无散伙的意思,在越来越浓的夜色中,这些不甘的心蠢蠢欲动,默契地寻找着下一个集聚地。接着,他们来到了其中一人开的足浴店。足浴店所隐喻的暧昧而性感的气息,非常适合安放此刻这些焦躁不安的灵魂,于是其中的三人加一个按摩女又结成了临时的两对。虽然最后并没有发生什么出格的事,但他们或通过言语的试探,或通过肉体若即若离的接触,终于在意淫中实现了精神的狂欢。而这小分队中的另外一人,则真的将一触即发的力比多释放一空。结尾,各取所需、心满意足的小分队

---

① 西飏:《青衣花旦》,北京:中国华侨出版社,2000。

又来到了当晚最后一站——火锅店,通过满足口腹之欲将此次出行的意义进一步升华,在味蕾的充盈中使这个"圣诞时光"真正达到灵肉合一的狂欢境界,为"偶合"画上了完美的句号。游乐场——足浴店——火锅店三个空间的隐喻不同,游乐场作为最开放的公共空间,适合"偶合"初期人们互相察言观色,安全地打探虚实;足浴店是进一步抵达暧昧境界的理想场所;火锅店则是力比多释放后舒缓身心的最佳去处。通过四人在三个空间的转换,细致入微地传达出人物的心理,点出"偶合"的精华所在。

西飏借"偶合"写出了90年代从传统爱情、婚姻等等最基本的二人核心家庭模式中剥离出来的人,表达出他们的生命状态、快感状态和情欲状态。与社会共同体成员间的紧密关系相比,"偶合"摒弃了人与人联结时对性格、爱和浪漫的依赖,人们处在反社会整合的一种精神状态。在"偶合"中,绝对看不到"新时期"初期类似《爱,是不能忘记的》中那种依靠对爱情的信念和坚守联结人物的动人方式,而是一种全新的人物关系,是一种"无关系的关系"[1]。

借用金惠敏对法国著名哲学家列维纳斯"他者"理论的阐释也许能够抵达"偶合"关系的精髓。列维纳斯将陌生人之间的相遇概括为一种"一种无关系的关系",用柯林·戴维斯的解

---

[1] 转引自金惠敏:《无限的他者——对列维纳斯一个核心概念的阅读》,《外国文学》,2003年第5期,50页。

释,"它是一种关系,因为相遇毕竟发生了;但它又是'无关系',因为此相遇并未建立起一致或理解,他者依旧是绝对的他者"①。换句话说,你永远不知道"他者"背后的故事(其实知道了也没什么意思),你在乎的是这种短暂新鲜的关系中对"他者"的享用,即"享受",于是,"无关系的关系"生发出意味深长的意义。"滋养,作为一个焕发精神的手段,就是将他者转化为同一,享受的本质即在于此:能量是他者,被认作是他者,……是对指向它的那一活动的承受,在享受中变成了我自己的能量、我的力量和我。在此意义上所有的享受都是补养。"② 金慧敏诠释列维纳斯的"享受",将之比作"阳光、空气、美景、劳作、观念、睡眠等等,以此为生(viv re de),万物皆备于我。这些被我享用的事物起初是他者,在外于自我的意义上是他者,但在我的享用中就转化为我的一个部分,因而也就不再是他者。""滋养、补养、能量转化、享受等等,实质上都是将他者同一化的行动"。③ 由此可知,"偶合"者之所以对"偶合"充满期待,是源于这种有距离感的未知关系能够带来将"他者"转化为"同一"的精神享受。

于是,"偶合"带来的乱交、换妻、背叛等等,就代替了80

---

① 转引自金慧敏:《无限的他者———对列维纳斯一个核心概念的阅读》,《外国文学》,2003年第5期,50页。
② 同上,51页。
③ 同上,51页。

年代一见钟情、木石前缘的神话，成为新的故事产生的生产线。这是 90 年代陌生人聚集的大都市不可避免的副产品，是对资本主义道德的反讽和补充。

伴随着精神的狂欢，"偶合"也会带来对既有社会秩序的解构。在"偶合"中，人与人不再是"我"的共同体成员之间的情感交换，而是一种完全陌生的"他者"与"他者"的相遇。这种相遇对包括婚姻、家庭、友情甚至人们习以为常的道德戒律等社会秩序带来了挑战。中篇小说《当孤独遇上寂寞》[1]讲述了祁红和黄毛的故事。这两个年轻人从哪里来，到城市的目的是什么作品都没有交代，只知道他们一个在超市当收银员，一个时不时地做点小生意。两人前几次的"偶合"都以买卖主顾的身份出现，地点不是在菜场，就是在路边小摊，虽然没发生什么故事，但显然这种"偶合"在二人心中都掀起了些微的涟漪。祁红心里总觉得"好像他和她在某个时间相互认识过，由于某种原因不便在此场合相认"[2]，于是不由自主地躲避着他。真正造成二人关系实质性变化的是一次超市抢劫事件。祁红值夜班时遇到了劫匪，她单枪匹马与之周旋。因为头上套了丝袜，祁红看不清劫匪的面目，却看清了他头发里的一撮黄毛，但并未与那个叫"黄毛"的人联系在一起。之后祁红与"黄毛"再次地铁上偶遇，像老朋友般自然地打了招呼，并很

---

[1] 前揭西飏小说文集《青衣花旦》。
[2] 前揭西飏小说文集《青衣花旦》，76 页。

快发展到同居关系,再续前缘般走到了一起。然而,尽管有了亲密的肉体关系,他们对对方的来龙去脉却仍不清楚,也没有探究的兴趣,他们像惯性运动中的陀螺一样通过肉身的取暖推着时光向前走去。要不是黄毛怪异的作息时间引起了祁红的怀疑,这种平静也许能走得更远。祁红通过跟踪发现黄毛偷盗的习惯,这使她恍然大悟,迅速联想到了之前超市抢劫的一幕。但是,得知真相后的祁红并没有选择离开,反而极力地替黄毛掩饰。

祁红的反应让人联想到王安忆笔下的米尼。当米尼发现男友阿康是一个惯偷后,不仅没有疏远他,反而改变自己去努力适应,并最终在阿康的影响下彻底地堕落。仔细分析可以发现,祁红、米尼、黄毛、阿康四个都市中人有着相似的遭遇和精神气质。米尼是上海人,却与家人隔阂很深,祁红身世不明,孤身一人在上海生活,黄毛和阿康也都是缺乏精神寄托的个体。他们两两的相遇及其产生的离奇的感情,代表了大都市中两性关系的某种类型——相遇未必相知,背叛未必分离。他们是大都市中"偶合"的"孤独"和"寂寞"。作品中祁红这样阐释"孤独"与"寂寞":"孤独,就是一个人孤零零的,很冷清的样子","寂寞就是觉得自己心里空落落的","先前我是孤独,而现在碰到你,我就是寂寞了"。[①] 尽管并不相知,这种

---

① 前揭西飏小说文集《青衣花旦》,87页。

取暖的方式却是"孤独"和"寂寞"们在都市生活的凭借。从这个意义上说,祁红和米尼对爱情的选择与其说是一腔深情,不如说是相爱相杀中的相怜相惜。小说的最后一幕意味深长,祁红和黄毛激烈地争吵,用刻薄的话互相伤害,但之后又泪流满面、更加紧密地拥抱。

西飚说:"这篇小说的用意是想写一些具体的人,他们可能是残缺的,乃至变态的。这或许缺乏美感,却是活生生的存在,其实,他们是生活中的大多数。"[1] 祁红和黄毛的故事,展现了大都市中两性"偶合"的奇观,体现了上海独有的都市文化特征。

在西飚的另外一部小说《时停时下的雨》[2] 中,"偶合"则是透视两性关系真相的镜子。琪琪和马骏是一对恋人,尽管存在诸多生活习惯的差异,他们的关系还是在惯性中朝前走去,然而,一次"偶合"的事故,却使早已埋伏其间的暗礁浮出水面。琪琪和马骏相约看电影,先到达的琪琪买票时却忘记带钱,只好向两个陌生男子求助,之后还钱、道谢、告别一切都顺理成章,但真正的故事却刚刚开始。琪琪之后开始在言语中不自觉地流露出对那两个男子的关注,男朋友马骏则在一旁冷嘲热讽、透出对二男的敌意。与此同时,"偶合"也令那两个男子的心理产生了波动。他们远远地跟踪打量这对恋人,猜测他

---

[1] 西飚:《与张钧的对话(代后记)》,前揭《青衣花旦》,364页。
[2] 前揭西飚:《青衣花旦》。

们关系的好坏,甚至想象英雄救美的桥段。最后,琪琪被马骏不可理喻的醋劲激怒,拂袖而去,毅然向徘徊在马路对面的二男走去。

小说的精妙处在于"偶合"给三方人物提供了展示心理活动的舞台。"偶合"发生之后,琪琪的生气固然有理,但她潜意识中秘而不宣的事实却是对二男的好感。马骏的醋意固然可笑,但很难说这不是某种直觉的外化。二男心中的款曲也不少,他们对琪琪和马骏的尾随,对二人关系的妄意揣度,对英雄救美的幻想,以及将对琪琪的追慕投射到其他女性身上的荒唐举动,都是表现。在淅淅沥沥时停时下的雨中,一个借助"偶合"蔓延的真相徐徐展开。最后,琪琪大踏步地走向二男,表面看是被马骏激怒,其实她的心早就想冲出鸡肋式爱情的藩篱。

《时停时下的雨》所代表的温软黏滞之风是西飏"偶合"场景的典型气质,《青衣花旦》《聚散》《闭上眼睛》等作品都是如此。这些作品往往绵里藏针,却蕴含着触目惊心的人生真相。"用小说的方式把都市的真实生态写出来,本身就是对各种都市谎言的无情揭穿。"[1]

西飏作品的"偶合"总是发生在上海或与上海相关的地方,因为只有在90年代的上海,才会有那么多关于这片土地的

---

[1] 前揭郜元宝:《西飏的逛街小说》,221页。

"美好"前景的想象,才能融入那么多相干与不相干的期许,这个城市才得以在宏大话语和民间想象的合谋中距离它本来的面目越来越远。西飏借助"偶合"创造了处在流动关系中的人们,写出了他所代表的一部分上海人面对日益陌生的家乡无所适从的情绪,进而表达失去家园的惶惑和无奈。正如冯敏所言:"上海的一切,是西飏们的日常生活,他们不必过分地强调。从西飏的作品中,我更多看到的是弥漫在某种氛围中的情绪与感受。紧张与焦虑,生存的压力,奋斗中的种种艰辛,梦想与现实间的种种失落,都以一种极其优雅含蓄有时也许是反讽的方式表现出来。"①

〔第二节〕孙甘露的"信使"、"访问者"和丁丽英的"慵懒的人"

我们显然不能从孙甘露的作品中按图索骥般地找到对上海写实的图像,也无法理直气壮地阐释它所表达的意义,因为他的作品是"语言的狂欢"②,要想理解他作品的意义,必须读懂建立在这个狂欢之上的隐喻。

但是从80年代的《信使之函》《访问梦境》到90年代的

---

① 前揭《河豚》"序",2页。
② 郜元宝:《孙甘露:酿造语言的烈酒》,《不够破碎》,长春:吉林出版集团有限责任公司,2009,201页。

《请女人猜谜》《忆秦娥》和《呼吸》《岛屿》《仿佛》《入夜之门》等,孙甘露又的确是在认真描述他心中的上海。正如他在纪录片《一个人和一座城市——上海:孙甘露 此地是他乡》中所言,他所经过的真实的一生是次要的部分,主要的部分则是将进入视野的故事、人物、场景置换成的"无名的容貌,印象主义风格的景色,运动中的肢体,永恒又不断变化的四季"①。因此,从《信使之函》到《呼吸》,虽然他的作品风格逐渐由抽象向写实靠拢,但他始终以一个清醒的旁观者的姿态观察上海的立场没有改变。

在《信使之函》和《访问梦境》中,作品让穿梭于橙子林或耳语城的主人公充当这个旁观者。"信使"携带着蕴含丰富意义的信函来到了耳语城,可惜刚一出发就把信函连同它其中的意义遗落了,于是他只好像一个盲目而空洞的漫游者一样在耳语城游走。也许最初的愿望是通过信函送达给一个假设的收信人来拯救这个充满了肮脏、虚伪、荒唐的城市,但随着信函的丢失、更因为收信人最终在城市的失踪,信使以及他所携带的意义被彻底消解。游走在耳语城的信使成了一个精神空虚的漂泊者。

《访问梦境》的卷首语写道:"到了结束的地方,没有了回忆的形象,只剩下了语言。"② 而这个语言是没有边界的。丰

---

① 中央电视台纪录片:《一个人和一座城市——上海:孙甘露 此地是他乡》,2003年。
② 孙甘露:《访问梦境》,重庆:重庆大学出版社,2005,1页。

收神说"一种东西同时就是一切东西"①,比如可以把橙子"当作梨、当作苹果、当作鱼、当作肉、当作稻米、当作小麦、一切一切"②,语言的意义突破了我们通常对它所做的限定,而完全被放飞在想象的翅膀之上。"我行走着,犹如我的想象行走着。"③穿梭在城市中的"访问者",就是借助这样无边际的语言在梦境中认识城市。

1992年的《忆秦娥》与1993年的《呼吸》与之前那梦呓式的叙述相比,文本的面目要清晰许多。《忆秦娥》中由"我"来扮演这个城市的旁观者。"我"借助对一个叫"苏"的女子的充满性意识的追忆,跟随着"苏"充满香艳而又纯粹的历史,看到了这个城市命运的印记。"随同那个年代,仆欧和买办摩肩接踵,大楼的色泽和最初的装潢,那潮湿寒冷的冬季,洋泾浜英语,私人电台播送的肥皂广告,电影和剧社,有轨电车的铃声,逸闻趣事,全都变成了追忆的对象,而它的中心,就是苏的形象。"④

长篇小说《呼吸》则围绕着罗克与五个女性(学生尹芒、尹楚、女演员区小临、美术教师刘亚之、图书管理员项安)的情爱纠葛,展现游离于都市的一群精神流浪人群像。生活在都

---

① 孙甘露:《访问梦境》,重庆:重庆大学出版社,2005,66页。
② 同上,70页。
③ 同上,2页。
④ 孙甘露:《忆秦娥》,《此地是他乡》,北京:人民文学出版社,2015,99页。

市中的罗克显然并没有归属感，他慵懒地读书睡觉、无所事事，除了追逐身心最原始的本能，穿行在与不同女性的情爱世界，就是以漫游者的姿态对这个世界进行嘲讽。但他的嘲讽必须借助冥想才能抵达意义的中心。"人群时聚时散，经历着人事无常的哀痛和奇谲变幻摄人心魄之处。他们叹息着称为麻木的豪饮者最后在医院的小房子里的一扇小窗口前汇聚一堂，或者在一种低能的热情的促动下去公众场合抑或某个旮旯里玩出一些令人眼花缭乱的极端举动，然后成为一名神经症患者被送进了戒备森严的诊所。"[1] 都市漫游者罗克对此厌倦和抗拒，不妥协却又毫无他法。同样，他的五位情人也如此，对亲情的麻木、对记忆的拒绝、对爱情和性的不顾一切的追逐，使她们与罗克一样是城市秩序的局外人。最后，五个女性纷纷去国，而罗克则继续以软弱的抗拒姿态在这个都市中漫游。

孙甘露小说中的人物总是这样地缺乏时间感，面目不清，他们"由书写幻想而来"[2]、"由幻想书写而去"[3]，不带有任何历史的纵深感，我们唯有借助作家的散文才能抓住这缥缈的所指。在《时间玩偶》《水中捞月之为什么是上海》《永不停息的幻想》等一系列散文中，都有一个丧失了触觉、对当代上海抗拒的"孙甘露"形象，这与他小说主人公的精神高度一致。

---

[1] 孙甘露：《呼吸》，广州：花城出版社，1993。
[2] 前揭纪录片《一个人和一座城市——上海：孙甘露　此地是他乡》。
[3] 前揭纪录片《一个人和一座城市——上海：孙甘露　此地是他乡》。

作为一个土生土长的上海人，孙甘露同他笔下的主人公一样以"职业漫游者"的姿态看待这个城市，并发现只能在隐喻的层面上谈及它，因为对他而言，上海是座"梦幻之城"，能够清晰辨认的是童年时期美好的阳光、风和四季的变化，而当下的上海则让他丧失了这些细微的感觉，于是不得不借助语言的狂欢捕捉它模糊的身影。"我一直就在上海之外的某个地方，比任何地理上的位置更远，由时间以我所不自知的方式令我无穷地思念它，而缓慢地失去对上海的触觉。"①

同为上海作家的丁丽英，也通过作品描绘了都市生活的"漫游者"。短篇小说《孔雀羽的鱼漂》也同样没有一个指向中心意义的完整的故事，而是由几个零散的生活片段连缀而成。作品预设的人物虽然处于一个完整的大家庭中，有着明确的身份界定，但在精神上又是出乎其外的。

"我"和姐夫之间的对话看似建立在共同的兴趣之上——他喜欢到小河边钓鱼，而我喜欢在那里写生，但实际上我们俩除了打发无聊的时间，并没有深入的精神交流。在姐夫讲述的一个莫名其妙又无聊透顶的钓鱼的小故事中，我既听不出他所谓的好笑之处，也看不出这事件本身的意义，但是，为了在小河边多坐一会等待颜料干透，我还是假装表现出兴趣。此外，"我"发现他表面上跟姐姐很亲密，但其实面对双胞胎之一的姐

---

① 孙甘露：《水中捞月之为什么是上海》，《孙甘露散文选集》，天津：百花文艺出版社，2011，86页。

姐,他根本分不清究竟哪一个才是妻子。小河边还有一幕也颇具深意。百无聊赖之际,两人看到不远处的一对男女在打架,本能和理智告诉他们应该前去干涉,但他们都没有行动,而是不约而同地选择了充当看客。回到家,一大家子人围绕着鱼宴和各种美食其乐融融地交谈,似乎都十分享受这个天伦之乐的时刻,但实际上,交谈的内容除了姐夫在重复那个莫名其妙的故事以及其他人围绕其中的无关痛痒的谈话,再也没有什么。然而结尾,沉浸于那个故事中的姐夫突然说出一句富含哲理的话:"我真的很吃惊。你想想,一条通向云层深处的光。周围,却什么也看不见。"①

作品中,丈夫和妻子精神实质的疏离、"我"与姐夫对现实(打架)事不关己的冷漠、"我"对婚姻口是心非的态度和对女友的敷衍,都隐藏在看似融洽的家庭关系背后。在这背后表现出的人与人、家庭成员之间的陌生感,互相之间体认的模糊性,对生活随遇而安的迟钝,共同汇聚成生活巨大的黑洞,使所有人惯性地深陷其中。姐夫之所以热衷重复那样一个百无聊赖的故事、说出那样一句有哲理又古怪的话,是因为这个故事偶然间让他在黑洞中窥见一整条来自上方的光,他的灵魂因为在一刹那间被唤醒而欣喜不已。

在丁丽英《去罕达的路》《法会》《抄袭》《时钟里的女人》

---

① 丁丽英:《孔雀羽的鱼漂》,《上海文学》,1999年第1期,45页。

等另外一些小说中,这种面目模糊的"漫游者"一再出现,成为她作品中一个典型的意象。《时钟里的女人》的主人公吕燕因为失业和离婚成为一个完全游离于正常生活轨道的自由人,但并未因此真正进入精神的自由地。与陈涛的十年恋爱成为萦绕心头挥之不去的情结,但是陈涛的潜逃和多年的杳无音讯,又促使她扎入了原始欲望支配下的潦草的两性生活。她感受着身体本能带来的欲望,在不同的男性间穿梭,但无论是进入还是退出婚姻,都始终未能与任何一个人达成心灵的默契。就算对于念念不忘的陈涛,她除了挥之不去的性爱回忆,便再也说不出关于他的任何来历,更对他的潜逃原因一无所知。小说记录了吕燕从早上6:04到7:04一个小时里的生活内容——闻了闻腋窝、毯子和内裤、想了想自己女友和祖母的趣事、表达了对庸俗不堪的邻居们的不满、回忆了与多个男人的性事……吕燕的感官已经紧紧地包裹在浮于生活表面的各种欲望中,失却了思维的灵敏和深度。尽管有些时候,她也渴望在看不清的命运中抓住点什么,但除了享受现下肤浅的快乐,真是一无所有。最后,她得出了一个荒唐的结论:"所有的男人都是同一个男人"[1],"所有的女人也是同一个女人"[2]。

陈村在《访问梦境》小说集的"跋"中曾这样评价孙甘露对海市蜃楼般的上海图景的描绘:"他的小说是难以剪断的缠

---

[1] 丁丽英:《时钟里的女人》,上海:上海文艺出版社,2001,261页。
[2] 同上。

绵。他是梦的歌手,也是女人的歌手。"① 这句话也可用于对丁丽英作品精神内核的判断。对于孙甘露和丁丽英来说,当代表着欲望胜利的旗帜在城市的上空高高飘扬时,他们选择作为梦的歌手低声吟唱,在飘忽的身份和面容中坚守内心。

西飏、孙甘露和丁丽英作品的外在形式大相径庭,但叙述风格和精神主旨却很一致。他们的叙述风格都表现出一种节制之美,在开放性的故事情节中为读者的想象留下巨大的空间。他们的作品有着相似的精神气质。在西飏通过"偶合"的人、孙甘露通过"信使"、丁丽英通过"慵懒的人"所营造的那种肉身虚幻的亲近中,他们真正想要表达的是陷于钢筋水泥的大都市中的孤独感。我们甚至可以这样认为,他们所塑造的人物形象是怯懦的,代表了不想参与和体会上海伟大与成长的那部分人。这些人宁愿躲在自己的肉体里,享受每一根神经颤动的快感、甚至是无耻的快感,也要与"怀旧"或凯歌高奏的市声拉开距离。作品中这些身份模糊的都市漫游者,代表了身为上海人的作家们对于家乡的疏离,而这种疏离感在此之前多是由外乡人传达的。

在西飏作品文集《青衣花旦》的封面,有一段诗样的文字:

"我们都是一些

---

① 孙甘露:《访问梦境》,武汉:长江文艺出版社,1993。

寂寞者

我们的遭遇很艰苦

很偶然

离浪漫很遥远

我们没有值得

苦守一生的东西"①

这样的心境虽然与90年代上海喧腾的城市气质格格不入，却也是喧腾之下脉动着的真实的灵魂。西飏、孙甘露、丁丽英三人所怀利器不同，却都是对常规社会秩序的解构。他们的书写是与其他主流上海书写方式的"断裂"，而"断裂"，正是其作品对于90年代以来上海文学"都市性"的特殊意义。

---

① 前揭西飏：《青衣花旦》封面。

余论

　　90年代以来，伴随着社会现实越来越复杂的变化，"文学终结论"俨然成为一个在不同国家的文学语境中被反复讨论的话题。① 且不论中外学者的担忧是来源于对文学形式枯竭的判断、还是图像时代入侵导致日渐明晰的文学边缘化走势、抑或受到文化研究的冲击，也无论他们这种担忧会不会最终一语成谶，问题本身的提出都说明了文学在新时代的身份重建问题。而对于新时代的到来有着深刻体会的上海文学，在转型中所表现出的阵痛、自我调适和身份重建，不仅是其都市性的题中应有之义，对于中国文学史来说也具有样板的意义。

　　90年代以来，上海文学被迫从已然解体的全国大一统的文

---

① 希利斯·米勒在《全球化时代的文学还会继承存在吗？》《论文学》等一系列作品中对德里达早在80年代就提出的文学必将终结的观点进行了再次阐释，并得出令人遗憾的结论："文学的终结就在眼前。文学的时代接近尾声。该是时候了。也就是说，该是不同媒介的不同纪元了。" J. Hillis Miller: On Literature (London & New York: Routledge, 2002), 1页。而同一时期以陈晓明、孟繁华为代表的一些中国学者也撰写《文学的消失或幽灵化？》《整体性的破解——当代长篇小说的历史变形记》《"历史终结"之后：九十年代文学虚构的危机》等文章，表达同一观点。

学格局中走出，开始着手建立与新上海的亲密关系。从它最初以现实主义的文学作品拥抱和跟进上海的都市化建设，到逐渐不满于这种都市化建设中文化部分的缺失而引入"怀旧"书写风，再到对"怀旧"的泛滥和夸张不满又以社会主义时期的上海故事对历史面相进行补充，以及同时在全国的都市新写实文学潮流中展开新上海人在东方魔都的各种奇遇，和深入城市细部对底层市民、家庭伦理、高校知识分子、异乡人欲望和创伤的书写……都是上海文学艰难曲折地表达上海都市性的过程。在这一过程中，上海文学的形态与80年代相比发生了很大的变化。

首先是作家队伍的组成方面，从之前有组织、有计划地"培养"到自由而开放地聚散。在上海文学史上有组织地对作家队伍进行培养是有传统的。建国初期，面对新涌现出的工人创作力量，上海文学界采取各种措施培养壮大。当时《群众文艺》《劳动报》《文艺报》等各类期刊报纸都纷纷开辟面向工人作家征稿的专栏，华东作家协会的机关刊物《文艺月报》更是通过"习作"栏目对有着写作热情却缺乏写作技巧的他们进行指导[①]，从而培养出唐克新、胡万春、费礼文等一批工人作家，使上海的工人文学创作在全国独树一帜。"新时期"初，上海作协分会成立了以宗福先、曹阳为正、副主任的青年创作委员

---

① 张红娟：《论1950年前后上海小说创作队伍的转型》，《长春教育学院学报》，2017年第5期。

会，通过举办讲座集中对有潜力的文坛新人进行培养。那时，上海作协还时常为专业作家的编制过少无法平衡而烦恼①。与此同时，主政《上海文学》的李子云也协同周介人等对上海作家和评论家等文坛后备军进行培养，他们不仅定期组织专业"沙龙"，更亲自担任文学创作和文学理论讲习班的带班老师②，陈思和、吴亮、蔡翔等文艺理论家和金宇澄、程小莹等作家正是借此脱颖而出。正是这些有组织的培养，使不少出自于"青创班"的学员纷纷在随后的工作调动中走上了专业创作的道路，比如后来因《繁花》而大红的金宇澄就是通过"青创班"的培养进入了《上海文学》编辑部的。在这样的文学体制下，80年代的上海作家队伍完全可以沿用"知青"、"先锋"、"寻根"等"新时期"对作家的归类方式进行命名。

然而自 80 年代中后期起，这种命名方式再也无法继续。接替李子云主持《上海文学》的周介人在 80 年代后期的烦恼很能说明问题。作为李子云当年的得力干将，他对 80 年代挖掘和培养文坛新秀的方式既熟悉又有感情，于是，从主政的 1987 年开始，他仍然不遗余力地对上海的作家队伍进行培养。但是，无论是从"表现工厂、乡镇、马路边、个体户、公园里、居委会

---

① 参见中共上海市委研究室陈继明：《上海文学创作、评论队伍的现状》，《社会科学》，1986 年第 5 期。
② 王琪森：《当青春的脚步踏入作协时》，《人生从此不寂寞》，上海：上海三联书店，2007，352 页。

里的时代风貌"①的业余习作中挖掘业余作家,努力推出文坛新人,还是顺应"写出上海特色"的呼声培养本土作家,他在"启蒙"的思维惯性之下使出浑身解数却还是收效甚微。90年代以来的《上海文学》杂志不仅发行量没有大的起色,定位也始终模糊不清②。周介人在80、90年代带有悲壮色彩的努力,透露的是作家"被培养"时代的终结。

之前那种深信通过开办"作家培训班"、组织"文学沙龙"来总结文学创作经验,从而提升作家创作水平的思路显然过时了,新时代为作家的诞生提供了无限的可能。如果说90年代以来的上海作家队伍,除了从"新时期"走来的工人作家、"知青"作家以及"60后"作家尚且受到过"组织"的提携和滋养,那么那些在90年代中后期通过在沪求学而留下的各类城市书写者、通过"新概念作文大赛"崛起的"80后"作家以及执着于上海的某一个空间角落、持续表达都市历史变迁的本土作家等等,都与"组织"的栽培关系不大。这是一个自由穿梭于"单位"与文坛的时代。更多"单位"的人涌入文坛、更多作家走出"单位",更多的自由书写者出现,更多的自由书写者身兼数职……身份的多样杂糅使得对他们的归类命名非常困难,除了极具辨识度的"怀旧作家"外,他们中的大多数无法像80

---

① 1987年7月《上海文学》"编者的话"。
② 参见拙作《周介人与20世纪80年代中后期的〈上海文学〉》,《芒种》,2017年第15期。

年代那样依据写作题材和风格进行分类,只得暂且以"女性"、"70后"、"80后"、"知识分子"等性别、出生年代、职业特征命名之。

90年代以来的上海作家,很多不像"新时期"的上海作家那样积极参与当代文学的建构,主动融入中国当代文学的集体话语体系。他们不关心自己属于哪一个群体,替哪一类人代言,而更愿意以自由写作者的身份介入文学,强调个体的声音,关注自我在新语境下的私人化的表达和由此对自我价值的彰显。他们写作的方式和风格多种多样,但在展现与任何一种政治意识形态疏远的态度上却非常一致。

这里作家文学生态环境的变化还可以通过一个例子来证明。1982年,对于作家"非学者化"的现象,王蒙曾撰文批评,他认为作家"应该有学问,应该同时努力争取做一个学者"[①],目的是具备抵御低级趣味和资产阶级自由化倾向的能力。作为一个有着"少共"情结且在80年代掌握了文坛官方话语权的作家兼文化官员,当时的他自然觉得正本清源、摆正方向责无旁贷。而到了三十年后的2014年,上海学者郜元宝撰文《关于"学者型作家"和"教授小说"》[②],同样对学者与作家身份合一的现象(具体说是上海文学中流行的"教授小说")进行讨论。文中他一再强调"术业有专攻,一心无二用",要警惕

---

① 王蒙:《一个值得探讨的问题——谈我国作家的非学者化》,《读书》,1982年第11期。
② 郜元宝:《关于"学者型作家"和"教授小说"》,《文学报》,2014-7-17。

那种一心想要"双肩挑",却落得"四不像"的写作。他关注的是作家与学者身份合一带来的危险,担心那些学者作家因为对自我身份的固执、因为"学术腔"而阻碍了充满艺术感性的个性化表达。同一个话题在30年后的再现所引发的不同结论,很能说明问题。

上海文学形态第二个方面的变化是"写作"/"书写"代替"创作"成为文坛流行语。当然,这并非上海一家独有,而是蔓延全国的文学现象。我们犹记得"新时期"初文学理论界对"异化的人"和"社会主义新人"等塑造各类时代人物的倡导,犹记得80年代刘再复发起的"性格组合论"和"文学主体性"的全国性的大讨论,以及他想要通过高晓生的"陈奂生系列"而提炼出"根据作家的系列作品,对小说人物进行连续和总的掌握"[①],以实现对中国文学宏观研究的雄心;还有1985年作为空前繁盛的"方法年",鲁枢元、余秋雨、姚全兴等兴奋地将"控制论"、"系统论"等自然科学的方法论引入文学研究,希望建立一个更为现代化的文学话语体系;以及此外80年代各类"青创班"、"文学讲习所"的蓬勃发展、编辑与作家频繁的书信往来……这一切都建立在大家相信文学是在理论指导下"创作"而成的理念前提之上的。

然而90年代以来,文学从一种理论指导下的艺术"创作"

[①] 刘再复:《文学研究思维空间的拓展——近年来我国文学研究的若干发展动态》,《读书》,1985年第2期、第3期。

演变为对某一种生活状态碎片化的记录,"写作"或"书写"代替"创作"一词开始走红文坛。一时间,不仅上海的"底层写作"、"日常书写"、"女性写作"在全国的写作潮流中占据相当的地位,还因地制宜、开发出"怀旧写作"、"身体写作"等独领风骚的写作潮流。"创作"的衰落和"写作"/"书写"的兴起,说明文学从执着于通过文学思想和技巧对某一政治意识形态表达的自信逐渐消失,取而代之的是专注于自我细小而真实的感受和对这感受价值的认同。

也正因此,80年代末90年代初俞天白、殷慧芬、李春平等反映建设中大上海的作品,由于是在反映论下对现实的扁平再现、缺少应有的丰富性而注定走不太远。90年代以来时代语境的纷乱迷离,已远非那些文学理论指导下的"创作"所能涵盖,从后来各种难以名状的书写现象来看,上海的作家们已然从塑造时代人物的野心中退回到对自我心灵的坚守上去了。

此外,与作家队伍构成和文学创作方式的转向同时发生的,还有文学叙事中越来越强烈的"故事性"倾向。虽然上海文学中始终不乏一些追求形式"先锋性"的作品,但这类作品在90年底以来的上海文学版图中逐渐被挤向边缘,声音式微。若再反观王安忆的上海书写路径,问题就更加清楚。从"新时期"至今,她走过了一条从写上海故事到写上海传奇的路。

王安忆90年代以前的作品虽然也是写上海故事,但无论是"雯雯"形象的塑造,还是《墙基》《庸常之辈》《逐鹿中街》

《一千零一弄》中的普通市民，或者《悲恸之地》《好婆与李同志》《鸠雀一战》等表现外来人与本地人心理碰撞的作品，都是以一当十地写出一类人的精神面貌，单个人物的个性特征隐藏在人物群像烘托的某种社会现象之后。1990年《叔叔的故事》则更明确地通过两种叙事方式的交叉刻意抹杀人物个性，借此展现城市中摘帽"右派"的后半生。但在这之后，王安忆的作品越来越显示出对城市传奇的浓厚兴趣。也许单单从《我爱比尔》《米尼》《富萍》《文革"轶事"》等作品的叙事中看不出端倪，但若仔细分辨阿三、比尔、米尼、富萍等人物形象，就会发现这些看似普通的人物身上其实都蕴含着上海的传奇。阿三对异国情调的疯狂迷恋、米尼所代表的返城知青的沦落、富萍一个外乡人进入城市的过程，都是他人无法复制的都市传奇，更不要说《长恨歌》《天香》借助女性对传奇的直抒胸臆了。之后在新世纪的作品《保姆们》《民工刘建华》《月色撩人》《发廊情话》《桃之夭夭》《众声喧哗》以及近作《遍地枭雄》等作品中，不管是对人物群像的截取还是对个体形象的描绘，也都不具有普遍意义，还是一个个层出不穷的传奇。借助传奇，她作品的故事性得到了升华。

另外，当初程乃珊、王安忆等主导率先吹来的"怀旧"之风，正是以旖旎、好看的故事，为上海文化建设勾画出一幅美好的蓝图，尽管它的泛滥招至批评，但批评者也同样是以高度故事性的作品进行了"反拨"。于是，三四十年代狎邪的爱情、黑帮的仇杀，70至90年代工人新村的记忆，当代魔都的传奇，以及写知青、写底层、写欲望、写浦东……90年代的上海文学空间里，积聚起越来越多好看的故事，这些美妙的故事在远离宏观政治话语的体系中，提供了另一种启示生活的可能。

　　至此我们再回到余论开头所提出的"文学终结论"的问题。至少从以上三方面的变化来看，上海文学的前景并不那么悲观。尽管市场经济和消费主义会让文学因为批量式生产、招徕式写作或商业化贩卖而自掘坟墓，但也同时给文学批评和创作提供了更为多元的广阔空间。我认为当一个我们无法阻止或与我们的理解力有一定距离的时代或城市向我们走来时，对表现它的文学应该报有宽容的态度。八十年代那种步调一致的理想主义的文学空间已然逝去，这在让人追怀的同时，也给了所有人参与文学平等的机会。在这种新的文学生态环境中，每一个人都能成为文学的主角。文学世界中的个体在独处、合作甚至相互背弃中脑洞大开，在书写中认识新时代、也同时进行自我身份的确认。我想这正是上海文学"都市性"的魅力所在。

附录
关于上海文学相关研究的分类

(一) 关于写出"上海特色"的研究

90年代以来上海文学的都市性研究,首先与80年代初发起的关于写出"上海特色"的讨论有关。新时期初,当上海文坛积极参与文学界的拨乱反正、并在文学创作与理论建设方面发出重要声音的时候,上海杂志、作家和编辑的目光是投向全国的,而且这种情况一直延续到了80年代。从1983年开始,研究界开始"向内转"、出现了"写出上海特色"的声音。1983年4月,上海作协和《上海文学》编辑部召开小说创作座谈会,讨论"写出上海特色",参会者有王元化、吴强、李子云、茹志鹃以及当时在沪的王蒙等人[1]。随后,程德培写了《关于"写出上海特色"》[2]一文与人商榷。其中谈到王安忆、曹冠龙、王小鹰,信中他赞同写上海,甚至打出"寻根"的说法,但同时又强调上海是多种面相的,担心这样一哄而上地强调"地方特色",反而会千篇一律,失之偏颇。关于方言,他也坚持两分法,认为方言与"上海

---

[1] 《上海文学》,1983年第6期,91页。
[2] 程德培:《小说家的世界》,杭州:浙江文艺出版社,1985,223页。

味"的传达,未必一定关联。程德培30多年前的这些观点即使放在今天看也很有见地。这次会议和书信讨论,是新时期以来文学中的"上海特色"首次被提起,但是该怎样表现这种特色,研究界未能达成共识。

1985年8月,《解放日报》记者陈诏发表《写出有"上海"味的都市文学》,提出"写上海人的精神、反映上海的特点,反映中国时代中的上海,写上海的市民"①。对"上海味"的文学进行了具体说明。与此同时,上海批评家吴亮发表《文学与消费》②,探讨消费文化之下文学何去何从,之后又发表《城市人:他的生态与心态》③。虽然这些话题并不单指向上海文学,但作为全国都市化程度最高的城市,上海显然更有资格对号入座。

1987年3月,吴亮在《文艺评论》发表《时间之妖——对城市生活的文学沉思(一)》④。文中他动情地表达了城市发展对其感觉的强烈冲击,提出用文学想象拯救感觉失措的可能性。

1989年2月,时任《上海文学》主编的周介人以《走向大气》撰文《上海文学》"编者的话",委婉地批评了上海文学格局偏小,鼓励培养一种具有现代城市意识和书写城市题材的文学,体现对时代的关照。陈思和、王安忆、殷国明等也分别提出各自看法。

---

① 《上海文学》,1985年第8期,95—96页。
② 《上海文学》,1985年第2期,70—75页。
③ 《上海文学》,1986年第1期,79—83页。
④ 吴亮:《时间之妖——对城市生活的文学沉思(一)》,《文艺评论》,1987年第3期,20页。

之后1993年余秋雨在《上海文学》连载《上海人》，痛批上海人身上的劣根性，引发激烈争论，"上海"被推到了舆论的风口浪尖。同时，作为最具上海地方特色的文学杂志，90年代的《上海文学》不断试探转型之路，以适应社会从启蒙文化到消费文化的陡然变化。1992年，该杂志已不再坚守90年代初的启蒙文学立场，提出文学的"90年代性"，表达对"一代有一代之文学的"宽容。从发掘"银发题材"（1992）、告诫"换脑筋"（1994）、提出"新市民"等城市话题，到对"半吊子的市民现象"、"年轻的都市文人"（1995）的细部观察，再到发扬"民间"写作思想（1996）、褒扬弄堂写作（1997、1998、1999）的方向，它试图在"上海特色"上有所建树的设想，几经摇摆，最终定型。

从以上概述可见，80年代初到90年代中期，上海研究界多从宏观上对写出"上海特色"不断尝试和摸索。然而不同的是王安忆。从发表于1995年第9期《上海文学》的《寻找苏青》来看，当时的她已确信找到了关于上海的言说方式。文中对"日常"的一再肯定，客观上解释了她以《B角》《庸常之辈》《流逝》为代表的、从"雯雯的情绪天地"到"庸常之辈"的审美风格的转变。

之后更明显的"向内转"，源于官方80年代末开始重振上海雄风的努力和日渐升温的"张爱玲热"，这使得90年代初到新世纪的上海文坛刮起一股强劲的"怀旧"风。在这股风潮之下，"上海"，尤其是昔日殖民地时期的上海突破地域的命名而成为被进行各种诠释的文化符号。研究界对此现象反响热烈、褒贬不一。

进入新世纪,学术研究界着手冷静地对上海文学的历史变迁进行整理和总结。继李子云1999年对上海五十年来的文学进行总结之后,陈思和从理论上概括了海派文学的特点。2002年,他发表《论海派文学的传统》①,提出自《海上花列传》以来,海派文学形成了消费文化和左翼文化两个传统。时隔七年后的2009年,他又发表《复杂的叛逆性——现代海派文学的特点》,对当初的观点有继承也有修正与深化,提出上海文学的血脉天生具有"叛逆性":"主要是突破和延伸了新文学的主流而言,它处于新文学的前沿与边缘,不断开拓,不断创新,甚至不惜以新文学的对立面出现,否定主流文学的某些方面"。②

批评者也有。杨剑龙在《论上海文学传统的继承与流失》③一文中指出上海文学在19世纪30、40年代达到了顶峰,形成"先锋性、多元性、消费性"的上海文学传统,只可惜中华人民共和国成立后以及新时期后,未能将这一传统发扬下去,因此再也未能独领风骚。

郜元宝则通过对多个具体文本的细读,阐述自己对上海文学的看法。他曾以陈丹燕的《慢船去中国》为例,对从90年代中后期至新世纪初兴起的所谓时尚写作进行了批评。"90年代中期以后,上述关

---

① 陈思和:《论海派文学的传统》,《杭州师范学院学报》,2002年第1期,1页。
② 陈思和:《复杂的叛逆性——现代海派文学的特点》,《郑州大学学报》(哲学社会科学版),2009年第1期,105页。
③ 杨剑龙:《论上海文学传统的继承与流失》,《盐城师范学院学报》(人文社会科学版),2005年第2期,57页。

于上海的制度性想象的介入,不仅改变了上海文学的素材与色彩,也改变了它的地位和性质,使得一种相对独立于整体的中国文学而又在某种程度上引领着整体的中国文学随它一起发生变革的新的上海文学成为可能。"① 他同样批评了上海文学中的某种写作趣味,在《赵朴斋的身段——上海文学的狭邪小径》② 一文中,他借用鲁迅对"狭邪小说"的总结,指出《海上花列传》以讲上海文学中许多男女情感的表达,不脱"狭邪"本色。 2010年,通过对上海作家夏商的长篇小说《东岸纪事》的分析,他认为这部作品"大幅度改写了上海文学的空间想象"③,并因为具备了野性、血气和血色,颠覆了人们习以为常的上海想象。

与此同时,上海作协也多次组织召开座谈会,对上海文学进行把脉,开出药方。 2003年11月,作协理论组召开座谈会④,梳理上海文学的历史变迁,探讨上海文学的精神气象与发展定位, 2005年2月,组织作协文艺理论专业委员会对上海文学创作状况进行讨论⑤,提出距离与落差的命题。

从90年代到新世纪,随着"上海学"逐渐完成其显学地位的论

---

① 郜元宝:《一种新的上海文学的产生——以〈慢船去中国〉为例》,《文艺争鸣》,2004年第1期,77页。
② 郜元宝:《赵朴斋的身段——上海文学的狭邪小径》,《不够破碎》,长春:吉林出版集团有限责任公司,2009,243页。
③ 前揭郜元宝:《空间·时代·主体·语言——论〈东岸纪事〉对上海文学的改写》,46页。
④ 王纪人:《上海文学地图的历史变迁——上海作协理论组座谈纪要》,《文艺争鸣》,2004年第1期,91页。
⑤ 杨剑龙:《距离与落差——关于上海文学创作现状的讨论》,《文学报》,2005-2-24。

证，作为题中之义的上海文学研究始终是上海研究界乃至全国关注的重点。

（二）"上海"作为文化符号的研究

"上海"作为文化符号，是指研究者不将"上海"作为地域的代名词，而是一种文化的能指，通过空间、欲望、媒介或者"怀旧"心理和"上海味道"等角度对其进行分析。

"海派"的提出本身就是对上海进行文化符号意义上的再命名。陈思和在《论海派文学的传统》中提出"现代性"与"批判性"两种海派文学的传统后，进一步撰文指出"这两个传统的区别不在描写对象而在于描写态度"①，换言之，"上海"的模样究竟怎样，取决于讲述它的作家的态度，那么所谓的两个传统，也就是对上海的两种不同理解和表达的方式。

"物欲"也常常是论者切入的视角。对90年代刮起的"怀旧"写作风潮的分析，对卫慧、棉棉作品的文本解读，对韩寒、郭敬明现象的观照等，都离不开从这一角度展开讨论。以欲望和暴力研究为当行本色的复旦大学王宏图，在《都市叙事与欲望书写》②中从欲望主题切入对近代以来的上海文学进行梳理，试图揭开欲望主题与意识形态结合的奥秘。

---

① 陈思和：《序跋三篇》，《汉语言文学研究》，2010年第6期，106页。
② 王宏图：《都市叙事与欲望书写》，桂林：广西师范大学出版社，2005。

从空间的角度展开研究的有华东师范大学中文系的罗岗和上海大学文学院的蔡翔、董丽敏等。罗岗撰写《城市空间再生产与社会主义新传统》①，对1949年后社会主义对上海的空间改造进行了分析，发现其实是社会主义生产方式对上海文化的争夺，文学作品则充当了喉舌的角色。《城市的记忆：上海文化的多元历史传统》这本专著还对90年代消费文化影响下文本中密集出现的酒吧、咖啡馆、公寓等新兴空间样式进行了解读。

此外，还有对"怀旧"思潮的关注和研究。这种视角往往被运用到作家论、作品论和文化研究中去。王晓明评论王安忆作品时，认为"怀旧"风潮与上海这座城市的"历史、民风和生活条件"②不无关系，"使它特别适合新时代的需要，简直无需费什么心计，就能复活、涂改、进而牵引它的记忆和欲望"③，"倘说今日的'市场经济改革'正需要一处地方来酵发人对于'现代化'的崇拜，酿制能安抚人心的意识形态，那上海无疑是最恰当的地方了"④。陈青生主编的《画说上海文学》中谈到陈丹燕"怀旧"三部曲时，认为"对西华情调的渲染和对生活品位的推崇，是对上海在解放后被强制改造的文化经验的一种反拨，间接表达了对曾经的匮乏和封闭的反感"⑤。这一

---

① 许纪霖、罗岗等：《城市的记忆：上海文化的多元历史传统》第七章，上海：上海书店出版社，2011，230页。
② 王晓明：《从"淮海路"到"梅家桥"——从王安忆小说创作的转变谈起》，《文学评论》，2002第3期，10页。
③ 同上。
④ 同上。
⑤ 陈青生：《画说上海文学》，上海：上海文艺出版社，2009，425页。

心理逆反说是对"怀旧"写作的新解。

上海社科院的陈惠芬是地道的上海人,对上海文化的深谙使之对"怀旧"的解读很有深度。在《想象上海的N种方法》[1]中,她阐述了20世纪90年代"文学上海"与城市文化身份建构的关系,认为90年代以来文学中对上海的城市表达,是"一种自动自觉的身份认同的努力",在这之下,革命后代、老上海后裔、新上海人纷纷对自己心目中的上海进行描述,形成了纪实与虚构、日常与传奇、自我与他者、离去与归来等等想象上海的方法。但是,在对"怀旧"作家几乎一网打尽之余,她却屏蔽了赵长天、殷慧芬、徐蕙照等工人出身的作家群,忽略了张旻、西飏、夏商等作家群,忽视了《汽车城》《青衣花旦》等同样也是对90年代上海的文学想象、同样也参与了上海文化身份建构的事实。

伴随着"怀旧"写作大量产生并众口一词地描述上海,研究者意识到了其中蕴藏的危险性。有的人发现这种写法是"1949年以前和1992年以后的上海遥相呼应,共同构造了一个开放的、国际化的形象"[2]。有的人认为90年代以来兴起的"中产阶级"文化,与这种书写不无干系:"我们应当承认,在'上海想象'中,作为新的话语的核心,被精心修饰与美化'中产阶层'意象承担了主要的形塑功能。但是,"这样的'上海特性',能否容纳'上海'作为具有中国特色的'现代'大都市的全部追求,抑或更多的是擦肩而过,甚至背

---

[1] 陈惠芬:《想象上海的N种方法》,上海:上海人民出版社,2006。
[2] 前揭《城市的记忆——上海文化的多元历史传统》,231页。

道而驰？很大程度上，应该是存疑的。"①

（三）关系研究

上海文学可以从纵、横两方面与很多文学现象勾连和对照，在以20世纪中国文学，香港、北京等异域文学，都市文学，乡土文学等为参照系时，分别显现出不同的面相。

杨剑龙始终致力于上海文学与都市文学及二十世纪中国文学的关系研究。从90年代末关注上海的市民小说到十年后成书《上海文学与二十世纪中国文学》《都市文学》等，他从文化的角度梳理上海文学对20世纪中国文学的影响以及在都市文学的建设中所起到的重要作用。

这方面的代表还有陈思和。在"三城记"第三辑的序言中，他讨论了都市文学与上海文学的关系。他反对将二者想当然地联系在一起，反对将"都市文学"先验地理论化，并以此为准评判具体创作的高下。因此在评论所选的五篇作品时，他强调所看重的不在于是否直接写了都市，而仍在于是否表现出"文学中的人性力量与审美精神的独特"②。

倪文尖从上海与香港的双城关系解读王安忆与张爱玲的创作，认为"在王安忆形成'城市认同'的过程中，张爱玲的启示性是相当关

---

① 前揭《城市的记忆——上海文化的多元历史传统》，231页。
② 前揭《关于"都市文学"的议论兼谈"三城记"之上海小说卷序》，《都市文学》，116页。

键的环节。"① 凤媛从王朔和孙甘露的创作看京沪作家面对都市化冲击的不同反应②。钱文亮则在《都市文学：都市文化语境中的文学变革》③中对现代都市文学与当代都市文学进行区分，认为以信息化为标志的新文明使传统文学与当代都市文学呈现出巨大的审美差异。

李丹梦和黄平针对上海文学为代表的城市文学写作给出了不同的建议。李丹梦提出城市能否回家的命题④，在传统乡土文学的参照之下，认为除了90年代的生态小说，均无法寻得回家之路。黄平则以为城市文学的出路不在乡村，而在城市本身，在"自我与他人"的关系当中⑤。

(四) 文化研究

随着上世纪80年代末当代西方文化研究的理论与实践被陆续介绍到中国，文化研究开始被引入文学研究领域并逐渐成为主要的资源与方法。上海因其复杂而显著的文化特点吸引学者自觉运用这一理论对上海文学进行研究。

---

① 倪文尖：《上海/香港：女作家眼中的"双城记"》，《文学评论》，2002年第1期，87页。
② 凤媛：《〈上海文学〉的都市想象：以1990年代为中心》，《文艺理论研究》，2013年第7期。
③ 钱文亮：《都市文学：都市文化语境中的文学变革》，《求是学刊》，2007年第3期。
④ 李丹梦：《究竟什么是城市文学》，《人民日报》，2015-5-26 (14)。
⑤ 黄平：《"大时代"与"小时代"——韩寒、郭敬明与"80"后写作》，《南方文坛》，2011年第5期。

杨剑龙的《上海文化与上海文学》认为上海文化的开放性、商业性和人性内涵影响了上海文学的通俗写作、个人化写作以及市场化特征的产生,也对中国20世纪文学产生了深远影响,"上海文学的消费特色、现代手法、人性内涵,这也影响了20世纪中国文学的发展与嬗变,使中国文学明显具有与传统文学不同的新质素。"①

许纪霖、罗岗主编的《城市的记忆——上海文化的多元历史传统》集合了上海大学众多年轻学者的研究成果。该书从江南"文商"传统、消费文化、印刷出版、媒体改造、空间再造、"怀旧"心理等方面分析上海文化的多面性和复杂性,认为对文学的表达起了决定作用,多数情况下,文学只是参与了对上海文化的塑造②。

另外,一些学者开始有意识地对上海文学分阶段整理和总结。王安忆、陈思和、毛时安、文贵良、杨扬等都对90年代中后期至新世纪第一个十年的上海文学发生过兴趣。在《文学站在新世纪的门口——九十年代上海文学一瞥》③中,毛时安详尽梳理了九十年代上海文学取得的成绩,一一断其高下,体现了独特的眼光。杨扬对新世

---

① 杨剑龙:《上海文化与上海文学》,上海:上海人民出版社,2007,11页。
② 例如在分析上海文化中的"江南"元素时,以鸳蝴派为例,说明他们开启了上海文化中的"文商"传统。在谈到消费主义对上海文化的影响时,认为穆时英、刘呐鸥等现代派作家笔下的上海,充分凸显了"物"的特征,并表达了人在这种场景中被"异化"的感觉,进而认为"'三四十年代的上海'在文化意涵,甚至消费意涵上,都比'现在的上海'更具有张力,如果说今天的上海移植了老上海的很多'物',那么,这种移植其实是非常单面的,这个城市性格原有的'二重性'基本被新意识形态抹平了"。前揭该书,155页。
③ 毛时安:《文学站在新世纪的门口——九十年代上海文学一瞥》,《上海社会科学院学术季刊》,2001年第5期。

纪以来第一个十年的上海文学分年度总结，结集为《浮光与掠影：新世纪以来的上海文学》①。他用一个关键词或一句话概括每年的文学面貌，对当年上海文坛的大事件、创作特征、重要人物、文学体制和图书市场等等也都有所兼顾，不少观点新颖犀利，有些资料性记述填补了其他整体类研究的不足。连起来看，该书是对新世纪第一个十年的上海文学最为全面的解读②。

张鸿声长期以来致力于城市文化与城市文学的相关研究，他的一系列著作和文章都力图改变"反映论"城市研究的范式和方法，尽可能挖掘文学想象所赋予城市的意义。在其用力最勤的上海文学研究中，他将长期被人们忽略的50至70年代的文学、"十七年"文学等纳入视野。其力作《文学中的上海想象》的部分观点被一些学者认为是对"此前的上海文学研究具有相当的颠覆性"③。

---

① 杨扬：《浮光与掠影：新世纪以来的上海文学》，上海：上海文艺出版社，2014。
② 例如通过对2000年《上海文学》栏目的分析，发现该杂志这年在消费和政治两个世界中摇摆不定。在对2002年图书出版市场的分析中，认为当年的上海出版界外地作家你方唱罢我登场，却都不过想要从商业市场份额中分一杯羹，看似熙熙攘攘，实则不利于上海文学发展。他揣摩除当年怀旧作家之所以热衷表现"日常"生活中的"传奇"，是因为"上海的作家是害怕自己成为市民作家的"，于是"上海的市民生活大概是难以进入到真正的文学表现空间"。谈到2004年"文化基金会"的成立与运作，认为是"形象工程"的一种表现方式，"文学的问题毕竟不能靠行政手段来解决"，论断大胆。他甚至对"茅盾文学奖"、"鲁迅文学奖"颇有微词，批评2007年鲁迅文学奖对潘向黎《白水青菜》评语，"这种对上海文学的想象性评语，给予很多人对上海文学的阅读理解以及文学期待，设置了单行轨道。"至于疗救上海文学的药方，则认为是尽可能吸收古今中外的优秀作品的长处，这使人联想起当年鲁迅对待中国文学同样的态度。
③ 张文勇：《"文学中的上海"：夸张的现代性表述——张鸿声著〈文学中的上海想象〉编后》，《云梦学刊》，2012年第11期，155页。

（五） 海外学者研究范式的启示

尽管海外学者中较少有关于90年代以来上海文学的专题研究，但是他们对近、现代时期上海文学的研究中所展现的范式及见解则给予我们很多启示。

李欧梵和王德威关于上海近现代文学的研究都是以文学对于城市的想象为出发点的。李欧梵的《上海摩登：一种新都市文化在中国1930—1945》对30、40年代上海的描绘建立在对城市现代性的想象之上，他通过出版、印刷、传播、消费和流行生活表现的摩登都市图景是其所理解的上海现代性的体现。王德威在《被压抑的现代性——晚清小说新论》中，开篇就抛出《没有晚清，何来五四？》的断语，认为晚清狎邪的、公案的、奇幻的和丑怪谴责的各种类型的小说，分别从启蒙、革命等方面开启了中国人关于国家的现代性想象。他们二人的思路与理查德·利罕《文学中的城市——知识与文化的历史》一书中对文学与城市关系的讨论很相似，只是利罕将这种想象表达得更为彻底。书中他将文学与城市置于同等的文本地位，认为文学不仅因城市的发展而变化，城市也因文学而被塑造。此外，张英进的《中国现代文学和电影中的城市：空间、时间和性别的结构》也同样不拘泥于对城市写真式的描述，而关注现代文学和电影是如何想象城市、对城市进行重构的。

上述这种通过"想象"连接文学与城市的视角，影响了中国城市文学的研究者，比如关于90年代以来对上海"怀旧"叙事的研究中，就有不少借鉴了这种方法。这种视角打破了以往"反映论"对文学与城市关系的静态研究,将文学视为一个参与塑造城市面貌和精神的能动的艺术形式,触及了城市生活中的深层次问题,但同时,也由于"想象"无可避免的主观性而常常使这种连接失去分寸,造成结论的失之偏颇①。

历史学方面的上海研究也同样带来启示。美国学者罗兹·墨菲在《上海:现代中国的钥匙》中提出,上海近百年来的发展格局是现代中国的缩影,是研究中国现在和未来的一把关键的"钥匙"②。"钥匙说"把上海提到了中国国家城市发展的中心位置,影响了上海城市文化心理在新时代的建构。柯文《在传统与现代之间:王韬与晚清政治》、白吉尔《中国资产阶级的黄金时代》、顾德曼《家乡、城市与国家》、裴宜理《上海罢工》等都注意到了上海的发展并非纯粹拥抱西方走向现代化的过程,而是"不同文化冲突的前哨"③。卢汉超《霓虹灯外——二十世纪初日常生活中的上海》认为上海人具有一种在杂糅中西、穿梭于传统与现代的"择善而从"的智慧。以上各种视角延伸到文学研究中,既为人们提供了想象上海丰富多彩的方式,又

---

① 例如旷新年认为李欧梵《摩登上海》在描绘一个摩登的都市途径时,"《上海摩登》重绘了一幅夜晚的地图、消费的地图、寻欢作乐的地图,同时却遮蔽了白天的地图、生产劳动的地图、贫困破产的地图,从根本上来说,也就是用一幅资产阶级的地图遮蔽了无产阶级的地图,用资产阶级的消费娱乐遮蔽了无产阶级的劳动创造。"参见旷新年:《另一种"上海摩登"》,《中国现代文学研究丛刊》,2004年第1期,291页。另外,王德威《被压抑的现代性》在力图打破"五四"以来的线性史观,充分挖掘晚清小说内在张力方面功不可没,但以"现代性"统摄晚清文学的总结也引起了对他武断和偏颇的指责。
② 墨菲在70年代出版的《The Treaty Ports and China's Modernization》中,修正了他前期"钥匙说"的观点,认为上海的发展模式仅代表上海,不能推广到全中国。
③ 柯文:《在传统与现代之间:王韬与晚清政治》,雷颐、罗检秋,译,南京:江苏人民出版社,2003,166页。

提醒对中国现当代文学发展史上上海元素特殊性的格外关注。

　　以上各个专题都与上海文学都市性的研究相关联，但它们要么专注于一隅，要么在鸟瞰式的描述中无暇关注文本细节。本书的研究中心是从"新时期文学"全国大一统格局中逐步分离出来的上海文学相对独立的若干特质，考察它与90年代城市化和都市化发展紧张互动的过程中如何一步步彰显其独特的都市性特征。因此，本书在研究中固然依靠了既有的研究范式、理论和方法对现有的文学资源进行整合，但更重要的是立足于90年代以来的上海文学发展现实，通过对各类文本的细读，使90年代以来上海文学真实复杂的都市性特征得以浮现。在这一过程中，从浩如烟海的文学文本中提取有代表性的研究对象并进行中肯的解读，既是本书的难点，也是所必须倚靠的起点。

参考文献

一、专著、专书类

［1］ 邱明正. 上海文学通史［M］. 上海：复旦大学出版社，2005.
［2］ 张健，张清华. 中国当代文学编年史：第七卷［M］. 济南：山东文艺出版社，2012.
［3］ 董健，丁帆，王彬彬. 中国当代文学史新稿［M］. 北京：北京师范大学出版社，2011.
［4］ 陈思和. 中国当代文学史教程［M］. 上海：复旦大学出版社，1999.
［5］ 陈思和. 中国新文学整体观［M］. 上海：上海文艺出版社，2000.
［6］ 范伯群. 中国近现代通俗文学史［M］. 南京：江苏教育出版社，2000.
［7］ 王文英. 中国现代文学史［M］. 上海：上海人民出版社，2001.
［8］ 汤哲声. 中国现代通俗小说流变史［M］. 重庆：重庆出版社，1999.
［9］ 唐振常. 上海史［M］. 上海：上海人民出版社，1989.
［10］ 杨东平. 城市季风［M］. 上海：东方出版社，1994.
［11］ 陈青生. 画说上海文学［M］. 上海：上海文艺出版社，2009.
［12］ 洪子诚. 文学与历史叙述［M］. 开封：河南大学出版社，2005.
［13］ 洪子诚. 作家的姿态与自我意识［M］. 西安：陕西人民出版社，1991.
［14］ 王德威. 被压抑的现代性——晚清小说新论［M］. 北京：北京大学出版社，2005.
［15］ 王德威. 现代中国小说十讲［M］. 上海：复旦大学出版社，2003.
［16］ 王德威. 当代小说二十家［M］. 北京：生活·读书·新知三联书店，2006.
［17］ 王德威. 想象中国的方法［M］北京：生活·读书·新知三联书

店，1998.
- [18] 张英进. 中国现代文学和电影中的城市：空间、时间和性别的结构 [M]. 南京：凤凰出版传媒集团、江苏人民出版社，2005.
- [19] 张英进. 民国时期的上海电影与城市文化 [M]. 北京：北京大学出版社，2011.
- [20] 布雷德伯里，麦克法兰. 现代主义 [M]. 胡家峦，等，译. 上海：上海外语教育出版社，1992.
- [21] 本雅明. 发达资本主义时代的抒情诗人 [M]. 北京：生活・读书・新知三联书店，1989.
- [22] 理查德・利罕. 文学中的城市：知识与文化的历史 [M]. 吴子枫，译. 上海：上海人民出版社，2009.
- [23] 米尔斯. 白领：美国的中产阶层 [M]. 南京：南京大学出版社，2006.
- [24] 雅各布斯. 美国大城市的死与生 [M]. 金衡山，译. 南京：译林出版社，2005.
- [25] 罗兹・墨菲. 上海：现代中国的钥匙 [M]. 上海：上海人民出版社，1986.
- [26] 卢汉超. 霓虹灯外——二十世纪初日常生活中的上海 [M]. 上海：上海古籍出版社，2004.
- [27] 吴福辉. 都市漩流中的海派小说 [M]. 长沙：湖南教育出版社，1995.
- [28] 唐小兵. 英雄与凡人的时代 [M]. 上海：上海文艺出版社，2001.
- [29] 许道明. 海派文学论 [M]. 上海：复旦大学出版社，1999.
- [30] 吴士余. 中国文化与小说思维 [M]. 北京：生活・读书・新知三联书店，2000.
- [31] 米兰・昆德拉. 小说的艺术 [M]. 唐小渡，译. 作家出版社，1993.
- [32] 罗岗编. 90年代思想文选 [C]. 南宁：广西人民出版社，2000.
- [33] 别尔嘉耶夫. 精神王国与凯撒王国 [M]. 杭州：浙江人民出版社，2000.
- [34] 赵稀方. 小说香港 [M]. 北京：生活・读书・新知三联书店，2003.

[35] 杨义. 中国叙事学［M］. 北京：人民出版社，1997.
[36] E. M. 福斯特. 小说面面观［M］. 上海：上海文艺出版社，1990.
[37] 阿诺德·汤因比. 历史研究［M］. 上海：上海人民出版社，1987.
[38] 爱德华·索亚. 后大都市：城市和区域的批判性研究［M］. 李钧等，译. 上海：上海教育出版社，2006.
[39] 博德里亚. 消费社会［M］. 刘成富等，译. 南京：南京大学出版社，2000.
[40] 别尔嘉耶夫. 论人的使命［M］. 张百春，译. 上海：学林出版社，2000.
[41] 勃洛克. 知识分子与革命［M］. 林精华，译. 上海：东方出版社，2000.
[42] 哈贝马斯. 公共领域的结构转型［M］. 曹卫东等，译. 上海：学林出版社，1999.
[43] 弗格森. 作为革命象征的巴黎：叙说 19 世纪的城市［M］. 加州大学出版社，1994.
[44] 恩斯特·卡西尔. 人论：人类文化哲学导引［M］. 甘阳，译. 上海：上海译文出版社，1985.
[45] 弗吉尼亚·伍尔夫. 雅各的房间［M］. 蒲隆，译. 北京：人民文学出版社，2003.
[46] 弗吉尼亚·伍尔夫. 伦敦风景［M］. 宋德利，译. 南京：译林出版社，2010.
[47] 瞿世镜. 论小说与小说家［M］. 上海：上海译文出版社，1986.
[48] 特雷·伊格尔顿. 二十世纪西方文学理论［M］. 伍晓明，译. 西安：陕西师范大学出版社，1987.
[49] 雷蒙德·威廉斯. 现代主义的政治［M］. 北京：商务印书馆，2002.
[50] 马尔科姆·布雷德伯里. 现代主义的城市［M］. 胡家峦，译. 上海：上海外语教育出版社，1992.
[51] 旷新年. 写在当代文学边上［M］. 上海：上海教育出版社，2005.
[52] 李泽厚，刘再复. 告别革命——回望二十世纪［M］. 香港：天地图书有限公司，1995.

[53] 郜元宝. 鲁迅六讲 [M]. 北京：北京大学出版社，2007.

[54] 郜元宝. 遗珠偶拾——中国现代文学史札记 [M]. 北京：北京大学出版社，2010.

[55] 郜元宝. 不够破碎 [M]. 长春：吉林出版集团有限公司，2009.

[56] 李欧梵. 上海摩登——一种都市文化在中国（1930—1945）[M]. 毛尖，译. 北京：人民文学出版社，2010.

[57] 李欧梵. 现代性的追求 [M]. 北京：人民文学出版社，2010.

[58] 邓晓芒. 灵魂之旅——九十年代的生存境界 [M]. 武汉：湖北人民出版社，1998.

[59] 杨剑龙. 都市文学 [M]. 上海：上海人民出版社，2014.

[60] 杨剑龙. 上海文化与上海文学 [M]. 上海：上海人民出版社，2007.

[61] 孙逊、杨剑龙主编. 都市空间与文化想象 [M]. 上海：上海三联书店，2008.

[62] 杨扬. 海派文学 [M]. 上海：文汇出版社，2008.

[63] 杨扬. 浮光与掠影：新世纪以来的上海文学 [M]. 上海：上海文艺出版社，2014.

[64] 陈映芳. 棚户区：记忆中的生活史 [M]. 上海：上海古籍出版社，2006

[65] 程德培. 小说家的世界 [M]. 杭州：浙江文艺出版社，1985.

[66] 俞天白. 上海：性格即命运 [M]. 上海：上海文艺出版社，1992.

[67] 赵园. 北京：人与城 [M]. 北京：北京大学出版社，2002.

[68] 包亚明. 现代性与空间生产 [M]. 上海：上海教育出版社，2003.1

[69] 包亚明. 上海酒吧——空间、消费与想象 [M]. 南京：江苏人民出版社，2001.

[70] 包亚明. 后大都市与文化研究 [M]. 上海：上海教育出版社，2005.

[71] 马泰·卡林内斯库. 现代性的五副面孔 [M]. 北京：商务印书馆，2002.

[72] 米歇尔·福柯. 规训与惩戒 [M]. 刘北成、杨远婴，译. 北京：生活·读书·新知三联书店，2007.

[73] 吴冶平. 空间理论与文学的再现 [M]. 兰州：甘肃人民出版

社，2008.

[74] 约瑟夫·弗兰克等. 现代小说中的空间形式［M］. 秦林芳，编译，北京：北京大学出版社，1991.

[75] 村上春树. 当我跑步时我谈些什么［M］. 施小炜，译. 海口：南海出版公司，2009.

[76] 格非. 小说叙事研究［M］. 北京：清华大学出版社，2002.

[77] 王岳川. 中国镜像——90年代文化研究［M］. 北京：中央编译出版社，2001.

[78] 刘小枫. 现代性社会理论序言［M］. 北京：生活·读书·新知三联书店，1998.

[79] 逄增玉. 现代性与中国现代文学［M］. 长春：东北师范大学出版社，2001.

[80] 何西来、杜书瀛主编. 新时期文学与道德［C］. 济南：山东教育出版社，1999.

[81] 戴锦华. 隐形书写——90年代中国文化研究［M］. 南京：江苏人民出版社，1999.

[82] 林舟. 生命的摆渡——中国当代作家访谈录［M］. 深圳：海天出版社，1998.

[83] 王安忆. 忧伤的年代［M］. 北京：新世界出版社，2002.

[84] 王安忆. 男人和女人、女人和城市［M］. 北京：新星出版社，2012.

[85] 王安忆. 寻找上海［M］. 上海：学林出版社，2000.

[86] 王安忆. 繁华与落寞［M］. 长沙：湖南文艺出版社，1998.

[87] 孙甘露. 孙甘露散文选集［M］. 天津：百花文艺出版社，2011.

[88] 李春平. 上海是个滩［M］. 上海：上海文艺出版社，1996.

[89] 周介人. 几度风雨海上花［M］. 北京：生活·读书·新知三联书店，1996.

[90] 陈思和、杨扬. 90年代批评文选［C］. 北京：汉语大词典出版社，2001.

[91] 李杨、白培德. 文化与文学：世纪之交的凝望——两位博士候选人的对话［M］. 北京：国际文化出版公司，1993.

[92] 郭敬明. 左手倒影, 右手年华 [M]. 上海: 上海译文出版社, 2007.

[93] 许纪霖, 罗岗. 城市的记忆——上海文化的多元历史传统 [M]. 上海: 上海书店出版社, 2011.

[94] 罗岗. 想象城市的方式 [M]. 南京: 江苏人民出版社, 2006.

[95] 陈惠芬. 想象上海的N种方法 [M]. 上海: 上海人民出版社, 2006.

[96] 陈惠芬. 都市芭蕾与想象的能指 [M]. 上海: 上海文艺出版社, 2011.

[97] 王宏图. 都市叙事与欲望书写 [M]. 桂林: 广西师范大学出版社, 2005.

[98] 蔡翔, 董丽敏. 空间、媒介和上海叙事 [M]. 上海: 上海大学出版社, 2013.

[99] 俞天白. 上海: 性格即命运 [M]. 北京: 中国水利水电出版社 1998.

[100] 金宇澄, 等. 城市地图 [Z]. 上海: 文汇出版社, 2002.

[101] 徐俊西. 上海五十年文学批评丛书 [C]. 上海: 华东师范大学出版社, 1999.

[102] 张鸿声. 中国现代文学论丛: 第一卷1期 [M]. 北京: 人民文学出版社, 2006.

[103] 张鸿声. 文学中的上海想象 [M]. 北京: 人民出版社, 2011.

[104] 葛红兵. 城市批判丛书·上海卷: 1卷 [M]. 北京: 文化艺术出版社, 2001.

[105] 华霄颖. 市民文化与都市想象——王安忆上海书写研究 [M]. 上海: 上海文化出版社, 2009.

[106] 倪文尖. 上海: 记忆与想象 [M]. 上海: 上海文汇出版社, 1995.

[107] 王进. 魅影下的'上海'书写: 从'抗战'中张爱玲到'文革'后王安忆 [M]. 桂林: 广西师范大学出版社, 2006.

[108] 王尧, 林建法. 苏童王宏图对话录 [M]. 苏州: 苏州大学出版社, 2003.

[109] 戴成元. 李春平研究论丛 [C]. 西安: 西北大学出版社, 2007.

[110] 王晓明, 王海渭, 张寅彭. 胡河清文存 [M]. 上海: 上海三联书店, 1996.

[111] 郁达夫. 达夫自选集［M］. 上海：上海天马书店，1933.
[112] 叶中强，朱红. 文学想象与城市文化的多元建构［M］. 上海：上海社会科学院出版社，2013.
[113] 高秀琴. 文学的中国城乡［M］. 西安：陕西人民教育出版社，2002.
[114] 胡惠林、陈昕、王方华. 中国都市文化研究（第2卷）［C］. 上海：上海人民出版社，2010.
[115] 李洁非. 城市像框［M］. 太原：山西教育出版社，1999.
[116] 郑鹏. 中国当代文学的主体性［M］. 开封：河南大学出版社，2011.
[117] 高小刚. 乡愁以外：北美华人写作中的故国想象［M］. 北京：人民文学出版社，2006.
[118] 焦雨虹. 消费文化与都市表达——当代都市小说研究［M］. 上海：学林出版社，2010.

二、主要期刊、报纸、资料集

［1］上海市作家协会. 上海文学［J］. 1979—2015. 上海：《上海文学》杂志社.
［2］上海市作家协会. 收获［J］. 1979—2015. 上海：《收获》文学杂志社.
［3］中共上海市委. 解放日报［N］. 1985—2000. 上海：解放日报报业集团.
［4］中共上海市委. 文汇报［N］. 1985—2000. 上海：上海文汇报社.
［5］上海市统计局. 上海统计年鉴：1988—1995［Z］. 上海：上海统计出版社.
［6］袁飞. 浦东开发十五周年回忆——专访原浦东开发办公室主任杨昌基［N］. 第一财经日报，2005-4-19（2）.
［7］王安忆，张新颖. 《长恨歌》与上海怀旧无关［N］. 出版商务周报，2008-8-12.
［8］小白. 上世纪二三十年代租界那点事儿［N］. 东方早报，2013-9-15.

[9] 袁复生. 对话路内 [N]. 晨报周刊, 2009-2-14.
[10] 张英. 叙述城市传说 唐颖访谈录 [N]. 中华工商时报, 200-12-12 (12).
[11] 李丹梦. 究竟什么是城市文学 [N]. 人民日报, 2015-5-26.
[12] 杨剑龙. 展现上海现代工业发展的百年历程——评管新生、管燕草的长篇小说《工人》[N]. 文汇读书周报, 2013-3-8.
[13] 金宇澄、朱小如. 金宇澄推出《繁花》: 我想做一个位置很低的说书人 [N]. 文学报, 2012-11-9.
[14] 袁复生. 对话路内 [N]. 晨报周刊, 2009-2-14.
[15] 杨剑龙. 论新世纪上海城市书写的长篇小说创作 [J]. 天津师范大学学报 (社会科学版), 2011 (5).
[16] 杨剑龙. 描绘现代市民社会的世俗人生——新市民小说论 [J]. 学习与探索, 1999 (4).
[17] 杨剑龙. 新世纪城市文学的缺憾——以上海文学为例 [J]. 探索与争鸣, 2011 (4).
[18] 杨剑龙. 论上海文学传统的继承与流失 [J]. 盐城师范学院学报 (人文社会科学版), 2005 (2).
[19] 王纪人. 上海文学地图的历史变迁——上海作协理论组座谈纪要 [J]. 文艺争鸣, 2004 (1).
[20] 郜元宝. 空间·时代·主体·语言——论《东岸纪事》对"上海文学"的改写 [J]. 当代作家评论, 2013 (7).
[21] 郜元宝. 一种新的上海文学的产生——以《慢船去中国》为例 [J]. 文艺争鸣, 2004 (1).
[22] 郜元宝. 近二十年"文学沪军"一瞥 [J]. 当代文学研究资料与信息, 2013 (3).
[23] 郜元宝. 汪曾祺结缘上海小史 [J]. 扬子江评论, 2017 (8).
[24] 郜元宝. 关于"学者型作家"和"教授小说" [N]. 文学报, 2014-7-17.
[25] 陈思和. 论海派文学的传统 [J]. 杭州师范学院学报, 2002 (1).
[26] 陈思和. 复杂的叛逆性——现代海派文学的特点 [J]. 郑州大学学报

(哲学社会科学版），2009（1）.
[27] 陈思和. 营造精神之塔——论王安忆 90 年代初的小说创作 [J]. 文学评论，1998（11）.
[28] 陈思和. 现代都市社会的"欲望"文本——以卫慧和棉棉的创作为例 [J]. 小说界，2000（6）.
[29] 陈思和. 从细节出发——王安忆近年短篇小说艺术初探 [J]. 上海文学，2003（7）.
[30] 陈思和. 外婆桥？似乎没摇到——从一个失败的例子看旧上海题材的虚假性 [J]. 电影新作，1995（10）.
[31] 陈思和. 关于"都市文学"的议论兼谈几篇作品——"三城记"之上海小说卷序 [J]. 当代作家评论，2005（11）.
[32] 王安忆. 生活的形式 [J]. 上海文学. 1999（5）.
[33] 王安忆. 寻找苏青 [J]. 上海文学，1995（6）.
[34] 王安忆. 上海并不贴腹贴心 [J]. 英才，1999（6）.
[35] 王安忆. 城市与小说 [J]. 文学评论，2006（9）.
[36] 王安忆. 寻找上海 [J]. 小说界，1999（8）.
[37] 王安忆. 上海的女性 [J]. 中文自修，2004（8）.
[38] 钟红明，王安忆.《启蒙时代》：一代人的精神成长史 [J]. 黄河文学，2007（5）.
[39] 王晓明. 从"淮海路"到"梅家桥"——从王安忆小说创作的转变谈起 [J]. 文学评论，2002（5）.
[40] 王晓明. 九十年代与"新意识形态"[J]. 天涯，2000（6）.
[41] 王晓明. 人文精神讨论十年祭 [J]. 上海交通大学学报（哲学社会科学版），2004（1）.
[42] 罗岗. 空间的生产与空间的转移——上海工人新村与社会主义城市经验 [J]. 华东师范大学学报（哲学社会科学版），2007（11）.
[43] 杨扬. 城市空间与海派文学 [J]. 学术月刊，2008（5）.
[44] 陈惠芬. "城市地图"：个人记忆和集体想象 [N]. 文汇报，2002-7-16.
[45] 陈惠芬. "文学上海"与城市文化身份建构 [J]. 文学评论，2003

（3）．

［46］毛时安．文学站在新世纪的门口——九十年代上海文学一瞥［J］．上海社会科学院学术季刊，2001（5）．

［47］毛时安．上海/香港：女作家眼中的"双城记"——从王安忆到张爱玲［J］．文学评论，2002（1）．

［48］毛时安．风景是昨天的，也是永远的——读王小鹰《长街行》［J］．上海文化，2009（9）．

［49］张鸿声．"文学中的城市"与"城市想象"研究［J］．文学评论，2007（1）．

［50］张鸿声．文学中的上海想象［J］．文艺研究，2013（8）．

［51］张鸿声．海派文学的"小叙事传统"［J］．郑州大学学报（哲学社会科学版），2009（1）．

［52］葛红兵．为二十世纪中国文学写一份悼词［J］．芙蓉，2000（1）．

［53］葛红兵．西飚的小说［J］．南方文坛，2000（4）．

［54］葛红兵．城市叙事的自觉写作——夏商短篇小说艺术论［J］．南方文坛，2010（5）．

［55］葛红兵．每个时代都有自己的"巴比伦"——《少年巴比伦》读后［C］．全国新书目·新书导读，2008（11）．

［56］吴亮．时间之妖——对城市生活的文学沉思（一）［J］．文艺评论，1987（3）．

［57］钱文亮．都市文学：都市文化语境中的文学变革［J］．求是学刊，2007（5）．

［58］王宏图．关于我们这一代人［J］．上海文学，1997（11）．

［59］倪伟．书写城市［J］．读书，2002（3）．

［60］张新颖．不着边际——上海青年作家短篇专辑简述［J］．作家，1997（2）．

［61］张业松．文学研究中的"上海"主题［J］．南通纺织职业技术学院学报2004（9）．

［62］郑祥安．"走向宽广、多变的世界"——孙颙小说创作一瞥［J］．社会科学1986（6）．

[63] 郑祥安. 现实主义创作方法的丰富与创新——简评赵长天的小说 [J]. 社会科学, 1989 (9).

[64] 路文彬. 后新历史主义与怀旧——20世纪末小说的一种历史消费时尚 [J]. 福建论坛 (文史哲版), 2000 (2).

[65] 路文彬. 从"国家关怀"到"浪漫回望"——中国当代小说五十年之我见 [J]. 当代文坛, 1999 (12).

[66] 路文彬. "恶意"冲动迷失下的写作情感依赖——当代中国文学的一种病态审美趣味 [J]. 文艺理论与批评, 2005 (11).

[67] 陈平原. 北京记忆与记忆北京 [J]. 北京社会科学, 2005 (2).

[68] 倪文尖. 上海/香港:女作家眼中的"双城记" [J]. 文学评论, 2002 (1).

[69] 江河. 文化小说与现实生活相沟通的巨制——首都文学界举行《大上海沉没得失研讨会 [J]. 当代, 1989 (4).

[70] 雨露. 大上海沉没引起强烈反响——上海举行"关注大上海兴衰,表现上海人心态"的作品研讨会 [J]. 当代, 1989 (2).

[71] 程德培. 我讲你讲他讲 闲聊对聊神聊——《繁花》的上海叙事 [J]. 收获, 2012秋冬卷 (长篇专号)

[72] 王德威. 虚构与纪实——王安忆的《天香》 [J]. 扬子江评论, 2011 (4).

[73] 邝可怡. 上海跟香港的"对立"——读《时代姑娘》、《倾城之恋》和《香港情与爱》[J]. 中国现代文学研究丛刊, 2007 (4).

[74] 劳滕贝格. 作为城市遗产的都市性 [J]. 马胜利, 译. 第欧根尼, 2017 (6).

[75] 李肇正. 漫漫文学路 [J]. 飞天, 1997 (2).

[76] 张钧. 打开心灵的另一扇窗户——张旻访谈录 [J]. 小说评论, 1994 (4).

[77] 程德培. 冒犯的悖论——张旻小说的文本脉络 [J]. 上海文化, 2009 (4).

[78] 甫跃辉. 两千零两夜 [J]. 西湖, 2011 (12).

[79] 凤媛.《上海文学》的都市想象:以1990年代为中心 [J]. 文艺理论

研究 2013（7）.

[80] 张柠. 五角场的一只凤凰——当代新作家个案分析之五：张生［J］. 南方文坛 1999（8）.

[81] 李丹梦."文学城市"精神疏辨［J］. 当代作家评论，2014（6）.

[82] 赵丽宏. 为中国知识分子写"史"——读小说《雪庐》［J］. 文学自由谈 1991（6）.

[83] 黄平. 从"传奇"到"故事"——《繁花》与上海叙述［J］. 当代作家评论 2013（7）.

[84] 黄平."大时代"与"小时代"——韩寒、郭敬明与"80"后写作［J］. 南方文坛，2011（5）.

[85] 黄平. 个性化与共同体危机——以 80 后作家上海想象为中心［J］. 南方文坛，2013（6）

[86] 伊丽莎白·鲍温. 小说家的技巧［J］. 世界文学，1979（1）.

[87] 吴福辉. 关于都市、都市文化与都市文学［J］. 上海师范大学学报，2007（3）.

[88] 俞天白. 我寻求过，我将无悔［J］. 文学评论，1994（3）.

[89] 邹平. 两个金苹果："跳出来"和"走进去"——《蓝屋》、《流逝》比较谈［J］. 文学评论，1984（6）

[90] 南帆. 城市的肖像——读王安忆的《长恨歌》［J］. 小说评论，1998（2）.

[91] 黄惟群. 我看《繁花》［J］. 雨花，2016（7）.

[92] 陶东风. 青春文学、玄幻文学与盗墓文学——"80 后写作"举要［J］. 中国政法大学学报，2008（9）

[93] 黄发有. 恍惚的逃走［J］. 山花，2000（2）.

[94] 赵万法、陈振华. 重返中心的努力——评李肇正的中篇小说创作［J］. 合肥教育学院学报，2000（3）.

[95] 张文勇."文学中的上海"：夸张的现代性表述——张鸿声著《文学中的上海想象》编后［J］. 云梦学刊，2012（11）.

[96] 孙甘露. 一个人和一座城市——上海：孙甘露　此地是他乡［DB/MT］. 中央电视台纪录片，2003.

[97] 严彬，金宇澄. 金宇澄文学访谈录：上帝无言　细看繁花［OL］. 凤凰网：凤凰读书.（2015-9-18）

[98] 上海社会科学院文学研究所. 上海文学发展报告［C］. 上海：上海人民出版社，社会科学文献出版社，2008—2014.

[99] 张新颖，金理. 王安忆研究资料［C］. 天津：天津人民出版社，2009.

图书在版编目（CIP）数据

上海文学的都市性：1990—2015/靳路遥著.-上海：上海文艺出版社.2021
ISBN 978-7-5321-7623-6
Ⅰ.①上… Ⅱ.①靳… Ⅲ.①当代文学－文学研究－上海－1990-2015
Ⅳ.①I209.951
中国版本图书馆CIP数据核字(2020)第259944号

本书为上海文化发展基金会2019年度第一期资助项目

发 行 人：毕 胜
责任编辑：江 晔
封面设计：钱 祯

书　　名	上海文学的都市性：1990-2015
作　　者	靳路遥
出　　版	上海世纪出版集团　上海文艺出版社
地　　址	上海市绍兴路7号　200020
发　　行	上海文艺出版社发行中心
	上海市绍兴路50号　200020　www.ewen.co
印　　刷	崇明裕安印刷厂
开　　本	890×1240　1/32
印　　张	11.125
插　　页	2
字　　数	211,000
印　　次	2021年3月第1版 2021年3月第1次印刷
ＩＳＢＮ	978-7-5321-7623-6/I·6067
定　　价	58.00元

告 读 者：如发现本书有质量问题请与印刷厂质量科联系　T:021-59404766